大地的心跳

贴着山河，听大地的心跳，世界明亮，大地蓬勃而又深远。

罗俊霞 著

天津出版传媒集团
百花文艺出版社

图书在版编目（CIP）数据

大地的心跳 / 罗俊霞著 . -- 天津 : 百花文艺出版社 , 2025. 3. -- ISBN 978-7-5306-9093-2
Ⅰ . I267
中国国家版本馆 CIP 数据核字第 2025T6S062 号

大地的心跳
DADI DE XINTIAO
罗俊霞　著

出 版 人： 薛印胜
责任编辑： 郑　爽
装帧设计： 百悦兰棠 [BAIYUE LANTANG]
出版发行： 百花文艺出版社
地址： 天津市和平区西康路 35 号　　**邮编：** 300051
电话传真： +86-22-23332651（发行部）
+86-22-23332656（总编室）
+86-22-23332478（邮购部）
网址： http://www.baihuawenyi.com
印刷： 北京一鑫印务有限责任公司
开本： 787 毫米 ×1092 毫米　1/16
字数： 245 千字
印张： 19.75
版次： 2025 年 3 月第 1 版
印次： 2025 年 3 月第 1 次印刷
定价： 88.00 元

如有印装质量问题，请与北京一鑫印务有限责任公司联系调换
地址：北京市顺义区北务镇政府西 200 米
电话：（010）61424266　邮编：101399

在岁月中听见自我

文 / 三衢马生

很多时候，很多人采取很多方式了解山川古村、乡土人文和心路历程，他们或行走、或交流、或感悟、或沉思、或歌怀，但只有少数人，在经历完一切之后，书写并记之，用网罗一切的大胸襟、文俊词美的大手笔，描绘出绮霞漫天的大作品。罗俊霞便是少数人中的佼佼者。

《大地的心跳》是罗俊霞女士创作的散文集。大地心跳的声音，深沉又浑厚、持久又坚定，是江河奔涌向前的潮声，是古村宁静神秘的叹息，是虫鸟互诉衷肠的对白，也是爱人之间的情话、朋友之间的私语和亲人之间无所顾忌的争吵，更是衢州龙游和恩施利川之间的汽笛轰鸣，是20年来异乡成故园的青春之歌，是在岁月中听见自我的生命礼赞。

乡土叙述很难，需要把自我摆进去。从鄂西到浙西，开启了陌生和未知的人生；20年间，从龙游到利川却也未必是熟悉的旅程，原乡和新乡的快速切换，不变的是作者的乡土情结。对自我的认知在乡野间释放，自我的情感在山川中铺展，一段泥路可以走出对生活的热爱，一次和老妇的对话可以激起对时光的怀念，一片叶子裁剪出的阴影可以记录岁月的多彩。在罗俊霞的笔下，所有的场景都有她自己的身影，所有别人的故事都是她的亲身经历。

情感叙述很难，需要把自我摆进去。散文的呈现形态和发散的信息，可能最主要的是提供情绪价值，让读者有共鸣感。可悲的是，在高强度的社会压力和快节奏的工作状态下，每个人都自顾不暇，又怎会去关注别人的喜怒哀乐呢？罗俊霞的散文摒弃了成年人的逻辑思维，从自我入手，从小我切入，絮絮叨叨、碎碎念念、不厌其烦地讲述，看似稚拙，其实是她通过长时间的书写找到了一条清晰又实用的情感叙述逻辑路线，信手拈来，屡试不爽。

岁月叙述很难，需要把自我摆进去。写作之难，主要在于纠结于永无止歇的自我否定，往往前一刻还自信满满认为的得意之作，后一刻便弃之如敝履，尤其是在写人生历史时代岁月的时候，既无法避开，又难以精准表达。对少年时的追忆、对青春的回望、对人生的顾盼，其实是衡量一个作家精神成长和文笔成熟与否的天然标尺。罗俊霞很自信、很坦然地记录了山河美丽、岁月静好、人生坦荡、生命绽放和凋零，用女性的视角、细腻的情思、饱满的热情和生花妙笔，非虚构地构架起独一无二的人生，描写出令人惊奇的世界，并向世人展示她真实的经历、珍贵的回忆。

党的二十届三中全会提出“坚持以人民为中心的创作导向，坚持出成果与出人才相结合，抓作品与抓环境相贯通”，在学习和贯彻落实全会精神的第一时间，我荣幸地收到了罗俊霞女士的《大地的心跳》书稿，这既是罗俊霞对过往书写成果的一次汇集，更是龙游作家群体奋力书写新时代篇章的嘹亮号角。

听，大地的心跳，跃然纸上；

听，自我的呢喃，浅吟低唱；

听，岁月的静谧，悄然共赏；

听，时代的潮音，谱就乐章。

纸笔碎碎念

我想写文章，但不想以此为稻粱谋；我想发表，但不想求人托关系；我想出书，但不想花太多的钱，毕竟，微薄薪资下，养家糊口更重要。加上脸皮薄，心还带点所谓的清高，因之，求人写序便成了问题。好吧，索性自己来，省却麻烦三千事。

想写，是一种兴趣，一种状态，抑或是天赋？有时，突然很想写了，在深夜或清晨，心腾越翻飞，便想爬起来敲打键盘；有时，在上班的人，切切地想下班后可以写作，甚至在课堂上、监考时。有点魔怔了！作为中年女人，如此，是幸事还是不幸？状态到位了，又已八年未成书，于是，出书吧。说干就干，书成，可序还没眉目。

倒是有一位具有高级感的文友，不，是领导，确切地讲，是一位资深的文学爱好者，他见我央请，二话不说，下笔有神，提笔成文，肯定，鼓励，期许，全给了我。如神助，我获得信心、力量和满满的情绪价值，将它陈列于书前，字里行间，闪着熠熠的光。白纸黑字，在此作谢！

将闲暇和心灵交给文字，安宁，富足，身如此，心如此。我汲汲奔走的两点一线生活，便有了万千山河，山河万千。月朗，风清，天宽地阔，万物自在，它们有了归处；情感，精神，心灵，也有了归处。《大地的心跳》便收纳与记录了这些。说得正式一点，叫充盈着人间烟火、自然之美和天地哲学。

罗俊霞文风为何？碎碎念？真实？温暖？鲜活？灵秀？细腻？诗意？宽阔？自由？都有吧。云心了解罗俊霞，了解她的文字。读进去，读诗读画，读大地上跳动的音符，读生命被遗漏的真实，读女儿情怀的天真活泼，读世间被忽略的美好，读现实困顿中的有趣灵魂，读生命中看得见看不见的光芒。读《大地的心跳》，云心与你如影随形，不离不弃。

你看见，山顶，停着几朵云。你看见，夜空，星辰在闪烁。你看见，大地，静默蓬勃的山，涌动静止的川。

我曾假装自己会写诗，某日，执笔，在备课本上写下："我不怕离婚，辞职和死亡"，惊呆了纸与笔，有位诗人就此断言："你可以写诗！"如此，可见我是个勇敢，又带点忤逆的人。说得好听点，叫清醒，通透。可现实生活中呢，我却畏惧人性的恶与劣，生活的复与杂、社会的黑与暗，似乎唯有在书里世界和笔下世界，才可以寻到一种清与静。所以，亲爱的读者朋友，你可以在我的散文集里读到更多纯粹与光亮的东西，读到女人视角的深情与执着，温柔与热烈。一切素材，源于真实世界本身，怎样看待，是眼与心的问题。

我读到鲁迅称自己为"苟活到现在的我"时，觉得颇合我意，是在说我，确乎，我是苟活到现在的我。我想活成的样子和实际生活的样子，其实不是一样的。现世的我，活得真热和闹，不食人间烟火呀。其实的那个我，有时是个苦行僧，有时像个独行侠，有时又似一匹奔走原野的马，也似马尔克斯书里的"乌尔苏拉"，卡夫卡笔下的"格里高尔"，被命运的绳索勒紧了咽喉，陷入某种倔强、孤独与屈服。

所以，为文，必定散，题材散，成文时间散，情绪与心灵散，但神，是聚的，如上上段末句所言。当然，为文也必定真实与执着，你读的时候，就真的走进了生活，到了尘世烟火间，到了天地山水间。那里，天空清明，大地深远。也走进了另外一处心灵之地，那里，精神自由，神思邈远。

如此，算序，可乎？

云心

2025 年 1 月 9 日作于浙西家中

目录

第一辑　山河伊人醉

在六春湖的顶端 / 3
大地的心跳声 / 8
森林、羊和蛤蚆岩 / 11
大地稻乡 / 16
在常山，走不出胡柚花的香 / 21
坪坑时光 / 25
寺下的贺羊桥 / 31
听取蛙声一片 / 35
走，到山里去 / 39
马金的山河 / 45
浸在雨水里的春天 / 50
想有一所乡间的房子 / 54
校园春花贴 / 58
“民院八剑客”游湖镇 / 63

山野柿红 / 69
上山的路 / 73
霞关的老街 / 77
渔寮沙滩的海 / 82
七瀑涧的瀑 / 86

第二辑　村庄人不老

陆村的老风车 / 93
何家院子 / 98
古村有雨 / 109
“星空”下的高田坑村 / 114
月亮挂在百丹山房 / 118
宅里时光 / 122
七里七月上 / 125
“日夕”星空下 / 128

第三辑　人间烟火味

小城听雨 / 135
酒桌上的姑娘 / 138
女人吵架 / 142
烟，酒，男人 / 148
芝芝“小姐”驾到 / 153

当“乙”变为“甲” / 157
酒场现形记 / 161
人在囧途 / 166
媒婆闲事 / 171
女人开车 / 177
弟子散志 / 182

第四辑　疾走对月歌

打洞的诗人 / 191
青衣 / 196
女王在此 / 201
送鸡人 / 204
你好，罗永树 / 209
表叔 / 214
阵亡 / 220
生孩子那点事 / 226
越过万水千山 / 232
“水漂王子”沈丹瑶 / 238

第五辑　倚门听心曲

父亲病了 / 245
云心与罗俊霞 / 255

狗日的中年 / 259
我的兄弟姐妹 / 264
父亲的铁盒子 / 270
去日时光不再 / 274
燕，归了巢 / 279
蚊子与蚊子 / 286
永远的大树 / 290
母亲大人 / 299

后记

写作，源于迎合与抗拒 / 302

第一辑　山河伊人醉

在六春湖的顶端

5月初，又去六春湖，这是我第五次去了。

这一次，我们从龙游县溪口镇庙下乡长生桥村的麻洋自然村上山。一路上行，曲曲弯弯，走过各种台阶路，木头的、石头的、水泥的。沿途所见，无非绿林葱郁，溪流潺潺，偶见奇石怪木，间或有鸟啼声从林幽处传来。一路上游人不少，上山的，下山的，不时碰面，超过我们的，更是一波又一波。

我们越爬越高，也越走越慢。在山麓时还是阴天，到半山腰时下起了雨，撑伞而行。越往上走，雾气越浓，天地间迷蒙一片，渐渐地形成雾海，层峦叠嶂隐于雾气中，不见了山的雄姿。前前后后走着的人，只闻其语，不见其影。如此，眼不必东张西望，心更专注了，眼前只有路，脚步反倒加快了。

不时与已至山顶或者中途放弃而下山的游客们擦肩而过，从他们脸上的表情无法猜出前方是怎样的景致，无法知道山顶是否有杜鹃花。在“五一”假期去爬六春湖，大多数人是为着那山之巅的万亩杜鹃花而去的。

我们尝试着问：“看见杜鹃花了吗？”

有人回答：“看见了，很漂亮，你们要加油哦！”

有人回答：“什么都看不见，不好看，算了，不上去了。”

游客中，男女老少都有，大家以不同的组合形式和目的，来到这浙西南部的大山深处，为着这六春湖的盛名，从各地前来。

奔赴一场花开，相约爬到山之巅，浪漫主义中带着一点豪情，于是很多人出发了，风雨无阻。在城市里待久了的人，喜欢去山里，哪怕仅仅是去呼吸一下新鲜空气也好。我属于这一类当中的突出者。

其实在山底时，所见美景已经足够养眼了。汽车一路疾驰，窗外微风正好，四野碧碧，一路江水激情吻过大地，春水丰沛，浩浩荡荡。群山绵亘起伏，从两侧行道树的缝隙里闪退，有时比树高一些，有时更矮一些，远远近近，一路深情相随。到了龙游的南部山区，山水入眼，诗画一体，养眼润心。

山不就我，我来就山。这些年我犯了痴狂病，格外喜欢乡村与山野，闲暇时就往山里跑。有同事笑我："衢州地区的那些破房子都被你看遍了吧？"我点头，脸上自然带了满意的笑。有朋友说："你比我们本地人更熟悉衢州这片土地了。"不说熟悉，我是真的去了很多乡村，着了魔征一般，喜欢往山里跑。

老公揶揄我："你是从大上海来的吗？这么喜欢乡村。"我笑答："正因为我是从乡村里来的，才对乡村怀有格外的感情啊。"他不懂我，就像我不懂他一样。山也不懂水，它们却相融相守，也是一个道理。

就这样，当我在前一晚翻阅一位朋友的朋友圈，读了几遍她写的"如果你要写六春湖，就不能只写六春湖"的文案后，便决定第二天一定要再去爬一次六春湖。

于是约人，出发，我姐成了我的第一个响应者。

我们走走停停，花了三个多小时的时间，终于到了山顶，在石碑"三衢在望"处拍了照，算是雁过留痕。突然想起来，竟忘了在石碑的背面"绿葱湖"处留个影，不过，留有缺憾也好，可以下次再去。此处海拔 1300.5 米，是龙游最高峰。到了这里，算是完成了一次征服。生命不止，我们习惯于把自己抛到不断去征服一个又一个目标的路上。这里是最佳观景处，你随意一站，举目四望，周围的花儿与远山近峰全在眼前。你闭眼，仰头，张开双臂，便可揽山入怀，邀云共舞，风殷勤地为你撩起裙摆，鸟儿不管不顾地为你奏乐。你走进林中木廊，迎面花来、风来，雾气飘来，你若置身幻境，天人合一，物我两忘。

这次到六春湖顶峰，因雾海茫茫，与往年夏日所见不同。那时正值盛夏，久晴不雨，城里40多度的高温，六春湖便成了避暑胜地。那次前去，坐缆车登临顶峰，阵阵凉风袭来，顿时令人神清气爽。天空蓝得不像话，白云慵懒地躺着，一动也不动，似乎伸手可触。千山万壑尽收眼底，咫尺之间，千里之阔，或嶙峋、或雄伟，或挺拔、或佝偻，山峰以屹立之势，呈现出千姿百态。所见为山，又不仅仅是山。

站在六春湖之巅，果真能"荡胸生层云"。此时，浊气顿消，浮气沉下，杂事全无，你的眼里、心里只有山河。山河之中，心至于虚空、清凉之境，暑气被驱散，避暑的意义体现了出来。所以即便在酷暑季节，六春湖也是不乏游客的。也有仙人、奇人、怪人前去，是有另外意图的。

我认识的一位道士，十八般技艺样样精通，虔诚地走在修道路上。他说他每年都会在盛夏时节去六春湖一趟，去那里采一些中草药。他从不坐缆车，都是徒步上下山，至山高处、人迹罕至处，或疾步如飞，或攀岩爬壁，觅得一些高山中草药物种，像绞股蓝、滴水珠、半夏、天南星、小朱砂、三叶青等，于杂木丛中艰难寻得，如获至宝。他也看到过像报春花、重楼、独蒜兰、金线莲等珍贵物种，因受国家保护不得乱采，他看着就很满足，眼神充满慈爱的深情。六春湖的山上果真藏着很多宝贝呢。

这次去六春湖，我们上山花了三个多小时的时间，到达"三衢在望"之后，再换条路线，徒步至长生桥索道处，打算坐索道下山。原本预计只要一个多小时的行程，我和姐姐走了两个半小时。我们踩在木梯上，穿行在花丛中，赏花，也聊天，聊一些儿时事、生活事和人生事。姐姐身体偏胖，且因一只脚动过手术，所以走得很慢。“空山不见人，但闻人语响”，我和姐姐慢慢地走，一路欣赏。一路上很少遇见游人，似乎这条路是专属于我俩的，走着走着，渐渐地感觉这一片天地都是我们自己的了，空气、雨露、草木、云海都是我们的，天地相接，宇宙茫茫，我们是其中可忽略不计的一小粒。这样的感觉真是太治愈了。

两旁的杜鹃花含笑欢迎、目送我们，雾气笼罩着山，我们行走在笼着轻纱似的梦里，忽高忽低，上上下下，从这一座山的顶端到达另一座山的顶端，迂回曲折，不知走过了多少个山头。有时又行至绝路处，或从峭壁岩石处跳下，或爬上土坎，走一段泥泞小路，再回到木廊上。更有一处要爬到一座水泥屋顶上，踏过屋顶，再走到木廊上去。走路，注定有曲折，才会多一些惊喜，人生也如此。

我们这样行走的时候，便看到了不一样的杜鹃花。不像一般在观景台处看到的一大片红艳艳的那种，而是呈现出特异的样貌。有一次，当我用手抓着一株杜鹃花的树干向上攀爬之时，陡然间被花枝挂了头发，我抬头一看，好一棵造型独特的杜鹃花树啊，三根高枝耸入云天，且一枝比一枝高，簇拥的低枝则向另一方向偏斜向上。这些高低不一的花枝，像分散各地的姐妹，彼此分离，而根又连在一起，劲往一处使。整个花枝高高低低，错落有致，虬枝劲丫，或竖立，或横斜，类似梅花，加上有雾气的衬托，若隐若现的，又增添了一种仙气，具有清绝之姿。

六春湖的山上植被茂密，林木繁多，非要到达山巅，才能看到万亩杜鹃花开的盛景。而我们此时走的这条道路，所见的杜鹃花零星地点缀在丛林中，远远近近的，走着走着，会不时遇见，这里一树、那里几丛的，相逢看缘分，这与人和人之间的相逢是一样的。

这一路走着，所见除了满眼的绿，还有不时闯入眼帘的红，夹杂着白的、紫的、黄色的花。它们趁着暮春的最后几天时间，出来溜达一圈。它们知道，到了盛夏，该是别的花登场的时候了。当人们的目光都温柔地为映山红而停留时，它们也不声不响地开了。绽放，是它们的天性，而不争，是它们的本性。

到后来，当我们得知距离索道停运的时间只有 20 几分钟的时候，便着急小跑起来，足足跑了五十几分钟，感觉气都要跑断了，结果还是误了时间。还好，工作人员把我们所有滞留人员聚集到一起，全部安排上了缆车。

从容而去，急急而终，每一次去六春湖的体验都是不一样的。去六春湖的意义，不只在于登山，看杜鹃，赏雪景，每个人都可以收获一个独特的审美世界，天地之间，唯我自在。

大地的心跳声

我不知道夜在几点时是最黑的，但我知道在夏令时节，在浙西的小县城里，凌晨 5 点左右天就已经大亮。即便在冬令时节的凌晨六点，天也一定亮了。

我时常在那样的时辰醒来，起床，洗漱，做早餐，然后赶往另一个地方去上班。生命奔跑在两点一线上，从一个地方出发，到达另一个地方，以体现人生价值，日复一日，年复一年，从青年直至中年。

昨夜，因为杂事烦扰而心神不安，于凌晨四点多醒来，我轻轻推门而出，走至阳台上，看窗外的夜色。天啊，此时的夜空，除了少许灯光仍在坚守小城的夜，只见一片黢黑，如同墨染，也似黑色的深海。我趴在窗沿上，闭目，凝神，听声音。我听见有声音从远处传来，那是一种轰响，类似于火车穿隧道而过时的声音，又像是山洪在远处奔腾的声音，这是城北工业园区的机器轰鸣声吗？还是其他？

这样想着，我继续闭目谛听，随即，我听到虽然微弱，但却异常清晰的虫鸣，唧唧有声，来自某一处，有孤单的独奏，也有响成一小片的和鸣。

它们，是夜的精灵，是夜的守护者和清醒者吗？

这虫鸣，是大地的心跳声吗？

我曾经在夏夜，一个人在学校宽阔的操场上，仰躺在草坪上，闭上眼睛，发觉周围的杂音骤然停止，只听见自己的心跳声、近旁清晰的虫鸣与远处田地里的一片蛙声。我有些不敢相信，便站起来，随即就听见了周围的人声，再躺下，这些声音又戛然而止。

夜风拂过脸颊，汗水渐干，我享受着这些天籁，心想：难道这就是大地的心跳声吗？不然，为何我听不到人间的喧闹声，独独听到来自自然界的声音呢？

若这些都是大地的心跳声，那么，在夜里，那些在已知和未知的地方响着的声音，也算是大地的心跳声吗？如田野里庄稼拔节生长的声音，村庄里刮过的一场又一场的风的声音，冰天雪地里的一声鸟啼，荒漠里的一声狼嗥，那些奔腾不息的江河流水声，非洲大草原上野生动物奔跑、猎食的声音，珠穆朗玛峰上风骤起、雪落下的声音……

如若这些都算大地的心跳声，那么，在每一个白天和黑夜里，它们一直响着，扑通扑通，是大地永恒鲜活的证明，是人间最持久、最动听、最伟大、最震撼心灵的声音了。

我曾经在故乡听过狗吠、鸡鸣、蝉唱和牛铃叮当响起的声音，听过田野里此起彼伏的打稻声，听过夏雨滂沱，噼噼啪啪敲响在屋顶瓦片上的声音，听过河水哗哗蹚过我头发和身体的声音，听过父亲在深夜唱起土家山歌的声音，听过母亲呼唤我们回家吃饭的声音，听过建造房屋时抬石头、夯地基的号子声，听过婚丧嫁娶时响起的唢呐锣鼓声……那些声音清晰地响在耳畔，响在脑海，响在我如今安居的这座异地他乡的小城里。

它们，是我故乡大地上最优美动听、最温柔多情、最坚实浑厚的声音，是故乡大地的心跳声。它们存留了我们在那里出生、长大的证据，催生出我们义无反顾出发的豪情，又深情地呼唤并接纳着我们的回归。

从记忆中回到现实，看时间，此时已是清晨6：16，窗外一片明亮。所听声响，除了书房里的空调声，还有早起晨练的人的脚步声、讲话声，街道上呼啸而过的车声，各种机器运转起来发出的轰鸣声更多，更响了。

慢节奏的小城，也有它符合时代发展的快节奏的声音。城市，终究是城市，该有的声响，它一点也不会少。可是啊，我现在站在阳台上，又听到了清亮、欢腾的鸟鸣声。有麻雀叽叽喳喳，在晨间约会；有忽远忽近的斑鸠声，响在灵山江畔，又到了小区楼下的树上；有叫声悠扬婉转，在呼朋引伴的黄雀……

大地的心跳声，响彻黑夜，又嘹亮着白昼，经久不息。

森林、羊和蛤蚆岩

清人汪作楫留下一首名为《蛤蚆岩》的诗：“嵯峨一块石，屹立障江流。舟过频张口，人来不转头。苍烟含宿润，碧藓助清幽。几度闲登眺，蟾蜍水面浮。”

这首诗被收录在《龙游县志》里。深秋的某一天午后，我和几位友人前去找寻这个地方。

我们开车到湖镇高埂村，至路绝处停下来，前方是浩浩衢江水，右边是一片荒草地。下车，顺左手边一条土路走进去，路两边杂草丛生，越往里走，路况反倒越好。我惊讶地发现，里面竟然藏着一大片树林，也不知到底有多深，反正我们没能走到尽头。

林中以粗壮的水杉树为主，密密麻麻的，枝繁叶茂，间以杂木，蕨类植物与丰茂绿草覆盖着地面。这里仿佛是被自然之神不小心遗落在这里的一片原始森林。顺着水杉笔直的树干一直往上看，我们的头仰得很高，透过枝叶的缝隙，只见天空瓦蓝，白色的云朵停歇在树梢，恍若人间仙境一般。

不，是真的仙境。那时正是下午3点多，阳光透过树叶射下来，落下一地斑驳，幻影如梦，让我们分不清是在人间，还是在仙境。我们走在林间的道路上，踩着满地枯叶，咔嚓咔嚓的声音响起来，是一种动人心弦的乐音，好听极了。

鸟啼声远远近近，啁啾悦耳，一刻也没停止，这里是它们的自由王国。空气里散发着那种草原与森林结合的气味，有野草的芳香，有古树的幽香。与青草的甜腻和城市常青树的芳香不同，这气味带着大自然的野性和古老气息。此外，还有枯叶的清香与淡淡的腐朽气味。

这是一片人迹罕至的森林。我们很惊讶它为什么能在城乡发展的巨变中完好地保留了下来。在距离城市不足20公里的地方，在宽阔的衢江畔，在人烟稀少的村落里。

我沉醉在自己的审美意境里，把寻找蛤蚆岩的事情抛诸脑后。

这时，一位骑着电动车的村妇闯入视野，上前询问才知道她是来唤她的羊回家的。

我很惊讶："什么，这里有羊？在哪里？"她手往前一指，说道："瞧，在那里！""哪里？我怎么没看见。"我有些急切。她指了指右前方的树林。我顺着她手指的方向望去，依然没有看见羊。

"羊肯定在树丛里吃草啊，哪能在你看得见的地方吃草。"同行者有人提醒我。我恍然大悟，往前跑去。阳光洒在身上，脚下响起一串沙沙的声音，追着我飞奔的脚步。那一刻，我很遗憾自己没有穿上一条白裙出来。

跑了百余米，我终于发现了在右侧的丛林的羊。停下脚步，凝神观望，在斑驳的阳光里，绿色的灌木丛中，洁白的羊正在啃着草，一只，两只，三只……它们从这里那里的草丛、枝叶间冒出来，大概有七八只吧。

我看清了，是山羊。一只小山羊昂着头，小脑袋有节奏地上下晃动着，正对着一捋草叶使着劲。它还没长"胡子"呢，在金色的阳光下，一身洁白的毛闪着圣洁的光，粉红的嘴唇轻快地张合着，实在是可爱极了。一只老山羊晃动着胡子，从一棵大树后面冒出来，慢条斯理地嚼着草，发出咩咩的叫声，又去寻找下一株草。一根树枝颤动着，挡住了它的眼睛。但我看清了它的胡子，短短长长地挂在下巴上，有些凌乱，呈苍黄色，带着俏皮的庄严。犄角如两柄镰刀，如边塞士兵手里扬起的号角，浅灰色，越到尖角处颜色越深，仿佛是岁月的技师给它做了墨染。

我循着羊的身影，看那片森林，变成苍穹之下的原野，来自一万多公里外的北疆，牛羊成群，骏马奔腾，有牧人，骑在马上，挥鞭，吆喝着，召集动物回家。

此时，耳边响起那位村妇的呼唤声。她只是说了一句类似于“回家吧”的龙游话，羊群便很自觉地跟着主人往前走，快速地钻出了树林，走到江边的堤坝上。我也加快步伐，跟上它们，走出树林，来到江边，看见它们像一朵朵白云，在草木中若隐若现，然后次第浮出绿野，抬起蹄子，跳跃着，欢快地奔走。

此时，夕阳如火球，燃烧着，散发着烈烈光辉，江天一色，满江碎鳞，一片绯红。这一群山羊排成不太整齐的纵队，在江堤上跃动，迎着夕阳，披了满身的霞光，仿佛从神话王国里走出来的神仙，这是一幕动人的电影镜头。

它们走着，有时也跳下江堤斜坡，去饮几口江水。快要路过我身边时，提前就绕了道，钻过护栏，从堤岸斜坡上走。我担心它们会掉进江里去，就给它们让道，嘴里发出咩咩的呼唤声，朝它们招手，示意它们放心经过就是。有大胆的羊驻足，好奇地看着我。我也看向它们，眼眸温柔，笑靥如花。

主人的声音响起，它们便继续往前走，还一步三回头，似乎恋恋不舍地看向我。它们一定纳闷：“这是何方物种？平日里怎么没见过。”我看到它们懵逼的可爱表情，笑了起来。村妇笑道：“它们也喜欢看美女啊！”我明白了，一定是我那红色的宽檐大布帽和席地长花裙增加了它们的好奇心。

它们一一走过我身边，走在夕阳余晖里，白如雪，如浪花朵朵，涌动着，如精灵，跳跃着，越走越远，走成天地间一幅动人的意境画。我出神地望着它们，在心里酝酿着一首送别诗。

今日，“蛤蚆岩”是找不到了。它藏身于何处呢？或许，它掩藏于某处荒野、密林、土坡、山崖、石岸，或许，随着时间的更迭与时代的巨变，它已淹没于江水中，融入水泥修筑而成的江堤，又或许，这样一处景致，只是存在于当时诗人那一瞬间的审美想象之中呢？谁又说得清楚呢？

不过，既然对它有想法了，就得追根究底，探个水落石出，你说是吗？

后来，我询问了一位对地方文化颇有研究的张老师，请求他帮我多方打听蛤蚆岩的具体情况，事情就这样有了进展。一日，我与张老师约好，作协另外两人随同，我们在张老师的带领下，驱车至湖镇的下童渡口，乘船过衢江，由船夫引路，找到了蛤蚆岩所在之地。

过了衢江，我们就到了高埂村了。舍舟上岸，经过一片荒草高过人头的草地，到达一处河岸悬崖，攀树枝跳下，紧抓树枝小心前行，俯瞰，江水粼粼，深不见底，心却不紧张，倒是生出些探险之乐来。

此时，蛤蚆岩近在眼前，与我们先前在江中远望的蛤蚆岩不同，远看它形似一只巨大的蛤蟆，被草木覆盖，盘踞于江岸，岿然不动，虎虎生威。近看它，由层叠岩石组成，洞口几乎被一些盘根错节的枯藤遮掩住。我在同行文友的怂恿下，屈身钻进这只“蛤蟆”的口中，弯腰行走，抚摸它的上颚，粗糙感明显；其下颚为土层，被厚厚的枯叶覆盖。这只巨大的蛤蟆对着大江，张开大口，迎送来往船只。此时，我们站在一段古老的时光里。

“蛤蚆岩”得名，因其形，而此地作为一个地名流传开来始于何时，却无据可考，而今知道此地的人甚少，亏得清代诗人汪作楫乘舟路过，此处恰好入他眼，又入了他的心，因而“几度闲登眺”并作诗一首，才使得此地于龙游万千地名中留名至今。瀔水悠悠，舟船来往频繁，商贾游客、文人雅士经过龙游，登船而望，留下记忆或是墨宝，才串联起了龙游的古今。

我试着查看百度地图，搜“蛤蟆岩”即刻找到相关条目。而今，我为其作文一篇，希望能存留下来，也算为此地作一段正式的文字记录。写作更多的意义，便在于此吧。

大地稻乡

想着去常山看周华诚的“父亲的水稻田”，我就去了。

听说的，远不如亲睹。有人说：“那里除了稻田，什么都没有。”有人说：“爸爸的稻田应该在秋季才好看。”我想：你不亲去，怎么就知道呢?

于是，我去了。原来，那里什么都有。

到达“父亲的水稻田”的时候，中间那一片稻田里，只剩下一片稻茬。远望，枯黄色；近看，草黄色。根茬在土壤里，齐齐整整，稳稳地立着。它们会腐烂吗？化作肥料，等待来年春季耕种？我想，不会的。因为它们的本质是草，寒冬过后，经受过干涸、坚硬与寒冷，只要有一点暖暖的风来，它们便会萌蘖，卖劲地向上生长，长成一大片绿。只是，它们也是庄稼，所以下一个春天，稻田里不需要它们的生命如此循环，新的秧苗将会抢占它们的地盘。

即便稻茬，即便荒田，我还是看到了厚实的土壤里蕴含着的希望，听到了深冬里大地加速的心跳声。

稻田里，靠近马路的那一片地种上了油菜，经过霜雪的叶子又大又肥，它们撑着绿绿的小扇子，把田地里挤得满满的。中间部分是那一片稻茬，里面竖立一个牌，上面写着“父亲的水稻田”几个大字。这几个大字像停息在大地上的白鸽子，又像诗人遗落在稻田里的诗行。再往里是两座凸起的丘陵，丘陵上的土地被开垦成层层梯田，远看像宝塔，共三层，每一层上种着香柚。丘陵后面，群山起伏，是田野天然的屏障。

走在大自然的真实里，才可以看到更多关于田野的真实。稻田的土壤之上与土壤之中，它的浅处与深处，有边界的稻田和无边界的稻田……“父亲的水稻田”里仅仅种着庄稼吗？我走在田埂上，思绪被打开，像小时候用撮箕在泥沟里拦截到鱼虾。

我走进水稻田的深处，抚摸稻茬，也用脚踩上去，感受稻茬的真实触感。手抚稻茬，从下往上，将手心覆盖在稻茬上，干枯的，粗糙的，戳着手，我小时候帮着父母将晾晒的稻谷收回麻布袋，用手捧起谷粒时也是这样的感觉。脚踏上去，能感受到稻茬抵触的力量，但因实力悬殊，它们无奈地倒下了，将身子紧贴土地，反而更安心了。

我有多少年没有亲临稻田了？小时候的我生活在一片田园中，稻花摇曳的季节，我每天的呼吸和梦里，都飘着稻花的香气。我每一天出发和归家，都要踩着田埂，穿过稻田。我听到过秧苗拔节生长的声音，我蹲在稻田边，仔细地听，以为那是秧苗吸饱了水分后在打嗝。我看过一阵又一阵的风掠过稻田，稻田从碧波荡漾的湖变成金色的海洋。我那时以为风是魔术师。我穿梭在稻田中软软的田埂上，举个网左扑右跳，捕捉蜻蜓、蝴蝶。我等待父亲为秧苗拔草时给我扔过来一兜又一兜的荸荠，我蹲下，在淤泥里寻找荸荠，剥开，把那白白的小荸荠，一口咬一个，水水的，嫩嫩的，脆脆的。

我的手上沾满泥巴，鞋子上、裤脚上也都是。泥土的腥味，和着稻谷的清香，把我的童年揉进大地最真实的梦里。水稻田，是父亲的，也是我们一大家子人的。我们一家人靠它存活，每到交学费的时候，父亲卖掉一些稻谷给我们以充学费。我和哥哥从小学一直读到大学，我们“吃”掉了太多的稻谷。

后来，我离开稻田，离开故土，到了很远的一座城市里工作。我每天从水泥墙里钻出来，钻进铁壳子里，钻进另一处水泥墙里，掠过，也掠过路旁的稻田。在城市里居住的人，心也跟着那些钢筋水泥和铁制品，变得冷硬起来。那温暖的、柔软的父亲的水稻田，成了遥不可及的梦。

这时，来到“父亲的水稻田”，被勾起的，除了这些美好的记忆，还有更多的情愫，一圈圈散开。

“父亲的水稻田”的创始人是周华诚和杨建平，这两位“80后”，重返家乡常山，找到了一种自己喜欢的方式留守乡土。他们在圆自己的梦，更是在圆很多人的梦，孩童的、青年人的、中年人的、老年人的梦。新时代出生和长大的城里的孩子，他们不知道每天吃的大米与稻谷、稻田的关系；离开了土地的中年人、老年人，在大机器时代奔忙，很久没有闻到稻香了。

他们燃烧着自己的梦，也点燃了别人的梦。更多的志同道合者被吸引过来，政府也支持他们，大家集中力量，绘制宏图，开辟土地，建起了生态农业园、研学基地和共富工坊，形成一个集稻田、民宿、酒厂、中草药种植、跑马场、水上娱乐项目等于一体的综合体，使得常山几个沉寂的山村变得热闹、富裕起来。

一不小心，他们干起了一份乡村振兴的大事业，成为一种精神引领。在这个大时代，如何把梦想深耕大地，将闲田变成绿野，缩短城乡差距，既做有意义的事，又遵从内心而活？他们以实际行动告诉我们答案。他们是追梦人，是开拓者，是新时代的一种精神风貌，是钱塘江潮头之水，滔滔向前。

在杨建平的陪同下，我们走过“父亲的水稻田”种植区，来到云湖仙境民宿区，沿着山路弯弯绕绕，走进研学工坊“谷哇谷瓦赤脚王国”，行走在工坊的房子与稻田、菜园之间。

工坊内，有小型的稻谷加工机器、干净整齐的操作台和桌椅。又走过一条小路，去看酒窖。站在酒窖边上，酒香融进山色里。举目而望，眼前是一片园林，红石叶楠顶着一层红叶子，在阳光下熠熠闪光。稍远处，在蓊郁的山林掩映之中，是一个水库，此岸竹篱青青，彼岸山峦静默。杨建平说："水岸那一片地，将建一个跑马场。"

他说这话的时候，我看见阳光温柔地卧在他的头发上，几片树叶的光影落在他的脸颊上，留下几个光斑。深冬的太阳，黄黄暖暖，跟深秋的水稻是一样的。他的眼里，也闪着跟深秋稻谷一样金色的光芒。

收回目光，我们踩着一路的阳光，去隔壁村庄看周华诚家的房子。那座房子有个好听的名字——"稻之谷"，外面挂着三块牌子："父亲的水稻田""稻田大学"和"艺术乡建专家工作站"。这座江南庭院散发着文艺气息，稻田文化在这里得以传承和传播。以稻会友，以茶品味人生，这是周华诚的脾性。他相信，土地里，可以长出金稻穗和诞生好文章，可以孕育与守护好一种文化。如今虽已不是农耕时代，但只有与土地打交道，心里才会更踏实。

从"稻之谷"出来，我们回到云湖山房民宿。经过一座小桥，一只小白狗摇头摆尾地迎了上来，农家院式的民宿出现在我们眼前。那时天蓝如洗，青山之麓的几座白墙红瓦的房子错落有致，正悠闲地晒着太阳，跟瓦屋边上那棵耸入天际的红柿子树一样。

杨建平招呼我们在民宿院落里坐下来喝茶，给我们讲述整个"云湖仙境民宿"的打造规划。我听着，目光掠过他的头顶，移向那一树红柿子。红柿子经冬不衰，是留给鸟儿们的美食。红柿子明艳的红，是他们燃烧着的梦的颜色。

杨建平不知道，我的心此时已变得滚烫起来，握住茶杯的手的温度，正接近于刚倒入杯中的茶水的温度。坐在木桌旁，晒着太阳，喝着茶，闲聊着，吃着水果、瓜子，好像回到了自己的家一样。

桌上摆放着松果，花瓶里插着刚摘来的紫色野菊花。我们喝的是桂花茶，是这个秋天从旁边的桂树上采摘的，茶汤金黄，盈盈浅笑，啜几口，唇齿留香。院落边上有一个很大的游泳池，引山溪水为水源，到夏天，那里将是一个清凉的世界。

很快，厨房的阿姐们喊吃饭了。我们走下石阶，拐个弯，到了隔壁人家，民宿的厨房和餐厅就设在这里。这里所有的民宿都由原有的农民住房改建而成，所以当客人来此吃、住、玩、睡时，就像我们小时候那样穿梭在左邻右舍之中。

我走着，看着，游荡在儿时的梦里。

厨房一间屋的外墙用竹子连缀而成，竹墙上悬挂着一排鸡爪梨。餐厅的正门上挂着几个南瓜，门两旁挂着两串玉米。进入屋内，木圆桌上次第端上来清水鱼、豆腐、白石素鸡，我们生平第一次吃到了芋艿炖萝卜……

从鄂西来到浙西，一晃，我已离开故乡20年了，在这20年里，父亲已经离开了，安静地躺在了大山的土地里，若不是亲临常山的这片“父亲的水稻田”，我快要忘记父亲的水稻田是什么样子了。

难怪，当我看到民宿泳池外墙上那一行字“不只远方和诗，更有故乡的云”时，心就变作了一朵云，飞到山巅，越过了万水千山。

在常山，走不出胡柚花的香

一个地方，去与不去，完全是两样的，形而下与形而上的体验，当然不同。奔着一个地方去，那个地方也一定会为你盛开，来到常山，便是如此。

进入常山境内，雨便切切地来了，它是一定要为我们营造出山水迷蒙之境的。不然，怎么对得住在这暮春4月来常山采风的“浙皖闽赣”的作家们呢？

一路上，山一程，水一程，曲曲弯弯，我们行走在烟雨江南。没有晴空山河，意境恰更佳。且有柚子花香，浓浓淡淡，弥漫在空气里，远远近近而来，深深浅浅入心。一切，皆是大自然的赐予，刚刚好。

沿联盟大道，蜿蜒前行，一派田园风光，引我们进入芳村，至未来社区，感受“油茶原乡·宋韵千年”的风采。进入加工展演区，油茶原始加工制作的大型场面在此还原。坊内油茶泛香，木车辘辘，一派劳作的繁忙景象。剥壳、碾粉、蒸粉、压饼、榨油，循序进行，有条不紊。

每一种劳作，从来都是人力战胜自然的片段，在每一个片段里，总有一曲动人的弦音，最能打动人心。在这里，各种声音循着各自该有的律动，不知疲倦地重复着单调的歌曲，唯有榨油的号子声于混杂的声音中响起，抑扬顿挫，如天籁之音绝尘而来，此起彼伏，吸引着我们每个人。

撞杆用树干做成，大小合宜，劳动者手执一端，运力，推动木柱，由慢而快，至终点时加大力度，猛烈撞击，油夯内的油饼遭受强力挤压，油便涓涓流出，黄澄澄的，晶莹透亮。榨油本是辛苦的活，有了劳动号子，便成了一种艺术的创造。劳动者与观者都在其中获得一种独特的审美体验，那是力量的美，是劳动的赞歌。

从油坊出来，天已放晴，我们带着一身茶油香，走在暖暖的阳光里，触目满野新绿，草木庄稼蓬勃生长。我们的领队连中福主席总对我们说："你们来得正是时候，在常山，这个季节到处飘散着柚子花香，等明天我带你们去金源乡，一进入那里……"

我听着他的话，心里有诗句涌出："暗香一道随风力，知是前村枳橘花。"心里便甜丝丝的。

第二天，他带我们到了金源乡，果真如他所言。

先是参观胡柚生产基地的各种展览，我们在种类繁多的胡柚产品中流连，感叹着常山胡柚品牌的一炮打响，惊讶于常山人的眼光与智慧。随后，我们坐下小憩一会儿，有胡柚系列产品摆放在桌上供我们品尝：几瓶"柚香谷"果汁饮料摆放整齐，颜色浓淡不一，口感各异；新鲜胡柚、柚皮干、果脯装满了果盘；几杯柚花茶已泡好，加一点柚花蜜进去，清新怡人。

我们的味蕾绽放开来，吃吃这个，尝尝那个，柚香在口腔中弥漫开来，酸酸甜甜，爽口润心。吃罢，胡柚花香仍蜷在舌上，撒着娇，不肯离去。

走出展览基地，雨丝飘洒而来，我们撑着伞，走进胡柚林。满树繁花盛开，夹道欢迎我们的到来。碎雪满野，细细密密，挤满了枝丫，空气里都是柚子花馥郁的香味，吸入鼻腔，沁人心脾，是神赐的清泉，甘甜清冽。

采风队伍一路疾走，我与一女文友被绊住了脚，明显落后。雨露沾花丛，枝头满芬芳，风过，摇曳生姿。我俩近观，远看，拍着照，凑近嗅花香，听到前面领队催促声，才回过神来往前赶。

待走至最高处观景台，放眼四望，漫山遍野都是柚子树，百亩葱茏，绿树白花，葳蕤蔓延，一派大气蓬勃。果真如宋代董嗣杲所描述："千林翠幄千英雪，一点琼苞一颗金。"单是这景，已足够诱人。再说此时青山远黛，近水含烟，啼鸟声声，细雨蒙蒙，一切，都像是常山人民特意为我们准备好了的，达到了出游的最佳境界：天时地利与人和。

到江南的乡村，一定要有雨，天青色，烟雨朦胧，山色空蒙，绿树繁花，万水千山，如诗如画。

我们行走着，在这诗画江南。在澄潭村的胡家自然村里，看那株已有 90 多年树龄的胡柚树，如今仍青枝绿叶，年年花繁果硕，被当地人称为"祖宗树"。常山作为胡柚的原产地，其种植历史源远流长，已有 100 多年。这 100 多年，是一个世纪的变换，是几代人的艰辛传承与发展。一直以来，胡柚种植是常山的支柱产业之一，与山茶油、猴头菇一起，被并称为"常山三宝"。

常山胡柚，不仅仅是一种果实、一种景观，它也是哺育常山人民的食粮，是乡村振兴的金名片。三衢大地上，"柚香谷"飘香，它出现在各地的超市里、餐桌上，可谓家喻户晓。你来到衢州，这一品牌随处可见。那天，我喝下一半，带回家一半，随口吟出一句："一瓶柚香谷，足以慰乡愁。"它令我想起了故乡的橘园，想起了家乡的味道。

没错，我是新衢州人。在 4 月，我用脚步丈量常山的土地，一步一步，千步万步，走不出胡柚花的香。在这里，适合慢慢地走，切切地看，深深地嗅。

我陡然生出一种情愫：离家千里万里，我翻越千山万水来看你。再看常山，再嗅柚子花开，我有了身在故乡的感觉。

是哦，来常山，要慢慢走，你走到同弓乡的达塘村去，向那里的陈重良书记问候一声“早上好”，领会那里人们“早的状态”“上的劲头”“好的追求”的精神内涵。“黎明即起，醒后勿沾恋”，陈书记从晚清名臣曾国藩那里受到启发，备受鼓舞，提炼出“早上好”的乡村治理精神。他带领基层干部一起，身体力行，为促进乡村振兴而踔厉前行。

是哦，来常山，要慢慢走，猛然，你就跌入历史中去，走进了宋韵常山。到东案乡的金源村传统古村落去看看，脚步轻轻。走进“贤良方正”祠堂，你能感受到王氏家族“一门九进士，历朝笏满床”的辉煌。你听一听关于王介的故事：在北宋皇帝亲自主持的一次科举考试中，仅有三人入选，第一名空缺，苏轼第二，王介第三，苏辙第四。可见，王介的文才果真非同一般。常山处在金衢盆地西部，位于钱塘江上游，耕地广阔，土地肥沃，有“八山半水分半田”之称。这里钟灵毓秀，自古以来就人才辈出。

我站在他们的“人物介绍”前，敬慕之心油然而生。我用手指蘸墨，翻开常山人物志的一页，其上书写着王氏家族的瓜瓞绵延。

回过神来，大雨倾盆，噼里啪啦而下，打在屋檐上，落在广袤的原野，远山近水弥蒙一片，天地相连、浑然一体。馥郁的清香，依然远远近近而来，浓浓淡淡飘散，在常山一千多平方公里的土地上，我们走啊走，走不出胡柚花的香……

坪坑时光

坪坑村是衢江区大洲镇的一个小小的自然村，可是它是一个很具江南特色的村子，一个让你去了不想离开，离开了又想回去的地方。

6月上旬，我与朋友去那里拜访几位道士和他们的禹王殿。驱车，进了山里，越往里开，山体越发嶙峋，林木越发蓊郁。一条瘦削的水泥公路在崇山峻岭中时隐时现，曲曲弯弯，看不到更远的路，也不知前方还有多少个弯。翠峰如簇，满眼苍翠，我们穿梭在丛林秘境之中。

渐渐地，一条溪流钻了出来，陪伴我们前行。溪流掩于浓密树影中，逐浪向前，拥吻着溪底的山石，调皮而又热情。溪水两岸或为田野，或为峰峦，有时溪流隐身于叠嶂之中、峭壁之下，不见了踪迹，趁你不注意，它又现身，令你猝不及防。这时，你看溪流，它更像是流淌在峡谷里。

这样一路欣赏着风景，便到了坪坑村。坪坑村像一只梅花鹿卧于竹海中，零散分布的房屋是斑点，土地是它黄色的毛发，纵横的溪流是它的四只腿，而禹王殿就像是它高贵的犄角，兀立于山中。近看，蓝天之下、绿树丛中的禹王殿格外醒目，它由两座殿堂组成，墙体全漆成朱红色，上盖灰色琉璃瓦。正殿屋顶两端各有一条龙形的翘角。跨过台阶，从大门走进去，走进殿堂内，香烛烟气袅袅，道教音乐响着，我们不禁收了躁动的心，立马肃然起敬。

禹王殿不大，却不失庄严肃穆。殿堂正中央供奉着大禹塑像，在他的头顶上方有一块金色绸布的垂帘，上面书写着“道法自然”四个红色的大字。我久久凝望这四个大字，耳边隔绝了人声，我听到来自自然的风声、溪水声、鸡犬声、马蹄声纷至沓来，却在到达禹王殿的大门时，淹没于殿内的木鱼声、磬声中。在大禹塑像的左右，各有一根朱红色的柱子，其上贴有一副楹联，上联为“三过其门虚度辛壬癸甲”，下联为“八年于外平成河汉江淮”，概述了大禹治水的功绩和大禹功在不舍的精神。在这副对联外面的木柱上张贴着另一副上下联，分别为“至大至刚塞乎天地”和“讨乱讨贼志在春秋”的楹联。

“大禹”身着帝王袍服，正襟危坐，双手相覆，目光慈祥。在他的左右，各是一位文财神和武财神，旁边还有其他一些神仙各自端坐其位，似乎在迎接我们的到来。我望向大禹，问他：“三过家门而不入，您想念家中老小吗？”他颔首。“那您为何不进去看一眼，或是留宿一夜再走？”我再追问。“水患不治，何心入家门？苍生不安，何颜见妻儿？”他如此回答我，掷地有声，目光坚定，穿越4000多年。我听到大殿门前的溪水哗哗流淌，仿佛在唱一着颂歌。

那时，这座禹王殿的殿主罗青衣正坐于方桌旁，俯首，手执毛笔，专注地抄写着《祭大禹》，他见我们进去，招呼我们过去喝茶。我们上香敬拜完毕，走了过去，静静地喝茶。青衣一边和我们交谈，一边继续在宣纸上走笔，我凑近，细看《祭大禹》：“惟王德配乾坤，智侔造化，拯万类于昏垫，分九州于洪波……”大禹的形象在笔墨之下复活。

青衣的第一位师父是北方人，是全真龙门派的，他教青衣学武术和药理。他现在的师父主科仪，是正一天师派的，是龙游三门源三门道院的三贤道长。平日，青衣在照管好女儿的同时，从尘世烟火中回到山野，静守禹王殿，习武练剑，采药炼丹，做法事，念道文，修心性，抄古书，也喂马劈柴，洗衣做饭，迎来送往，一切都道法自然，修身养性，自在从容。

禹王殿建成后，大洲再无超大水患发生。后来，禹王殿经历了四次变迁，至 2011 年，坪坑村村民筹资重建此殿，而成今日之规模。

2024 年 5 月，青衣与两位道友高成祥、何樟渭来到禹王殿，在此停下脚步，决定齐心协力重兴此殿。他们说干就干，亲自动手，改建，整修，打扫，布置，一个多月以后，终于使这里恢复生机。他们的朋友很多，大家从各处慕名前来，原本寂静的禹王殿热闹了起来。殿内木鱼被敲响，道教音乐萦耳。道友来了，香客来了，香火被点燃，烛台灰烬多了起来……

寂静的坪坑村也因此有了生机，变得热闹起来。

我们便是在这时走进禹王殿的。连续三天，我去了三次。

禹王殿在溪水边，跟村民们的村舍毗邻而建，所以禹王殿既在与世隔绝的大山深处，又在人间烟火里。留守村子的多为老人，他们舍不得离开生养自己的地方，守着房子、菜园子和鸡鸭狗，依然过着如过去一样的慢节奏生活。三餐之余，闲来无事，他们便散步到禹王殿，到殿堂外站站，聊聊天，或走进殿内，坐坐看看，听听道教歌曲，看个稀奇，或是打个瞌睡。他们把这里当成了公共的家。

村民们把几位道士当成了邻居，时不时给他们送来一些自己种的菜。有一位老奶奶送来了笋干、梅干菜和蔬菜等。她喜欢抽烟，青衣他们便给她敬烟。老奶奶接过烟，满是皱纹的脸上带着满足的笑容。她也给道士们递烟，还给我递过来，我连忙摆手，笑道："奶奶，我不会抽烟，不会抽烟。"她把手收了回去，问我："你是从哪里来的？你来干什么？"我告诉她："我是从龙游过来的，我来看看这个禹王殿，看看你们村。"也不知她听清楚了没有，她咧开嘴笑了，夹着烟走开了。

在我们吃饭时，便会有村民走进来，到桌子边看看，听我们在说什么。几只黄狗在桌子边溜达，在我们腿边蹭来蹭去。有一只正在哺乳期的母狗，蹭了一些时候，吃到了我给它的一块骨头，到后来它干脆把下巴搭在我的膝盖上，睁着一双水汪汪的眼睛，眼巴巴地看着我。我受不了它这种眼神，又找了肥肉给它吃。

在坪坑村，时间似乎停止了，留住了村里老人传统的农村生活方式。他们只要身体还能动弹，便要到地里去侍弄庄稼，再不济，也要把菜园子打理好。吃过饭，我们沿着小溪去村里走走看看。一路上便看到一些老人在菜园子里忙着。一位老爷爷见我们不停地拍照，便打开他菜园的竹篱笆门，带我们进去看他种的菜。园子里生机盎然，各类时蔬竞相生长，土豆匍匐在整齐的土垄上，四季豆爬上了架子，芋头摇着扇子，茄子躲在宽大的叶子后边，西红柿攀在藤蔓上……眼前的一切，循着自然规律，汲取着天地灵气，勃勃生长。那位老爷爷看着它们，就像看着自己的孩子一样，眼里溢满慈爱。

村子依山傍水，所有房屋逐水而建，位于溪流两岸。这些房屋高低错落，依天然地势而建，大多为土坯房和砖瓦房，也有少许楼房。溪流潺潺从家门前流过，为了方便行走，村民们在溪上架起了很多石桥，几乎是隔几十米便有一座石桥。这些石桥大大小小，有的为石拱桥，有的由水泥板搭建而成，它们或通往一座房子、一片菜地，或通向一段石阶、一座山。走在村里，可以自由地走过这座桥或那座桥，穿梭在溪水的左右两岸。若人生也可这般自由地选择走这条路或那条路，那该多好啊！

我们走着，不时遇到几条狗、几只鸡，它们或在路上闲逛，或在菜园子里穿梭，或在院子里、桥上睡卧，悠闲得很。溪水清澈，溪石干干净净的。溪水里游着鱼，一些石头上长满了石菖蒲。这里几只大白鸭，那里几只大白鹅，它们或在水中嬉戏，或在石头上梳理羽毛与发呆，再惬意不过。它们不用像我们人类这样，每天步履匆匆，为名利而忙，为生活所累。

在村里走着，感觉回到了故土，回到了小时候。一切都那么宁静、安详，与世无争又生机勃勃。阳光温柔地抚摸着村庄，给村庄的每一座房屋都镶上了一层金边。走在村里，触目皆绿，满眼的绿，随处都是一幅意境画：一堵黄泥墙，一座石拱桥，一段竹篱笆，一捆捆整齐摆放的木柴，一个开满鲜花的院子，一条无限延展的石阶路，一片摇曳的野菊花……

坪坑村保留了乡村和山野本来的样子，让你回到旧时光。我在村子里欢天喜地地走着、拍着，不觉间走进了世外桃源，也走进了一个虚幻凄美的梦里。

沿路上行，青山迷人，溪水哗哗向前，不知疲倦地唱着欢快的歌谣，我经过这一家或那一家的门前，间或碰见一些老人，他们有的挥动锄头在菜园子里劳动，有的趔趄着走在路上，有的孤单地坐在门前，有的陷在门洞的黑暗里。他们守着生养他们的房子、土地，守着这一方好山好水，不肯离开。他们要在暮年的时光里，继续用脚步一寸一寸地丈量这一片土地。

我的步子越来越慢，脚步声也越来越轻，生怕惊扰了老人们沉睡时的梦。他们的梦里没有废砖、破瓦、颓墙，没有紧锁的大门、长满杂草的院子，没有扔在那里无人住的旧房子、新楼房。我的眼睛看得痛起来，心也跟着痛起来。在快速发展的时代，还有多少村庄，如这里一样，正在走向衰败与荒芜，直至消亡？村庄之殇，到底是一种进步还是一种后退呢？

所幸，还有像青衣他们那样的“60后”“70后”“80后”“90后”，他们栖身自然，守住乡村，把大禹的精神带回大洲，发扬道教文化并加以赓续，让它们如江河流淌，绵延不绝。

这时，我的耳边响起了村里一位老人的声音，那天他喝多了酒，在我耳边问："你知道我们为什么要修建一座纪念大禹的殿吗？"我见他已喝多，便笑而不语。他又念叨起来："道是道，佛是佛，禹是神不是佛。"这时，殿外的雨越下越大，唰唰有声，敲打着瓦楞，从屋檐流下，汇入溪水中，山峦上云蒸雾绕，天地间迷蒙一片，万物合一，难辨形迹。

寺下的贺羊桥

“五一”假期，与好友去了安徽，探访了泾县的桃花潭和徽城的徽商大院。在徽商大院内看见一座古桥，很喜欢，便拍了视频，配上《胡广生》的歌曲发了朋友圈。

一朋友看见后评论道：“还不如我们龙游寺下的那座桥。”然后，他发了一段视频给我看，看过之后，我果真被吸引了。趁着周末空闲，我约了闺密和姐姐，请那位朋友带路前往寺下去看那座桥。

雨后，天青色，我们从官潭进去，沿着龙游的“最美公路”前行，一路上照常是山水朦胧、云蒸雾绕的景象。这条公路四季如画，沿途风景十分治愈人。现在正是 5 月初，道路两旁的杜鹃花风姿绰约，随风摇曳，惹得我们的心热热的，切切的。

到了寺下，来到桥边，我们立刻就被那座桥吸引了。果真不假，这是一座秀美无比的石拱桥，具有大家闺秀气质，婉约清新。桥身和桥面都由石头砌成，以黄色为主，也有白色和褐色的，颇具立体感和艺术感。石头缝里，那些生命力顽强的野草杂木肆意地生长，在风中摇头晃脑的，恰成桥的一种点缀。坚硬的桥身与柔软草木的组合，黄色与绿色的视觉搭配效果，使得桥更具江南气质。随便从哪个角度看，都是一幅意境绝佳的图。

这座桥名叫“贺羊桥”，现在大家习惯叫它“状元桥”，据说，这座桥是南宋官员刘章中了状元以后建造的，距今已有一千多年的历史了。刘章是龙游县溪口镇寺下村土生土长的人，他少年时便聪颖过人，日诵数千言，考中状元后，他担任镇东军签判，后来升任秘书郎兼普安、恩平两王府的教授。在王府的四年期间，他专门以经义文学启迪引导，竭尽忠诚，被宋孝宗赏识。后来他官至礼部尚书，75 岁时更是以资政殿学士身份告老还乡。80 岁时病逝于家中，被追赠为光禄大夫，谥号“文靖”。他病逝后，被葬于寺下村旁的大庵山，俗称状元坟。而他的家乡寺下村，如今则被称为“状元故里”。

刘章任职于宋高宗、宋孝宗两朝，共有 30 余年，以为人忠厚、处事谨慎而得皇帝信赖。他生活简朴，待人厚道，曾自言“书生无他长，惟菲俭自度”。如今，刘章是寺下村人的骄傲，说起他来，寺下村人无人不夸赞他，并把他作为子孙读书和做人的榜样。家有读书娃的，喜欢带孩子去状元桥上走一走，也有带孩子去状元墓祭拜刘章的。还有不少人从远处慕名而来，专程前来看状元桥。

不仅如此，寺下村还因此创办了“状元文化节”，并将它作为固定的传统文化活动定了下来，年年举办。从 2009 年首办以来，到 2024 年已经是第 12 届了。每逢此时，便有来自各地的百余位状元后裔宗亲，还有福建省永安市大胡镇的刘氏后裔，前来与寺下村的村民们相聚在一起，开展以缅怀先贤和先祖为主题的文化活动。活动热闹盛大，一般由敲锣打鼓、恭读祭文、祭拜行礼、绕村游行等环节组成。

寺下村位于灵山江畔，靠近灵山古街，地理位置和自然条件得天独厚。江水悠悠，滋养着寺下村人；土地平坦，打开了寺下村人的视野。寺下人又得先贤濡染，文风鼎盛，屡有文人名盛于世；后世人耕读传家，胸怀大志，勤学苦读，学成者无数，显名于各行各业。

因此，到寺下村的状元桥上走一走，已不再是一般意义上的走走看看。除此以外，它还有种特别的魅力吸引着你，让你去了还想再去。我因为喜欢那座桥，又喜欢其古意，竟然在半个月内去了三次。

这座古桥是一座典型的石拱桥，共有三个石拱，都用石砖砌成。雨后溪水浑黄，从桥拱下流过，哗哗有声。桥边屹立着一棵有280年树龄的大古樟，凝望与守护着这座石桥。我驻足，远望，近观，眼里荡漾着柔波。我看过很多桥，唯有这一座显得很干净，又很安静，如处子，未染纤尘，凡尘不扰。

这座桥还有一个特点，那就是它没有护栏，桥面全由石头铺就，走在桥上，既有凹凸不平的真实的触感，又如履平地，莫名地具有安全感。我不禁想：当初这桥的设计者，是具有怎么的灵感，使得他大胆地选择不要桥栏的。是觉得建造桥的要义就是打破隔阂、连通两岸吗？还是觉得不要护栏更具审美价值呢？还是因为考虑到村子里人并不多，桥上不会拥挤，因而没必要设计栏杆？还是因为这象征着村民或者设计者自己开阔明朗、与世无争的性格呢？

那么，当时的刘章是怎么想的呢？不得而知，或许都有吧。走在桥上去揣摩一座桥，就好比去揣摩一个女人的心思一样，有难度，也是有意思的事情。一座桥的建立，从它诞生的那一天开始，它的使命便是供人行走，连通两岸，连接着过去与未来，它是宽厚的仁者，是心胸博大的智者。桥还具有坚贞如一的性情，它认定的地方，便守一辈子，直到坍塌，或是被毁坏。它对待爱情也是，桥恋着溪水，尽管溪水无情，不断追逐远方，但桥不离不弃，一直守护。“贺羊桥”与“状元桥”这两个名字里，恰好也蕴含着桥的这两种内涵。

第一次去贺羊桥的那天，在桥边的田野里，两台耕田机正在耕田，我们被眼前的景象惊呆了。我们站在桥上，远远望去，发现一大片白鹭停栖在田野上。随着耕田机一路驰骋而过，它们便扑棱着翅膀飞起来，一路跟随，伺机啄食。我们走近，驻足半晌，看见了更令人心动的画面。

随着耕田机“突突突”地一路开过，它们的后面和上方便多了一群追随者，追随者们扇动着翅膀，翩跹飞舞，时急时缓，当看见有食物时，便一头扎下去；得了食物，又迅速起飞，继续保持盘旋而飞的优雅姿态。仔细看时，发现它们的翅膀下面是灰色的，哦，原来是一群灰鹭。相比之下，那些白鹭则显得有些慵懒，它们似乎不是来觅食的，而只是找个地方来与同伴相聚，享受悠闲时光的。它们或蹲或站，啄啄泥土，理理羽毛，东张西望一会儿，淡定地看着那些忙碌飞翔的灰鹭，硬是不为所动。或许是它们早已吃饱了，所以此时停下来欣赏一番田园风光，享受这难得的悠闲时光，如同我们一般。

我看着，想着，突然笑了，觉得自己有些可笑：刚揣摩完了桥，竟然又揣摩起鸟来了。在寺下村，桥有桥的坚守，它匍匐于大地，任人踩踏，从古至今，经历了一千多年，仍然目光温柔，心怀苍生。在寺下村，鸟有鸟的自由，它们翱翔于碧野和天空，觅食、停栖与飞翔都是它们生命的姿态。它们在广阔的天地间活出了自己喜欢的样子，它们默默地见证着传统农耕与现代农业文明的结合，后者展现出一幅现代的田园牧歌图景。

走在寺下村，打动人心的，不只是走过一条路、一座桥，看见一草一木、一群鹭，更是大地上存在的那些东西，它们呈现出或短暂或永恒的生命力，譬如那田野里蕴含着的希望与丰收，那鹭鸟飞翔与停栖的姿态，那座桥的古旧与年轻，那条溪的流动与永恒……

听取蛙声一片

那夜，住宿在龙游的龙山运动小镇。白昼里，那些鲜亮热闹的东西绝迹而去，只剩下夜的黑和静，除了灯火和蛙声。

酒足饭饱之后，我们几个人步行回酒店，途经一个池塘，有细小的装饰灯，沿着池塘绕了一圈，萤火虫一样，闪烁着，随风摇曳。池塘里有一些睡莲，朦朦胧胧的，只看见一些轮廓。我们的心思全然不在它们身上，我们同时被池塘里的那些蛙声吸引了。

那是怎样的蛙声呀？声音嘹亮高亢，浑厚铿锵，如破磬响，回荡在山谷；如唢呐声起，划破夜空。一片洪亮的呱呱之声，声声入耳，那是雄蛙在扯着嗓子喊叫。又有略弱的雌蛙的咕咕之声，但也卖力地鸣叫着、应和着。此起彼伏，远远近近，轻轻重重，交响乐一般，响成一片。

我们驻足，凝神听，那是怎样的蛙声啊！在山野深处，在夜的静谧里，它们闹腾着、招摇着，发出求偶的信号；它们呼应着，打着节拍，欢呼着夏的到来；它们高唱着繁衍的歌，昭示着卑微生命的伟大。

过了一会儿，随行同伴回酒店了，我选择塘边一块石头坐了下来。此时，我可以独享这一塘蛙声了。坐着，听着，突然觉得这一片小天地是我的了。朱自清独享无边的荷塘月色的心境，我此时真切地体会到了。

此时，蛙鸣声充盈于耳，清风轻拂脸庞，身上的热气散去了一些。远山重叠，形成模糊的鬼魅的黑影。近处的树蓊蓊郁郁的，姿态各异，如我一般，执守着这大山深处的夜。都说万物有主，各有归属，可这蛙声，还有这山里的风、草木的气味，那飘散在空气里的若有若无的花香，它们又属于谁呢？

我想，此时，它们是属于我的。

回到酒店，洗漱完毕，却没了睡意。索性走到阳台上坐了下来，让身子自在地蜷缩在藤椅里，闭上眼。池塘就在几十米外，青蛙家族的“party”依然在热闹地进行着，它们是不知疲倦的演奏家。它们并不知道，有“粉丝”，在守着它们，同样无眠。

不知道在那个夜里，有没有人像我一样，沉醉在这一塘蛙声里，感受着这盛大的生命礼赞？有没有人像我一样，坐到阳台上，聆听这激越而又有些瘆人的音乐合奏？有没有人在这美好宁静的夜色里，想入非非而又进入非非之境，辗转难眠？

谁知道在那个夜里，有多少睡去与醒着的灵魂呢？已至凌晨一点，我依然没有睡意，窗外的蛙声，把我带入悠远的时光里去。我的思绪翩飞，翻山越岭，回到了我的故乡小镇——千山万水之外的土家族苗族聚居地。那时，我家的瓦房坐落在一片田园之中，四周是果木庄稼，在一年四季不断变换着的田园风光里，从春末至秋，便一直有蛙声响在田野里。青蛙是夜间的歌唱者，是土地的忠实守护者，是农民耕作与收获的信使，是天地间精力充沛的精灵。他们昼伏夜出，欢唱着，呼喊着，闹腾着，夜夜如此，乐此不疲。

我童年的记忆里，这些蛙声成为万物蓬勃的标识，成为田园生活的形象符号。只不过那时的我尚不懂得欣赏它们，但在结束了晚自习夜归的黑夜里，有它们迎接与一路护送我回家，这样的记忆，格外温暖与深刻。

“明月别枝惊鹊，清风半夜鸣蝉。稻花香里说丰年，听取蛙声一片……”这词句，写的就是山乡田野。我在这样的诗境里浸泡着，饱尝山光水色，感受土地的厚实与生命的蓬勃，在土家族的吊脚楼和山歌声里长大，然后离开，到达几千公里外的另外一个地方。

我从鄂西来到浙西。一晃，便已是19年。都说故乡安放不了肉身，他乡安放不了灵魂，所以，我们从长大开始，便一直不停地出发与行走。因为心中梦的驱使，我们出发、迈步，到达另外一个所在。我在他乡的土地上，耕耘着残存的梦，扶起犁耙，趔趄向前。我的父亲没有教给我耕耘的技术，他在那些有着蛙声的夜里告诉我："你要好好读书，走出去，才能看到一个更大的世界。"

是的，我走出来了。今夜，在异乡听取蛙声一片。可是我不知道我的世界是更大了，还是更小了。

收回思绪，睁了眼，看时间，已是1:38。我笑了：一个三八！有时想太多，完全是庸人自扰啊！

可是如果人活着，都不会去想了，那是不是少了一些意义和趣味呢？尤其在这深夜的静谧和无边的夜色里，任思绪蔓延，那才有趣呢！

我独坐，闭眼，继续想。想这里的山风、虫语与蛙唱；想夜色、酒香与歌声；想那茶山、鸟巢与天梯；想这几天一起采风的男人、女人，想我们还在坚持着创作诗歌、小说与散文……

白日里不去想和不能做的事，在深夜里可以全部涌现出来，你可以让心灵放空，任由思想穿梭，任由情绪蔓延，此时，你是个自由的人，没有人可以限制你。

在暗夜，到底隐藏着多少白昼里我们不敢想和不能做的事呢？比如对着山的黑影偷偷地喊几嗓子；比如站在"云梯"上想象一场自由飞翔；比如想彻夜不睡，独自去登山；比如想有一股风能把父母捎过来；比如想唱一首歌给青蛙听……

哦，我想只有在黑夜，很多隐藏着的情愫和欲望才会跑出来，它们像初春的蜜蜂一样，从蜂巢里拥出，密密麻麻的，带着刚长全的嫩翅膀，薄薄的、软软的、亮晶晶的；也带着螫针，有时会蜇痛你。

所有这一切，在龙山运动小镇的深夜里，那一塘蛙声提醒着我们。它搅动我们的思绪和灵魂，让我们从虚渺的想象中走出来，更加清醒地看清自己，回到现世。

这个世界啊，活给他人看与活成自己是完全不同的样子，我内心还残存着的面对命运的不屈与挣扎，或许，只有山和那一塘蛙知道。

走，到山里去

2022 年夏天，酷热难当，40 多度的高温天气，如魔咒一般控制着多地，地面被火辣辣的太阳烘烤得滚烫，地图上绿色蓝色的地域似乎都要被火红色取代。

每天睁眼看窗外，便被明晃晃的太阳光吓到，只想躲在空调房里，拉紧窗帘，让明亮的世界变得阴凉一点，哪里也不想去。

其实，并不是心里不想去，而是身体受到了限制，受到了繁琐生活和高温天气的限制。尽管如此，我的心还是被山里吸引着，因为这样那样的因缘，一次次地去了山里。

这个暑期，心被山野抽离，被清凉的山风吹拂，被青山绿水怂恿和鼓舞着，我走向"迷境"。

7 月中旬时，我回老家恩施，与随同去恩施旅游的人驱车前往。一路翻山越岭，钻隧道，过高架桥，从大桥上横跨长江，在丘陵、平原与高山地带穿行，领略了一路的奇山秀水与广阔的江汉平原风光，感受着使天堑变通途的人力的伟大。

经过 14 个小时，我们到达恩施。到达之后，他们去旅游，我则急切地归家，坐高铁回到利川——我父母的家。

恩施地区是"造化钟神秀"之地，利川隶属于它，此地因海拔较高，山水雄奇，成为避暑胜地。居于利川，不用空调和电扇，夏季每日气温一般在 18—32 摄氏度。我住在父母的小公寓里，夜里与母亲一起睡觉，深夜凉爽，必得盖薄毯子才行。母亲总喜欢去楼下院子里乘凉，坐在木椅子上，吹着凉风，与一群老太太闲聊。通常，我会在晚饭后下楼去散步，每当走到楼下时，清风阵阵，拂面而来，顿觉凉爽。走了一些时候，便觉得手臂有些吃不消，后悔自己忘了穿一件长袖外套下楼。走在清江边上时更是如此，凉风宜人，掀起裙摆，吹遍全身，有时忍不住打一个寒战。

说起利川夏季的凉爽，怕有人不信。记得我大学毕业那年的暑假，去利川沙溪乡的一位同学家里玩，当我们进屋时，她家正烧着炉火，炉子上用高压锅炖着腊肉，发出诱人的香味。待饭菜齐备后，我们围坐在火炉旁吃饭，竟一点未觉热意。睡觉时，睡在厚厚的棉垫子上，还盖了厚棉被。到第二天中午我们离开时，坐在村口一户人家门口等中巴，风一阵接一阵地刮来，我们被吹得瑟缩着身子，渐渐地，我的鼻涕流了出来，就这样，我竟然被冻感冒了！

还有一个真实的传说，是我初中同学讲给我听的。她说在暑期，她的几位初中同学每次到她家去打麻将时都怕冷，都要把门窗紧闭，找一件外套穿起来。因为她家楼层高，一到夏天，如果门窗开着，风便呼呼往里钻，形成对流，家里便凉爽得很。

说了这么多，我无非是想说我喜欢我的老家，大山深处的地方，除了那里拥有好山好水，还因为那里特别凉爽，四季宜居，夏天避暑，冬季赏雪，春秋气候宜人，风光如诗如画。

所以，每每我和哥哥在暑假回家乡，便止不住地要往山里跑。去山里，去山里，去山里……我们克制不住要去山里的欲望，脚步不停地要往那些山乡去，爬不厌的山，蹚不够的河，看不厌的山乡风物，赏不够的山中风景。

我妈总说我们："恁些（这些）细娃，一回来哒一天都要飞叉叉地往外面跑，硬是长不大，那乡滴（乡下）有么子（什么）好耍的哟！"

我们笑而不语，给父母做好早餐，安排好中餐，便又跑了出去。如果时间赶得及，回来再做晚餐刚刚好。我们回到父母身边，就变成了孩子，父母也变成了孩子。

母亲不懂的，我不需要告诉她。但我明白我之所以喜欢山里，喜欢村庄和田园，是因为我出生和出发的时候，一切都已经定了基调。脚步，在这一个村与那一个村停留，心，在这一座山与那座山之间飞翔，我走的时候，还来不及说再见，别了的，除了那些景，还有那些时光，那是我的生命在那里成长的印记。

当我站在生养我的故乡小镇的山高处，我情不自禁地要唱起来、跳起来，我伸出双臂，拥抱小镇，拥抱山川，拥抱村庄，拥抱田园，拥抱每一寸我熟悉的土地，拥抱每一个我熟悉或不熟悉的草木……

当我们驱车到达齐岳山山顶，俯瞰远山，层峦叠嶂，云海起伏。我们看到一个镇子就在山坳里，看到眼前神奇的风力发电机，看到草地青青、马儿奔跑、牛羊自在。我们站在山顶一块巨大的山石上，仰头，闭眼，张开双臂，感觉自己在宇宙间翱翔。哥哥与堂哥拍下一个视频段子，坦言“这不是我的江山”，而我改了“台词”，握紧拳头，大言不惭道：“这碧水青山，这蓝天白云，这清风，这草地，都是我的，我的江山。”

这样说的时候，我们都笑了，那些随风摇摆的树也跟着一起笑，我们仿佛回到了孩提时代。

这发癫的样子，别人不懂，或许，山懂，土地懂。

在凉城利川这样玩着，等我从鄂西回到浙西时，我一下子不适应了。每天都是 40 多摄氏度的高温，每天都是止不住的汗，止不住的热，空气和浮尘里面都是热气。不得已，宅于家中，全天 24 小时开着空调，穿短裤，喝冰水，吃冷藏的西瓜，做稀饭……“多肉”就快全部离世，绿植蔫不拉几，厨房像是烤箱，整个小城处于烈日的欺凌之中。

我每日享受着免费桑拿，做个饭、拖个地、上个厕所、晾个衣服等，全都汗流浃背。这也算是一种排毒养颜之道吧。

如此一来，找个山里的地方去避暑便成了当务之急。于是，我呼朋唤友，怂恿着家人，我们出发了。

我们向山里进发，去柯城九华山和七里的民宿。

在农历七月十四的那个夜晚，我带着儿子和闺密去了九华山的民宿，真是幸运啊，那夜月色正好，我们享受了无限的山光月色。随着夜幕降临，我们在民宿院子里的那棵古樟树下乘凉，月儿慢慢升起来，我们等着它探出头，爬上山巅，等它在树梢，等它在头顶……等它，守着它，也逗着它。它也等着我，守着我，逗着我……

酒后微醺的闺密要去溪边走一走，我则继续停留在院子里赏月。她俩走在路上，交谈着，赏着月，清风拂来，觉得特别舒畅，于是脱了鞋子，披着满身的月华，晃晃悠悠地往前走。

后来，民宿老板一时兴起吹奏起笛子来，笛声悠扬，穿过民宿门前的那棵古樟树，飘荡在夜空，回荡在山谷。随后，我们也被带动起来，一起唱歌。民宿老板和老板娘还跳起了交谊舞。是时，月光皎皎，清辉洒地，虫声、笛声、歌声一起响起，有夜的黑与白、静与嚣，虫声喧嚣，清风徐徐，山静默，溪水潺潺流淌……

我们忘了时间，也忘了自己。

这样的经历，于我们几位中年人而言，都还是人生第一次。此情此境，人生又能拥有几回呢？中年人的世界，或许，只有九华的月和溪能懂。

我喜欢去山里，喜欢山居，喜欢山乡与田园生活。每每到了山里，满眼盈绿，青山绿水在眼前，草木庄稼蓬勃生长，空气里都是轻松和自由的分子，舒缓神经，浸润心灵，无案牍劳形，无纷争烦扰，无杂想俗念。我便在山里活成了另外一种样子。

那日，中介的朋友驱车带我去看衢江的山居和乡村。我们一行四人，走过桃源村、茶坪村、石塔底村。

在桃源村探访一处桃源山居时，我们发现了一处瀑布。瀑布水花飞溅，沿石壁而下，汇成一汪深潭。在这持续高温与干涸的季节里，这里的水，是我在衢州地区见过的最干净、最清澈，最适合戏水与游泳的水。当时正有几个户外运动爱好者在潭里游泳，他们畅游于潭中，时而游到瀑布之下，任水花在身上飞溅，时而从岸边的大石头上纵身跃入潭中，溅起一朵朵浪花，享受着水里世界的清凉和跳水的刺激。

我向四周望去，只见青山满目，天高瓦蓝，绿野仙踪一般，真如世外桃源。在此停留，我有些舍不得离开。听边上村民说起，有位部队退休的老人，携妻匿于此山之中，结庐，命名为"桃源里"，过着神仙一般的日子……

不觉时辰已晚，我们不得不离开，去另外一个叫石塔底的村子。离开时，我想着：这凡尘里，若有山居几间，若得天、地、山、水与林子、院子，待老来闲暇居住与养生，怕是世间最幸福的事了！

我知道，我又做梦了。回到现实，我们继续赶路。

石塔底村是衢州两区海拔最高的村子，去往村子的路是盘山公路，道路狭窄，路陡而险，弯多而急。我们的司机是个女性，这是她第一次在这样的盘山公路上驾车。路上几次，我都想劝她放弃，但她狠踩油门，加大马力，执意前行，比我的决心都大，我们都跟着捏了一把汗。事实证明，她的坚持是对的，她既超越了自己，征服了高山，也给了我生平第一次探险与远行的体验。

一路上竹山耸翠，山野葱郁，清风习习，越往高处越是凉爽。经过一个多小时的车程，我们终于到达了那个村子。只见远山成岭，山峦起伏，青山之侧，绿树掩映之下，屋舍俨然，鸡犬自在，菜园里种的菜生机盎然。在村子里走了一下，遇见一位村民挥锄薅地，一位老爷爷衔烟闲走，不知谁家的瓦屋顶飘出炊烟，我闻到了青椒炒肉的香味。

令我惊讶的是在这个人烟稀少的村子里，有一幢大别墅赫然屹立于蓝天白云之下，看样子即将完工。我在想：是哪位富豪有这种情怀、眼光和决心，竟然肯把别墅建在高山顶上呢？

问村民，说是从本村出去赚了钱的一位大老板修建的。城市繁华，应有尽有，他为何要回到家乡的土地上来修建一座山居呢？

我想，只有这里的山懂，土地懂。

我想，我，肯定也是懂的。

这凡间，如我一般，在暑期里冒着酷热迫切地往山里去的人，有多少呢？我不是在闲逛，不是在瞎跑，你不懂的是，每当看见这些山乡风光的时候，文字便在我脑海里一个一个地蹦出来，要连成句，喷涌出情感，将我的大脑与心海填满。

你不懂的还有，在酷热的天气里，找一处山水胜地，寻一处清凉，不是换个地方睡觉与玩耍，而是决定一次出发。当你在行走的时候，土地便被你真实地踩在脚下，花草树木、天地山河全在你的眼前。举目，你望苍穹；俯首，你看山川。眼界宽了，心地也就慢慢变得宽阔起来。

而且，在乡村，在山高处，在田园里，夜晚到来时，如有月儿悬空，有星光几点，有凉风抚心，有树影摇曳，有山溪流淌，有虫殷勤地为你歌唱，宁静与沸腾的夜哦，这蓬勃的暗夜哦，有多少东西，是你蜗居在城里钢筋水泥的建筑里无法拥有的？

去山里的时候，我以为，我是这世间最幸福和富足的人了。

马金的山河

有宿命的意味，我的行囊里装着一个沉甸甸的梦，从一个有山的地方出发，跨越千山万水，到达另外一个有山的地方。离开山，又到达山，冥冥之中注定了的，这一定是上天最好的安排。

被一方山河养大的孩子，奔赴另一方山河，我偏就喜欢有关山河的一切，喜欢依山傍水的村落，喜欢山野里的草木竞长，喜欢林间的鸟啼虫鸣，喜欢迈着细碎的步子，投入盎然的绿和姹紫嫣红的怀抱……

这不，在暮春时节，走，咱们一起，到山里去，是一件多么令人欣喜和幸福的事啊！

于是，我们的脚步，真实地踏在了开化县马金镇的土地上。

到达马金中学的时候，我惊讶于头顶耀眼的绿和蓝，被雨水洗过天地，一切都清亮得很，心想：巍巍青山之麓，盈盈碧水之畔，是谁，把马金中学的地址选在了这么得天独厚的地方？而开化，这个四省通衢之地，处于闽、浙、皖、赣四省边界的“金三角”中心，全境峰峦重叠、石崖嶙峋，又有钱塘江的源头之水浩浩汤汤，亘古奔流，山水胜处，人杰地灵，实在是老天的恩赐。

我仰头，呼吸了一大口新鲜空气，踮起脚，张开双臂，拥抱这所学校，拥抱学校后面的那座山。此时，太阳越过山巅，闪动着碎碎的金光，把天和地都吻了个遍。

就这样，我热情地扑进了马金中学的怀抱。

行走于校园之中，只见花、木、草、石相映成趣，水木清华，感觉是把山林与公园搬了进来。而天然与人工的结合，相得益彰，浑然天成，使得这座由 7 所学校合并而成的新学校熠熠生辉，自成一景。园内，花梨木根深蒂固，枝干遒劲，从老校区迁徙到新的地方，它们依然蓬勃生长；落英铺在地面，树上仍有香味飘过来，仰头与俯首，繁华与凋零，别有一番好景致。爬满围栏的蔷薇花在风里摇曳，注视它们的时候，它们也注视你，眉目含情。天空湛蓝如洗，清风阵阵，红旗飘扬着，频频与白云握手，碰着旗杆，铿锵作响。

在此地工作和学习的师生，是幸运的。

端坐于包山书院里，做一刻朱熹的弟子，走进一段古老的时光。在先贤的学训学规里，关于“节廉孝忠”的谆谆教诲在耳畔响起，蒙垢的心被洗濯，汲汲求世，不若于山水之间，让心沉静下来，在安静的时光里做一些有意义的事。我想，当年的朱熹先生，如同孔圣人一般，当他们作为老师的形象传道受业于弟子的时候，他们的心，一定热烈而又执着；他们的双眸，一定闪着光亮。

而此时的窗外，学生正在塑胶跑道上跑步，那些 21 世纪的青少年，他们奔跑在蓝天白云之下，以绵亘起伏的青山为背景，树木葱茏苍翠，塑胶跑道的红与足球场的绿交相辉映，天地之间，他们青春的身影雄姿英发，前赴后继，多像曾经那些奔赴在革命道路上的青年呀。

走在马金的山里，看这里的风景，听关于马金的故事，只要你的脚步不停歇，蓝色之下，便有动人的绿和耀眼的红充盈视野与心灵。

走吧，一起去霞山，去瞻仰烈士的遗迹。肃穆的陵园内松柏青翠，冬青环绕，闭眼，默哀，献花，送诗，默念 10 位先烈的名字，在脑海里还原他们与反动派斗争的情景，血染红了青山，斑驳的墙上，是否还能闻到那一小段暗淡历史的血腥味？山沉寂，与忠骨同在；水呜咽，伴随英烈长流。一方土地的安宁，必定有一番搏斗的残酷和血染的风采。而今，当他们的子孙和乡邻们享受着他们带来的福祉，我想，祖辈的精神必定会感染他们，激励着他们不忘初心，牢记他们这一代人的担当和使命，秉持公心，以己之力，服务于他人，效力于社会，奔赴于他们的长征之途。

这样，先烈的血才不至于被时间的洪流冲淡、冲散。殷红的色彩，融进土地里，早已成为灼热的大地红，成为高举的火把，熊熊燃烧，代代相传。到霞山去的意义，生命存亡的力量，才会更大、更强。这样的祭拜，才是一种传承。

到了霞山，是一定要去古村里走一走的。行走在小巷子里，脚踩在青石板路上，尘世的喧嚣被隔绝在外，进入旧时光与慢节奏的生活画面。霞山自宋代时属于古徽州，因而此地古宅大多呈现一颗印式徽派建筑，粉墙玄瓦，雕梁画栋，木格子窗木板门，马头翘角、牛腿雕刻等，精雕细琢，形神兼备，精妙绝伦。走进大户宅院内，又是另一番景象：门厅三进三出，庭院宽阔，厅堂轩然，厢房幽雅，雕刻繁复精美，陈设奢华雅致……令人不得不佩服古人的智慧和纯手工技艺的精湛、人力的伟大，也于此窥见。

在这样的地方行走，脚步声重一点，便有打扰之嫌。我们一行人浩浩荡荡，步履匆匆，虽是目光切切，怕也是对不住那里的幽静与安闲，搅扰了那被历史浸泡过的古旧时光。只有靠墙静坐的老人、在屋檐下打盹的狗，还有那些从北京来此写生的中央美院的学生，还有那几株抽了新芽的老根、与墙齐高的芭蕉树、斑驳陆离的墙和那一堆焦黑的木头，才与这里是和谐统一的。

走吧，如果慢不下来，索性快些离开。我们走出古村，欢天喜地地走过一座木桥，又从另一座木桥上走回古村，站在水岸，稍作停歇。此时春风骀荡，堤岸杨柳青青，舞姿婀娜；对面是一片绿野，举目则青山满眼；眼前，马金溪缓缓流淌。或许，在开化的任何一处，只要你愿意停留，一定有奇秀的风光候着你。

在人间四月，从城市车水马龙的喧嚣里走出来，暂且将繁杂的事务丢在一边，行走于青山绿水之间，来一场养眼怡情的跋涉，被另一片山河打开视野，久已疲惫木钝的心被唤醒，来开化，就对了。而到了开化，你不去看一看钱塘江的源头之水，不沿溪流而行，不蹚水而过，那一定又是一种遗憾。

走吧，一起去钱江源头的水边走一走。到了下淤村，一处堤坝拦住了水，水面十分宽阔，石墩之间，形成数十个小瀑布，我们一行人一人一个石蹾，缓步前行。清流激湍，近在眼前；就在脚下，水浪奔腾，哗哗作响。上方之水波光粼粼，如画青山，映在水中。远山连绵，层峦叠嶂，层次分明，色彩浓淡相宜。

一步一步，抬起与放下，淌过宽阔的水面，我们似乎从历史的一端，走到了另一端。我们又一次体验了亲临一条大江的感觉，在浙江人母亲河的源头处，肆意地亲近一方水土，感受那片土地的芬芳与辽阔，感受那片土地的温润与厚实，感受那片土地丰厚的文化底蕴和流淌不息的红色精神。你的心，也沸腾了吗？

待走过江面，沿岸慢行，则又是另外一种享受。步行道上，绿树掩映，草木繁荣，一路鸟啼啁啾，花儿盛开，而远山近水，你取之无人禁止，你用之无穷无尽，难怪苏轼当年被贬于黄州，要泛舟赤壁，徜徉于山水之间呢。而朱熹钟情于马金，除了“结庐守墓，以志思缅”亡妻的深情，想必也一定为包山的“春风江山锦帆开”和“松楸郁郁”的景象所打动。而于书院内为四方学子传道授业，孜孜以求，诲人不倦，理学大师张南轩、陆九渊等也接受汪氏兄弟的邀请赶过来，与他共聚包山。他们一起，在听雨轩内谈经论道、研究理学，并于讲学之余吟诗作赋、饮酒赏景，那一定是别有一番雅趣了。

山水，自古以来都是文人墨客与雅士名流钟情的对象。他们走过与停留的地方，便有了文化的流淌，时光向前，积淀至今，传承与发展，便有了一方土地文化的博大与厚实。

行走在山明水秀的马金，或是在开化的其他任意一处，漫步于山水之间，与万化冥合，心空无杂，好不自在逍遥。

走吧，到山里去，一起去看那片辽阔的土地上热烈如焰的红色、苍翠的绿色和纯澈的蓝色，从一座山走到另一座山，从源头之水走到未知的远方，从过去走到现在，从山出发，又到达山……

大山给你的启示，绝不止于它本身。

浸在雨水里的春天

天气潮潮的湿湿的，江南的春天就是这样的。

寻春，不能等，一等，花期就错过了，新叶替代了春红，万物悄然萌蘖，你还未察觉，它们已经蓬蓬勃勃地长成另外的样子了。等约好人，等一个好天气，等一个完全空闲的时间……这些都具备，恐怕你就错过了这个春天。

我也这样，等了好几个周末，一晃，就等了一个多月了。哦，不能等了，我告诉我自己。于是，出发，你知道的，在浙西这个小县城，只要你走出去，哪里都是春天，随处都是烟雨江南。

在这个多雨的季节里，我终于认真地出发了。一路上的景致，符合期待，雨蒙蒙风萧萧，远山近水，云蒸雾绕。雨水滴答滴答敲打着车窗，雨刮器来回旋转，它一定累坏了。我却陶醉于车窗上的景象：雨水一层一层，一圈一圈，一下一下，它们循着节奏舞动着，重复相同的动作，不停歇，不感到累。车一路蹚着水，我一路欣赏着雨雾、云海，山乡风景被它们清洗与遮掩得恰到好处。遇到心动处，踩一脚刹车，停下车来，下车取景。

此行，没有目的地，也可以有目的地。每一处经过的地方，都是路过，也是到达。朝着前方走，会有更多的前方。道路两旁，这里和那里，或桃红梨白，或茶青竹翠，或新芽嫩黄，盈盈动人。迎春花、海棠花与紫荆花正铆足了劲，于枝头含蕊吐芳，而樱花、山茶花，则进入一半繁华一半凋零的时期。一路行驶，不时会有大片大片的油菜花闯入视野，为绿野装点出金黄。还有一些不知名的野花星星点点，在风中摇曳生姿。

田野、山间，大地上，到处都写满诗行。

连日数天来，江南进入雨季，老天爷像个多愁善感的闺中怨妇，悲悲戚戚，泪眼婆娑，洒得到处都雾蒙蒙、湿答答的。早晨醒来，看天地之间迷蒙一片，分不清山与城的界限，它们已经融为一体了。虽然不喜欢这样的天气，但恰恰是这样，更能体现出江南的意蕴来。

慢慢开着车，慢慢欣赏。山绵亘起伏，水缓缓流淌，道边树木与村庄从我眼皮底下溜走。我觉得这乡村的土地和大好的春天都是我的了。心里十分满足，熨帖得很。

在乡村公路上，不时会碰上鸡鸭鹅淡定地走在马路上，或是猫猫狗狗从路旁窜出来，我十分耐心地为它们让道，有时，冷不防会遇见鸟儿正飞过来，我便担心会不会撞到它。当然，我知道，这担心纯属多余，鸟类张开翅膀飞翔，目标在高空，而不在地面。

车子行驶着，不经意间就驶入了一处古街，仿佛驶进了一段旧时光里。我穿过小城，从新式楼房里走出来，要把自己扔进一段过去的记忆里，或是记忆的过去中去。

停好车，撑伞徒步行走，走在青石板路上。地面湿湿的，空气湿湿的，巷子悠长，白墙黛瓦，木门木窗，也都湿湿的，浸润在烟雨中，构成一幅意境画，我成为画中人。

说是古街，它确实有一般古街的样子。房屋古旧，屋檐残破，木窗结了蛛网，斑驳的墙上爬满了青苔，灰瓦的裂缝里长出了草、长出了苗。有的房屋早已废弃了，徒留四壁，里面荒草自在。在一处经年上了锁的老屋的木门上有或许是主人家在过年时专程回来贴上的红纸对联，上书："一品女儿埠，千年古商街。"这褪了色的对联，为这寂寥的古街增添了一丝人气。曾经，这里该是人头攒动，饭菜飘香的地方吧？街道上应该商铺林立，商贩的叫卖声此起彼伏。

我不喜欢去研究一个古镇的历史，我更习惯于它已然衰败的现实，看它沧桑的容颜，看它被挤缩在现代人修建而成的高楼后面，看它被人们集体遗忘，或是被偶尔前来寻访的人打扰，徒然慨叹一番，踯躅而行，然后离去。心里想着：下次应该不会再来了。

古街，就是这样渐渐淡出人们的视野的。新与旧、发展与落后，从来都是对立存在的。在物质文明日益发达的现代，有多少事物，正处在消逝中呢？曾经去过龙游南部大山深处的一个很远的村落双戴村，那里的黄泥屋集中建在山坡上，远看黄墙黑瓦，高低错落，青山如黛，绵延起伏，形成山中一景，可是走进村子里才知道，那里基本上是人去房空，村民多已迁徙他处，只剩下几个老人安土重迁而坚守于此。不光是在龙游，在全国各地，还有很多其他的村子，又何尝不是如此呢？

古街，与雨水混在一起，模糊了春天的概念和人们的记忆。走出古街，我又回到了新的天地里。坐船沿江行驶，所见，左侧为田野，草木庄稼蓬勃生长；右侧为瀫水，浩浩荡荡，烟波浩渺。一条大江，流淌不息，亘古如斯，成为当地的母亲河。沿着河的两岸，人们择水而居，建造家园，繁衍后代，生生不息，因而形成了村落、集镇、县城或是更大的城市，并孕育出源远流长的文化来。

有山处必得有水，方有灵气。在春季，天降甘霖，万物复苏。在有雨的春天里，你一定要抽时间走出去，看看满眼的春天。看“花开红树乱莺啼”，看“一树春风千万枝”，看碧波荡漾、烟雨画船，看“半城山色半城湖”。我在自己所居住的江南小城，便享尽了这样的春光山色。

近日天气变化多端，或春或冬，有些花儿急急探出头，又被冷得瑟瑟发抖，跟人们一样，每日起床后，不知该穿什么衣服，被弄得不知所措。还记得几天前的某日，突然风雨大作，雷声轰鸣，枝叶乱舞，门窗噼啪作响，随即急雨骤下，以排山倒海之势，铺天盖地而来。霎时，天昏地暗，天地间混沌一片。那一场雨后，学校里学生刚打扫干净的路面上又是落叶铺地，枯枝凌乱，学生叫苦不迭。我跟他们讲：“不急不急，你看你们每天都在清扫落叶，做着那么诗意的事情。”听罢，他们笑了，附和我：“是的，我们在做诗意的事情。”而教学楼之间的那几株山茶花下，又是一地落红，风雨过后，总有一些美丽死于非命，另一些还在枝头的，则泪光点点，作别同伴。我又一次生了黛玉情愫，拾起一些凋落的花瓣，将它们摆放成爱心图形。抬眼再看那些枝头的花儿，挤挤挨挨，花团锦簇，已是言笑晏晏的景象。我的心也跟着完全放空，长出一片新绿来。

只要你愿意，你可以每天都把眼前在做的事情当成诗意的事情。不要嫌弃工作太累，不要觉得生活太忙，不要抱怨天气不好，不要慨叹春天太短，雨下在春天里，就这样，本已足够美好，况且诗与远方，就在眼前，就在足下，就在你的心灵世界里。若这样想，被雨水浸湿的春天，倒是格外美好了。

午后，雨停了。我摇下车窗，驾车行驶在回程路上，眼见一路的天地山河，庆幸自己又做了一回自己。回到家，等儿子放学归来，正好，我又做回另一个自己……

想有一所乡间的房子

我总说，想有一所乡间的房子，最好是老屋的那种，有天有地有院子，院子里种上花，屋旁有个菜园子……

我知道，在浙西这片山河美丽的大地上，若有一所乡间的房子，就做了幸福的人了。实在不行，去乡间租一套也好啊。

于是我开始设想去哪里租房子。

去闺密的娘家吧，在庙下大山深处的一个村子里，它有个好听的名字叫作“杆栏村”。那里空气清新极了，所见为山翠万重、茶园青青、良田碧绿，一派江南田园风光。闺密父母的老房子，是老式的土房子，黄泥黑瓦、木窗木门那种。我们在春天去的时候，往门槛上一坐，便见到满眼青翠，几头牛在田野里悠闲啃草，几条狗在马路上追逐打闹，一群鸡咯咯叫着，在茶林间、菜地里自在啄食。

在清晨的阳光里，我们挎着篮子，去山上采茶叶，蓝天白云之下，竹枝轻晃，鸟啼啁啾。闺密和她母亲在厨房里忙碌着，炊烟袅袅，香气飘散。待做好了农家菜，闺密站到院子里，扯起嗓子朝着对面茶山上的我们喊道：“吃饭吧，归来吃饭吧。”我们扯着嗓子回应道：“来吧——来吧——”

声音被拉长，回荡在山间，让我跌入儿时的梦里。

于是一日，我对闺密说出我的想法，才得知她父母那老屋要按照国家政策，进行高山迁移了，老屋是保不住了。真可惜呀！

那么，去后田铺吧，那里有世界灌溉工程遗产姜席堰，江水浩荡，流淌不息，如巨龙，卧于青山中，匍匐前行。一路上，它看见青山如画，扑怀而来，便热情相拥。此时，你站在江边，或是泛舟游于江面，看见山水交融，如胶似漆。

在姜席堰，还有一条打造好的游步道，可以通往龙山。村庄宁静，白鹭栖息于田野，道旁花木芬芳。村里以别墅庭院居多，廊桥门前，流水淙淙。如果居住在那里，还会认识一位会唱婺剧的美女村主任，每日可听歌声飘荡，看堰水长流……

还真是个有山有水、有历史文化底蕴的好地方呢。

其实杨村也不错呀，它就在衢江岸边，离城里也挺近的。住在江畔楼房里，养花种草，让爬藤月季或是凌霄花爬满围栏，晨看衢江流淌，夜享清风月色。闲暇之时，夫君可以去江边钓鱼，我可以陪坐其旁，吹吹风，观一观垂钓之乐。

思绪泛波，一圈一圈推开去，我又想到了团石和盈川古镇。这两处地方都是浩浩衢江之水流经两地，江面宽阔，汤汤流淌，远处山如墨影，近处翠屏如画，村镇里屋舍俨然，古色古香，绿树掩映，人文之中透着天然。况且那盈川，还是杨炯心热与魂归之地，情涌志存，文脉绵长，若得此地居住，每日晨昏于江边走走，养眼怡神，兴起则跋山涉水，心动则笔耕小文，多好啊！

去过几次盈川古镇。路过时去，白日专程驱车前去，夜间吃饭时去，三番五次以后，越发喜欢。白日景象自不必述，那日夜间情景，令我心动不已。那是在连绵雨季之中一个晴日，我与好友在那古埠头饭店吃过晚饭之后去江边走走。那时也就 7 点多钟吧，天上有月正调皮着，时而掩于云后，时而探出身子。我们走到江边，踩在沿岸堆砌的大石头上，或驻足，或前行。那时风正大，吹起我们的裙摆与长发，衢江水波涛汹涌，浪涛拍岸，啪啪作响，让我产生站在海边的感觉。这是我第一次看到这样的衢江，它奔涌着，像黄河之水，像大海，像粗犷的北方汉子，一改平日的江南风骨，呈现出乾坤藏于浩瀚之水的气魄。

于是，当我再到盈川古镇时，我询问那里散步的人："你们这里有房子会卖吗？"

两位摇着扇子的奶奶驻足，对我的提问感到奇怪，回答道："卖啊，那怎么可能，我们都要自己住的。"

"那，会不会有人家到了大城市去工作和生活，不需要这里的房子了呢？"我有些不甘心。

两位奶奶看了看我，又互相看了看，答道："那怎么可能啊，我们祖祖辈辈都要生活在这里的，谁会卖掉自己的房子啊！"

我无从回应了，觉得自己有些冒失，讪讪地走开了。瞥见眼前那一池清水倒映着绿树古屋，显得格外宁静美好。转身向前走去，走过石板路，经过一棵枝繁叶茂的古樟树，沿着木梯，缓步走下，走到江边……

要是能在这里有一处居所，不要别墅，瓦屋更好，我宁愿用余生的辛苦换取报酬，在养家糊口之余继续做房奴。热切的愿望萦绕于心，现实境况越窘迫，它反而越强烈了。

我喜欢那山间的风，那流淌的水，那村野的绿，那鸡鸣狗吠的热闹，那花开满园的蓬勃，那晨露沾湿裤脚的惊喜，那夜间虫鸣蛙唱的生动，那飘在空气里泥土草木的芬芳，那土地上一茬接一茬生长的庄稼的蓬勃，那端一碗饭，可以走到别人家院子里去吃得自在……

哦，也许，从山乡出发的孩子，是不应该如此渴望回到山乡的。如我夫君所言："你不就是山里长大的吗？"是啊，这句话切中了"要害"啊，亲爱的，你知不知道，其实我怀念的就是我小时候居住的环境，喜欢的就是小时候那样的田园生活啊！时代发展，沧海桑田，当我们再怀旧的时候，就说明我们老了，或者累了，或者念着家乡了。

那么，买呢？租呢？还是不要做梦了呢？或者，把湖北老家的房子造起来？

嗯，现实压力之下，别无选择，我决定在夫家老房子的宅基地上，跟大姑子一起，把房子造起来。这一回，我家那位虽然觉得没有必要，但也拗不过我，还是答应了。我们派了公公回家协助，跟大姑子一起，开始了造房工程。前后过了一年时间，房子造好了，三层楼的小洋房，我们与大姑子家各自一半，共享客厅。

等到了第二年的暑假，我乘高铁，从浙西的龙游，跨越千山万水，回到鄂西的利川；再坐汽车，一路绕山绕水，回到忠路镇。到了镇上，我搭乘摩托车，迫不及待地奔向我那山间的房子。上山路曲曲弯弯，群山巍峨，天空瓦蓝，白云触手可及，能看到，沿路庄稼地里的玉米铆足了劲拔节生长，浅红的玉米穗温柔地依偎着玉米棒子。谁家的山羊在山坡上啃着青草，谁家的狗在公路上闲逛，谁家的吊脚楼在绿树丛中摇摇欲坠。

十几分钟后，我便到达了。大姑子一家老小迎出来，把我迎进屋里。我闻到一股浓浓的腊肉香，还有酸菜、渣海椒味，赶紧走进厨房，揭开锅盖，哦，是一锅洋芋饭。拿起锅铲，翻动锅底的洋芋，哦，黄灿灿的，油浸浸的，锅巴黄黄的，一股熟悉的香气扑鼻而来。

我馋死了，端了一大碗，夹上几样菜，有些狼吞虎咽。端着碗，走到二楼的露台上，眼前，巨幅山水画铺展开来……

我想，等退休以后，我回到那里去住吧。

可是，等我退休以后，我的儿子会生活在哪里？我的朋友、社会关系，我早已习惯了的生活，都在浙西县城啊。回不回得去呢？这，是个问题。

校园春花贴

春是俏皮的蝴蝶，总在你不经意间翩跹而来，悄然带来季节更替的消息。有时候，你猛一抬头，突然发现原来窗外的世界已是万物复苏、春光明媚了。

作为教师，我每日疾步于两点一线之间，校园春色总能点亮我的生活和世界。热情与敞亮的，是校园的春花，也是我的心灵贴。

一日三餐，二人四季，这样的生活总是透着淡淡的幸福。每日中晚餐后，与同事散步于校园，走走看看拍拍，我便跌入这样的情境中，自觉是个幸福的人。

早春 3 月的时候，三幢教学楼之间的玉兰花便切切地开了，它们铆足了劲，将花朵绽放到极致，昭示着春天的到来。这不，春分未至，刚晴了几日，玉兰花便着急地探出了头，这一枝斜出，那挤满枝头，一串串、一簇簇，白的、紫红色的，它们是急性子的姑娘，在春风里笑着、闹着，明媚多姿。但它们安静的时候，又像是大家闺秀，粉妆玉琢，姿态优雅，一副安静娇羞的样子。

玉兰花的绽放，总是令人惊奇的。你惊讶于似乎只是在一夜之间，它们便突然开放了。远远望去，高大葱茏，满树花开；近处观之，亭亭玉立，朵朵娇艳。这时，它吸引来了很多学生的注目。课间休息时，时常有学生趴在窗户边或栏杆上凝眸欣赏，养眼之时，也怡情养神，怕是紧张学习之中最好的放松方式了。

有时，晨读时间我走进教室，看见一屋子的学生端坐，书声琅琅，窗外那一树玉兰花盛放，成为美丽的背景。上课时，我站在讲台上，眼前学生抬着头，切切地望着我，我对视他们，瞥见窗外的花正热烈、明媚、鲜艳，那时，我觉得上课是无比美好的事情。“窗外春花正烂漫，窗内学子志向拏云天”，我的心里冒出这两句话来，下课后，我把它写进学校正在改编的一首学堂乐歌里。

待过了几日，再去看时，发现它们已经是一半繁华，一半凋零了。落蕊满地，沿着树的根部卧地而眠，像一个个乖巧的小精灵睡着了，像小船儿在微风中轻轻摇晃。走近细细打量，每一个花瓣更像是一钩粉白相间的弯月，贴着大地，遥望天空。天地之间，它们粉嫩的容颜和优雅的身姿依然不变。再过些日子，它们才会枯萎，渐至腐烂，开始生命的涅槃。

校园的玉兰花，传递着春天的讯息，昭示着春的意义。一年之计在于春，求学者与从教者当把握好时光，用心耕耘，也该像玉兰花那样，努力绽放，活出生命最美丽最热烈的状态。

我想，课间站在走廊上赏花的那些学子，他们想到的，也一定比看见的更多。花儿的绽放，草木的蓬勃，万物的生长，激发出来的生命的能量，催促着他们在求学之路上走得铿锵有力。

铃声响过，就餐的时间到了，学生们从教学楼里拥出，校园里顿时喧闹起来。有的挥臂奔跑，有的并肩快走，有的独自疾行。一路上，或说笑逗闹，或窃窃私语，或低头不语，他们以自己习惯和喜欢的样子，在自己的小天地里，过着不一样的学校生活。就像校园里次第绽放的各样花儿一样，林林总总，风姿各异。

校园里现在开得最热闹的花，除了玉兰花，还有紫叶李和二月蓝。在致远楼与领航楼之间的树林里，有两树紫叶李并肩相依，开得正热闹。当我从教学楼走到领航楼去交材料的时候，看见它们满树繁花，在风中摇曳着，香味扑鼻而来，令人神清气爽。这时，阳光照在花叶上，嫩叶熠熠生辉，白花细细碎碎，鸟啼声声清脆，我忍不住驻足欣赏，几分钟以后才缓过神来，疾步而去。

现在开得正热闹的，还有学校东面围栏边的二月兰，二月兰花期较长，一般从2月开到3月。在那一长溜地里，花儿密密匝匝，迎风摇曳，从校园南面的多功能报告厅那里，一直延伸到北面的餐厅边上，形成300多米长的紫色花廊。阳光下，在斑驳的树影里，有蜜蜂飞来飞去，忙着采花蜜，你若追逐它们的身影，它们轻盈如一小团雾，在你眼前飘来飘去，有时突然飞向更高更远的地方去了。你抬起头，揉揉眼，看到了天上的一朵云，你以为你来到了人间胜境，到了另外一个世界了。

这时，有学生从你身边跑过，脆脆地问候一声“老师好”，你回过神来，发现自己还在人间，哦，原来你就在校园里呀。你起身，走一段距离，由宿舍楼中间的水泥道回办公室，这时你陡然发现，道路两旁的樱花也已经开了。你细细打量，看见它们花团锦簇，粉粉白白，而枝丫横斜，造型各异。高处的枝丫伸向天空，与白云撞了个满怀，与蓝天拥抱。

慢行在二高校园里，时常可以看见学生在绿荫中与花丛下打扫包干区，那真是动人的劳动场景啊。学生打扫着卫生，或是拔着杂草，时而抬头看一眼花，流连于树上与树下的风景。他们有时蹲在花丛里，有时隐没在浓荫中，有时又在林荫道上挥动着竹扫帚，有时，几位女生手捧花瓣，又撒下……劳动者的身影格外青春，阳光里的他们形成校园里的一道风景。

校园内到处有花儿，除了教学区域内，在校园北面的围墙下，还有一片长达四五百米的“一米花园”。“一米花园”垦建于2021年，是由学校总务处发动，爱花老师自愿认领而自主营建管理的。至今，已是第

3个年头，花园内的花草已成蓬勃之势。

入春以来，各种花儿次第开放，它们并不嫌弃这里土地贫瘠，开出花的本色，一茬接一茬，一簇又一簇，一片挨着一片，盛放成春天的模样。远远望去，一长溜花溪沿着墙根流淌，绵延不绝，摇曳生姿。

现在每日早醒，若是晴日，我便惦记着要去园内劳作一番，于是一骨碌爬起，早早到达学校。有了这个花园以后，我们关注着天气与季节的变化，我们踩着晨露，披着月色，认真地做着园丁，培育与浇灌着花草。我们守着一个花园，守着耕作的规律，守着一个又一个关于花开满园的梦。

我们每天路过，驻足欣赏，每天清晨，精心料理。目之所及，心之所动，神之所往，与鲜花有关，与热腾腾的生活和美丽的自然生命有关，我们所收获的，岂止美化校园本身呢?

我们的校园生活里，除了忙碌的工作与学习，还有一点诗意的事情可以美化视野与慰藉灵魂。有了这个花园，我们老师更加明白园丁的责任和意义，更加热爱生活与自然。

有一回，我沿着校园东边大道往办公室走，遇见一位语文老师停了自行车，对着栏杆上的什么在拍照。我走近细看，哦，原来是金银花开了。在校园东边几百米长的围栏上，是学校打造的金银花花墙，间隔几米一簇，零星地开着或黄或白的花，散发着幽香，细嗅沁人心脾。虽然现在金银花还没有长成葳蕤满墙之势，但我们可以想象再过几年的情景，到那时……

就像我们的“一米花园”一样，才3年时间，便有了蓬勃气象。记得那是在2021年的4月，我们才开始认领土地，签订协议，然后开始挖土、清理土中杂物，从外面其他地方搬运一些肥土进来，然后规划，播种，移栽，随后的几年时间里，不间断地侍弄，浇灌，呵护……

培育花朵，本来就是这个样子的，从垦荒播种，到花香满园，其中的每一天我们都需要辛勤耕耘，用心付出，不断浇灌。育人不也是如此吗？只不过它的时间更长，所谓“十年树木，百年树人”，便是此理。一晃，二高建校快有 70 年历史了，二高栋梁之材遍及天下，正长成参天大树，枝繁叶茂，硕果累累。

“我在二高，盼你来见，我攒了 70 年万千思念。期待再续，二高的缘，因为遇见你而翻新篇。”余孝忠书记蹙着的眉头舒展开来，为我们正在编写的学堂乐歌写上了这样的结尾。

“民院八剑客”游湖镇

说到“民院八剑客”，我要首先交代清楚他们是谁。他们当中的七位，是湖北民族学院中文系97级的学生，于2001年大学毕业以后，被招聘到浙江省龙游县的两所高中（溪口中学和湖镇中学）任教语文，后这两所高中合并为“龙游县第二高级中学”，故他们现在都是这所高中的语文老师。而其中一位，也就是刘彦老师，因为当班主任和教语文都独得其法，魅力无穷，因而被调往县里最好的高中龙游中学任教。而我，因为是他们其中一位的妻子，又是他们大学时中文系的师妹，现在又同为龙游二高的语文老师，所以也被列入“八剑客”。

当然，这“民院八剑客”是我们自封的。他们中6位为男性，分别是刘彦、黄大明、董华翱、江正、石昌龙和黄超。另外二位为女性，除我之外，还有一位就是校内传说中的“灭绝师太”——谭芳老师。

我这样叙述，不免有些繁琐，但我想，既为记录，就必定得交代清楚，以便他日观瞻起来，还能“按图索骥”，清晰呈现在脑海，如在昨日。

他们当中，有当时蜚声校园的诗人，有中文系学生会的学习部长、劳动部长，有中文系学霸兼班长等，总之，“八剑客”之中，除我之外，他们当时从数百人的毕业竞聘中脱颖而出，属那一届中文系毕业生中的佼佼者。当然，我不得不佩服当年前去负责招聘的龙游县教育局和学校领导的眼光。

话说我们八人，还有另外一些大学校友，来到浙西宝地之后，意气风发，躬耕他乡，培育桃李，在各自的岗位绽放异彩，自成一格。一晃20年时间过去了，我们早已成家立业，于龙游安身立命。平常休息日，于传道授业解惑之余，我们偶尔小聚一下，或饮酒闲谈，或游赏风光，或叙旧抒怀，兴致来时，也吟诗作赋，附庸风雅一番。

“民院八剑客”这个名称的由来，与一次小聚有关。那日我们八人凑齐，酒过三巡之后，突然来了雅兴，便各自胡诌一句诗，凑成了七言打油律诗。开头两句由石头诗人（石昌龙老师）“起笔”，只见他剑眉微锁，略一思量，出口成句：“湖北民院八剑客，恩施龙游二十年。”后面的6句，依座次跟下去，最后成诗：“湖北民院八剑客，恩施龙游二十年；酸甜苦辣半辈子，柴米油盐诗酒烟。家长里短随它去，明月清风在眼前；教书育人为桃李，他乡自在若故园。”因之，这“民院八剑客”的名称就此定了下来。

时间如水，流逝迅疾，转眼到了2021年下半学期结束的时间，牛年已去，虎年来临，在1月26日这一天，是我校高三师生放假的日子。那一天，常年奋斗在高三教学第一线的江正老师上完最后一堂课，拿着书本从教室里走出来，但见眼前雾蒙蒙、雨潇潇，教学楼前的树木蓊蓊郁郁，林间鸟儿啼叫欢腾，两只鸽子停在对面行政楼楼顶你侬我侬，交谈甚欢……他的心突然被触动了，眼前亮起来，于是在“民院八剑客”群里发出邀请：“各位兄弟姐妹，想27号中午请你们及家人去湖镇聚一下，尝尝湖镇老街的馄饨，听听舍利塔的风铃，吹吹白鸽湖的风，悟悟三叠岩的佛，然后在紫金庭院餐厅喝点小酒，日日白（侃大山之意）。”

于是，按照约定的时间，“八剑客”携家人欣然成行。年关时节，数日以来天公却不作美，天气潮湿，城乡天寒地冻，但我以为，如此，恰好山水朦胧，别有一番意境，况且，一群异地他乡客结伴而游，风雨同行，也别有意味。

天公还算慈善，我们到达时还只是细雨霏霏，一行人聚齐之后，便步行去湖镇老街。你可以想象那画面，一群年过不惑的中年男女，漫步在街道小巷里，走走停停、说说笑笑，这里看看、那里问问，或睹物思怀，或触景生情，说起湖镇的一些变化，忆起他们当年在湖镇教书时的一些生动情景，念起那时的青春时光，讲起一些或模糊或清晰的故事。而他们的孩子正值青春年少，身高均已超过父母，他们结伴而行，全然不知父母此行意义何在。他们谈论着属于他们这个时代和年龄段的事，一路走马观花，心情似乎也还不错。

“八剑客”中，唯有石诗人响应国家政策生了二胎，他今日出得门来，把大儿子留在家里做寒假作业，只带了小儿子。那小孩才3岁多，自己能走一些路，有时要爸爸拉着、抱着，一路也能跟上大家的步伐。但到了古街湖头街的时候，见到一手艺人在做手工糖人，他便站住不走了。随行的“阿娇阿姨”（江正夫人）买了一个给他，他才继续迈步。他举着糖人，咬一口，小跑一阵，开心地笑着，很满足的样子。石老师看小儿高兴，也跟着笑起来。他举起儿子，让他跨在自己肩头，随后伸直双臂，带动儿子的双臂一起，像飞机张开的双翼。一架“飞机”起飞了，朝着我飞过来。

我正举着手机到处拍着照，看见他们父子俩闯入我的镜头，赶紧抓拍下来，定格了这个无比温馨美好的画面。这令我陡然想起龚玥唱的那首《父亲》里的几句歌词来：“那是我小时候，常坐在父亲肩头，父亲是儿那登天的梯，父亲是儿拉车的牛……”此时，石诗人的父亲形象，格外伟岸和温暖。

经过一番改建，湖镇古街保留了原本古色古香的原貌，又焕发着生机，变得干净整齐多了。巷子的地面全铺上了青石板路，两旁是木头房子，一户挨着一户，形成长长的两排。各家各户屋檐之下，大红灯笼高挂着，随风摇晃。灰瓦，白墙，雕花木门，木格子窗，悠长的古巷，又逢细雨蒙蒙的天气，想必这一切，恰好符合我们这些异地他乡人游玩的心境吧。

一行人，前前后后，且走且停，一路指指点点，在不明就里的人看来，会误以为是前来考察的一群人。

我们自西而东，穿过古街的巷子，再经过一些小巷子，来到舍利塔前。此塔历史悠久，具体修建年代已无据可考，但北宋时期便已有诗文记载了。塔高 7 级，高 30 余米，为六角楼阁式实心砖塔。塔基厚重，塔身颜色灰白相间，各层均置腰檐、平座。每层各面的转角处均有倚柱，倚柱之间架有阑额。其中各面墙体上设有壶门，壶门内设有祭台，台上则有玉佛端坐。另外，在各级塔身之间，各有四个葫芦形的铜质铃铛对称悬挂，风大之时，能发出声响，隐隐约约，由远而近，显得悠远而又古老。江正老师所言"听听舍利塔的风铃"便源于此。

大家疾步来到塔前，站在塔下，仰望之，细察之，考究谈论一番。石诗人依旧举着他的儿子，眉头微锁，两眼有神，若有所思。大明老师则不忘对女儿适时进行教育，给女儿讲述关于此塔的知识。谭芳老师与江正、刘彦老师则由此牵引出高考语文试卷阅读题的命题走向，谈论起生活语文的事来。还真是处处是语文，时时有语文呀！

唯独我，既不关注儿子的教育问题，也不忧虑高考语文命题，更不热衷于研究历史，我热切地拍着照，眼观六路、耳听八方，密切地观察着每个人的行踪与言谈，想对此次湖镇之行作个完整的记录。

写到此处，需要备注一下。此行前来者只有六位，另外二位，老董老师因为严重感冒卧病在床，黄超同志（我的夫君）尚在上班，所以他俩未能前来。可是他们虽然身未至，但是神与我们同游，心与我们同在，看着发在群里的照片与视频，也仿佛身临其境。

离开舍利塔，在江正老师的带领下，我们来到白鸽湖畔。白鸽湖，旧称“白革湖”，其实为衢江的一个小分支，当其南面支流在经过湖镇时，十分俏皮地留下了一个弧形，仿佛一只跃然飞起的鸽子，因而得名。又有传说说宋时即有白革湖镇，且并非以“湖”之形状冠镇之名。命名缘由，具体为何，年代久远，实无定论。但行走在湖之畔，确能看见这样的景象：有古木参天，于其浓荫之中，时常有白鹭与仙鹤栖满；而于岸边沙洲之上，它们也时常成群栖息，或立于小舟之上，跃然而起，飞至水中觅食。这样的景象，确实与白鸽湖的意境吻合。

江水悠悠，不急不缓；风儿轻轻，微波粼粼。我们行走在江岸，观看着，说笑着，走过半天的时光，走过青春的岁月，走到中年……

原本就对这次湖镇之行充满期待，到此一游，果然如我所愿，不虚此行，虽然因为天气影响，我们未能前往三叠岩，但是留有遗憾，实为留白，则更有想象空间，也符合游玩的审美意境，且为下一次前往留个念想。

至于另外几位“剑客”各自心中作何感想，我不得而知，但从他们悠然迈步的动作和若有所思的表情里，我大抵能读出一些东西来：他们该有一些随着岁月流逝，曾经沧海难为水的慨叹吧。今昔之间，变化的，何止这条古街、这座小镇，何止我们的年龄、容貌与生活？如同那青石板路一般坚硬的、悠长的东西，如同那舍利塔一般古老的、沧桑的东西，如同那白鸽湖里的江水流淌着的短暂的、永恒的东西，不正在悄然发生着各种变化，给我们的生命与生活留下各种印记吗？

游罢白鸽湖，于丰盛午宴之后，我们兴已尽，各回各家。大家在群里发出照片与视频，“江才子”（江正老师）感慨不已，文思涌来，写得《如梦令》一首：“长忆白鸽日暮，骑车悠游四路。青春壮志犹在，诗酒牢骚满腹。且住，且住，人生快忘归途。”我思虑一番，胡诌几句和之:“忆青山绿水处，行千山万里路。一晃20年，为人师为人父。奔赴，奔赴，他乡不言归路。”请问“民院七剑客”，如是，如实记之，可否?

黄大明老师表示忐忑，回答:“‘民院八剑客’的帽子会不会太招摇?”夫君黄超接话:“八皮匠还差不多。”黄大明老师附和:“这个好，剑未佩妥，道未修成，且给人团团伙伙的错觉。”

好吧，此文更名为“湖北民院八皮匠湖镇一日游”，各位看官，你意下如何?

山野柿红

在浙西地区这个小江南，秋天来了，你若不去山野走走看看，你躲在城里，是难以捕捉到秋的气息的。但是早晚的空气里多了丝丝的凉风，温度也降了一些，尤其到了农历八月，你走着，会在不经意间嗅到时远时近的桂花香，你会惊觉：哦，秋已悄然而至。

于是，在秋收气象渐浓的秋日，趁着周末，我们作协一群人相约出发，去一位文友的老家摘柿子。

一路驱车行驶，所见无非浙西乡村风景，草木庄稼自在生长，稻穗金黄，橘子满枝，间或，能看见乡间洋楼矗立着，院墙上或丝瓜、南瓜藤蔓延，或攀爬着凌霄花，一派田园风光与丰收景象。

待文友的弟弟带我们进山，我们才走进了另一片天地。

文友的弟弟走在最前面，他左肩扛着竹竿，右手执刀，一路砍着杂草，为我们开路。我们跟随其后，一路拨开荒草，小心地踩出一条路来。文友弟弟家的那条大白狗异常欢喜，跳跃着，东奔西跑，灵巧地在荒草、树木中窜来窜去。一路上，我们被边上的狗尾巴草、芦苇丛和不知名的野花吸引，听着蛐蛐叫，看蓝天如洗，白云在山巅游荡……

吸引我们的是山野和自然的真实。在这里，山是真正的山，荒野是真正的荒野，无人为雕琢与破坏的痕迹。村庄不远处，因平日人迹罕至，所以路已荒芜，但草木反而自在生长，呈现出野性、天然之美。在这里，树也长得更像树，蓊蓊郁郁的，枝丫遒劲，在天空的怀抱里舒展着身子，舒坦得很。果子挂在树上，黄澄澄的、红艳艳的，活色生香，看着就想咬一口，汁水多而甜，可太好吃了。草吧，长得简直有些张狂，它们以为所有的田地、曾经的菜园子都是它们的地盘了呢，这不，路也被它们封存了，它们是在帮村民们，帮那些离开家的孩子封存记忆吧？

走走停停，我们来到柿子树前。这些柿子树在荒野中倔强生长，与那些杂草较着劲。无人管理，它们反而长得更加枝繁叶茂。汲取了大地雨露的营养，它们快快活活地生长，年复一年，长成大树的样子。今年是丰收年，上面硕果满枝，有喜欢热闹的，一串串、一团团，顶着红红的小脑袋，叽叽喳喳凑一堆聊着天；也有喜欢安静和独处的，各自择枝依附，说着悄悄话。

几位男士手执竹竿，负责摘柿子，我们几个女人负责牵网，负责接柿子。文友的弟弟利索地爬上树，触手可及的，直接伸手摘；远一点的，他用竹竿叉住，他的儿子在树下接着，放入篮子里。

大家各有分工，齐心协力，劳动的场景热闹起来。那条大白狗跟我们一样激动，比我们还忙碌，这棵树下看看，那棵树下望望，看见主人用竹竿递过来的柿子，它着急起来，恨不得蹦起来去接住。我们挤在一堆摘柿子的时候，它也跑过去嗅嗅闻闻。

这时，阳光铺满大地，风掠过耳畔，柔柔的，凉凉的。黄澄澄的果子从树上三三两两地蹦下来，落到网兜里，跳跃着，滚动着，欢呼雀跃着，像调皮的孩子。阳光透过树的缝隙照下来，形成斑驳的光影，留在枯黄的叶、绿色的草和池塘上的水面上。我们躲在树荫里，或仰头，全神贯注地瞄准柿子，或低头，看它们乖乖地被降服，落下来。

丰收的场景如此喜人，暖黄色的大地丰韵迷人，散发着松弛和满足的气息，空气里飘散着瓜果香。在这样的金秋时节劳动，舒活舒活筋骨，晒晒太阳，出出汗，身心得到放松。

我们这群人，虽然都住在城里，但几乎都来自乡村，我们踩着乡村的土地出发，又回到乡村，踩在土地上，感受着那种真实，回到另一种时光。在这里，土壤是松软的，空气是清新的，瓜果草木竞相生长，笑盈盈的，热烈地问候我们。我们亲近着土地的真实，忘掉了平日工作的劳累和生活的压力，暂时逃离了城市的喧嚣，一切，都变得那么美好，心情格外愉悦。

这其实已是我第三次去文友老家摘柿子了。五次三番去那里，除了摘柿子这件事本身有趣，更在于奔着那个地方去，那里有令我心动的风景，那里青山满目、山野自在、大地温厚，激情而又丰润、慷慨。另外，也惦记着徐老师的老母亲，虽然她已是85岁高龄，但身体硬朗，耳聪目明，精神矍铄，气色好，劲头足。看着她老人家，就觉得生命有活力，人生有期待、有奔头，余生还有大把的时间。我们每次去，她总会换上干净的衣服，齐耳短发也被洗得干干净净的，既清爽又干练。她总会拉着我的手，跟我聊天，叫我经常去玩。这时，我在她的目光里，看到了母爱的汪洋。

文友的弟弟、弟媳和侄儿一家三口人，我们每次前去，他们也总是热情地接待我们。弟弟和侄儿陪着我们去摘柿子，弟媳在家准备好一桌农家菜，临走时，还要让我们捎上一些板栗、番薯等农产品。农村人的热情，是真实的、朴素的，没有过多的言语，用实际行动打动人心。

我沉浸在这样的感受中，似乎忘了明天是周一，有一堆作业等着我去批改，新的一周的工作即将开始。我就暂时忘了俗世的一切繁杂事务，就这样享受一回生命的自在与愉悦吧。

一周内，若能挤出一天时间来，哪怕只有几个小时也好，像这样，把自己交给土地，让所有的情绪随着汗水得到释放，或是交给乡间的风，让它去吹散。此时，大脑放空，你的身与土地接触，心与山水相融，得到暂时的休息。大地，我们称她为母亲，她是最慷慨无私的，不仅敞开怀抱接纳和滋养一切生命，同时，如果你信任她，把自己完全交给她，你会发现，她还可以照顾你的情绪，慰藉你的心灵。别人不懂的，她懂，她揽你入怀，让你躺在她温柔的、宽厚的、暖和的怀抱，你做了一回真实的、自由的、轻松欢快的自己。你终于活成了你自己！

我喜欢这样，在周末抽出时间，去乡间走一走。一旦踏上某一片土地，我便被土地上蓬勃自在的生命吸引，心随之温润、熨帖起来，觉得这是最幸福自由的时光。常行走于土地上，与草木庄稼亲近，与山对视，看看天空和大自然的颜色，在山乡的气息里感受另外一种生活的样子。

柿子红了，于我，这是一件多么令人惊喜的事情啊！这意味着一个蜷缩在城市楼房里的人，她终于可以把自己从家务事中解放出来，将自己投放到自然里，从100多平米的空间走出去，走向一个更为广阔、斑斓的世界。人与自然再无间隔的距离，他明白他仍然活在这片火热的土地上。于是，土地与大自然，令他又活了过来，时序已至深秋，山间依然有鸟，不知疲倦地为他唱着歌。

柿子红了，我们来了！这样一声呼喊，令我们浑身充满了力量，周末的生活更像生活了，中年人的样子变得有些年轻。

上山的路

真武山，是龙游北部塔石镇的一座山，因山顶有秀峰禅寺而得名，是远近善男信女常去烧香拜佛和聆听经文之地。屹立于真武山之顶的秀峰禅寺，它静立了600多年，或香客如云，或衰败冷清，起起落落，随时而变，至于今，逐渐兴盛起来。去那里，每一次攀登，就是一次穿越，一次精神的洗礼。

我非佛教信徒，但我去过两次秀峰禅寺，一为友人相约，去爬山并拜见定亮法师，二为与文友前去参加华严殿上梁仪式。其实在去年农历八月十五日的夜晚，我打算前去秀峰寺赏月并住宿一夜的，但因缺少同行者而未成行，不然，我就去过三次秀峰禅寺了。

为着秀峰禅寺这个目的地，或者说是攀登的高度，我们选择不同的方式上山。第一次我们驱车至山脚后改为步行，徒步上山，时长两个多小时。第二次我们因为赶时间，便直接驱车至山顶。两次一路所见与所感，当然不同。

第一次前去是在早春，约我前去的朋友因为等不了我们一车女人的磨蹭，便先行到达山脚等我们。他是个急性子的人，待我们到达山脚，他已经攀登至山顶，说在山顶等我们。他坐在寺庙前的台阶上俯瞰我们，发微信说看见我们的车像蚂蚁一样沿着弯弯曲曲的路在缓慢爬行。有人在山顶等待，这样的爬行便有了目标和动力，我们走走停停，虽然有些累，但精神抖擞，一路上收获不少惊喜。

步行必走小路，穿越丛林而上。沿途除了山野惯有的树木和野草荒藤，还有一些花儿果儿和不知名的山珍吸引着我们。有一种紫色的花，贴着地面开放，星星点点，像是大地的小精灵，提醒着那座沉寂的山：春天已经到来。映山红或隐藏在树丛里，或枝丫横斜，开在道路两旁，我们伸手便可采得。捧着映山红上山，手里多了东西，脚步却越发轻快。这里一簇新绿，那里几朵花开，吸引了我们的目光，通往山顶的路变成一幅画，美好而又充满诗意。

行至半山腰，朋友微信飘来："你们到哪里了？我看不见你们了。"我回复："在山里，被花草绊住了脚。"他回复："再等你们一个小时，我先去找定亮法师喝茶。"于是，我们放下心来慢慢走。

已记不清我们的手机相册里装下了多少山野奇珍的照片，只记得汗水冒出来，又被风吹干；满目新绿，树叶或是浅绿，或是嫩黄，在阳光下熠熠闪光。又记得山林中有古木参天，山鸟欢啼，我们一路走，氤氲在大自然的芳香中，觉得神清气爽。

终于到了山顶，我们去见定亮法师。他身材高大，皮肤偏黑，双眼目光笃定。他泡茶，倒茶，讲他当初是如何出家的事，讲灵隐寺的香火情况。我透过缥渺的水汽，看见他的脸变得模糊、迷离，眼神却特别亮。他看你的时候，停留一两秒，便收回视线，这时你便觉得自己是一个俗人，不知该跟他说什么。

我喝了几口茶，想到一个问题，脱口而出："你没想过还俗吗？"他显然被我这个问题惊到了，一瞬间的沉默后，他笑了，说道："你是老师，你有没有想过辞职去经商？"我尴尬地笑了，显然，于他而言，守着秀峰寺，发扬佛教事业，也是一种事业、一种精神追求。我再问第二个问题："你们法师，真的已经修炼到没有凡心了吗？"我承认我说话一向直率，这个问题可能还有些尖锐。

定亮法师捻着手串，喝下几口茶，放下茶杯，对我说道："你上山的时候，在快到山顶的一处高地，那里是最好的登高望远之地，有没有看见那些云雾？”我连忙点头：“嗯，我看见了，当时特别震撼，觉得自己身处仙境，山隐没于雾海中，若隐若现，虚实相生。”定亮法师停了手中的动作，闭上眼，做了个“阿弥陀佛”的手势，说道：“女施主，您已经回答了您刚才问的问题，感谢！”

我掠过他光亮的头和土黄色的僧衣，看见他的皮肤带上了茶色，似乎也看见了他那一颗沉静而又火热的心。定亮法师从河南泌阳而来，2000年在浙西龙游出家以后，2005年任小南海监院，又于2008年7月接管龙游真武名山秀峰寺的恢复重建工作。他的心，在致力于佛教事业与佛教文化，在心怀慈悲，普度众生。

这是我第一次的上山之路。由山麓，到达山顶，我的心，在秀峰禅寺的茶香里由沸腾变得沉静。那是我第一次近距离地接触法师，或者说圣徒。心灵的触动与灵魂的洗礼，有时候，就在某一瞬间。

第二次去秀峰禅寺就在昨天，正是金秋时节。我们踩着点前去，沿盘山公路驱车而上，看车窗外面群山绵亘起伏，一幅“千里江山图”在我们面前铺开，大地是斑斓的油彩巨幅画卷，果真是“万类霜天竞自由”的景象。

到达山顶，我们下车，从庄严肃穆的秀峰禅寺前走过，新建的华严殿的上梁仪式即将开始，人头攒动，各自准备就绪。仪式开始，定亮法师与另外的众佛僧站在供案前，一群善男信女和参与活动的其他一些人员、当地百姓站到他们对面，列成三排，他们当中一些虔诚的信徒也穿上了赤色袈裟，肃穆而立，按程序参加仪式。

上香拜佛、求愿和捐赠仪式结束以后，由定亮法师口授经文，众信徒跟着念念有词，相当虔诚。他们好一阵念经祈福之后，上梁仪式的又一重要环节到来，那就是“抛梁”。匠人们一边说着吉利话，一边抛下糖果糕点之类的东西。按照龙游当地的习俗，一定会有粽子、馒头等当地特色美食在其中。

我加入争抢队伍，眼疾手快，与文友一起抢得“零食”无数，装了大半个纸箱子。大家欢呼声四起，左突右跳，都认真地“抢”着东西。

熙熙攘攘，利来利往，此情此景，凡人与圣徒的区别一目了然。

我们“抢”完东西，移步到寺庙右侧的山头上去。那里树木蓊郁，古木参天，那棵已有两千年树龄的古樟枝繁叶茂，苍劲粗壮，散发着古朴悠远的气息。杂木中，数十棵青松兀立，虬枝劲丫，守着古刹，聆听着古老的传说。沿着石阶上去，山石嶙峋，匍匐于地，走到山崖处，便是秀峰禅寺范围内最高的地方了。崖边一块巨石伏地，略高于其他山石，我们站到上面，纵目望远，俯瞰龙游北乡的山川大地。只见山峦起伏，叠翠流金，大地苍茫，河流蜿蜒，平坦辽阔。不得不说，山下是一片良田沃土，得天独厚的地理环境成为造福北乡人的有利条件。

此时，秋风凉爽，阵阵拂过，居高望远，令人心旷神怡，烦扰尽消。在此处，哪怕再喧闹，当僧人的诵经声响起时，或是点燃一炷香，双手合十，俯身跪拜之时，内心格外安静，那种静，是看破后的懂得，是看透之后的豁达。梵音在耳侧，俗尘喧嚣不再，身至佛教净地，身心一起到达一种高度。

去吧，去龙游北乡的真武山登高与拜佛，在山顶，吹过秀峰禅寺的风，喝过定亮法师的茶，听过禅师们诵经，你到达的，是山的高度，是视野广阔、尺寸千里，将天地山川尽收眼底的高度；同时，你到达的，还是精神皈依的高度，你从山下走到山顶，心境已与过去不同，你从凡尘俗世中醒过来，做了物我两忘的自己。

霞关的老街

到了苍南县，就到了浙江省沿海地区的最南部了。浙之南，可是个令人惊喜的地方，三面环山，一面临海，单就这，就吸引着你奔它而去了。急急切切，念着想着，我们就到了霞关古镇。

霞关古镇是温州市唯一一个 AAAAA 景区镇，素有浙江的“天涯海角”“圣托里尼”的美誉。霞关老街，则是古镇之蚌内藏着的一颗珍珠，散发着柔和神秘的光芒。

受天之青睐，古镇的老街拥有得天独厚的地理位置，处于海之滨、山之上，一头连着渔港，一头扎进山间。它面朝东海，看千帆竞渡，驶向大海未知的远方。它栖身于山上，每日在山风、海风里睡去、醒来，山的坚实沉稳、海的浩瀚博大浸入它的血肉，形成老街特有的风骨。

我们的车停靠在金沙码头边上，停在安定广场那个巨大的铁锚下面，车停于码头，这便体现出海边古镇的特点来。铁锚高大劲拔，锈迹斑斑，矗立在街边，有几层楼房那么高。它像一位饱经沧桑、阅历深厚的老人，静守着古镇每一天的时光，看它从霞光万丈的黎明到霞光万丈的傍晚，伴着咸腥的海风，直到沉入大海的梦里去。据说，这重达 8.8 吨的铁锚是在 2013 年苍南地区遭受台风袭击时被海浪的伟力冲上岸的。风雨过后，现世安好，这铁锚既成为古镇的标志，也讲述着古镇的故事，象征着古镇人的精神。

霞关老街的主体建筑为石墙瓦屋，也有木屋、民国小楼和南洋风格的建筑等。古街镶嵌在山坡上，依山势而建，高低错落、层层叠叠，有五道十八巷，巷巷相通，四通八达。从山下看，只能看见一条石阶道路往上延伸，十数步便到了视野尽头。待走上去，道路曲曲弯弯，左弯右拐，蜿蜒而上，大有曲径通幽的感觉。这样的街巷，容易隐藏岁月，也容易诞生故事。

走过第一段台阶，正前面是“在山腰民宿”，左侧高地上是一座六角亭，名为“凤冠亭”。亭子下面的石壁上刻印着一张“明代海防图”，再现了当时保护商贸、抵御倭寇的海防图景。站在亭子里，海风吹来，掠过脸颊，凉意顿生，头发飞扬，容易生出自己为壮士的错觉来。此处视野开阔，可俯瞰大海，看海面浩瀚。只见港口停泊着数只渔船，也有正在驶离的，头脑里便描画出一幅霞光万丈的海面上，渔民们唱着渔歌，满载而归的图景。

很快，我们到达了“半书房”，里面陈列着书刊、工艺品、伴手礼之类，若有时间停留，可以在这里度过一段慢时光，阅读，品茶，喝咖啡，体验手工制作等。因为衢州也有“半书房”，格调类同，我们便无多大兴趣在此停留。

走出“半书房”，我们继续前行，拾级而上，漫步在古朴静谧的老街上。一路走过，踩在青石板路上，心很安静。目光抚过老屋，看它们斑驳的墙面、粼粼的瓦片，看一路古旧的景观，我们仿佛行走在古旧的时光里，走在悠然的梦里，仿佛在寻找生命的出口。

来到“1398”建筑前，我立刻被它的庄严肃穆所吸引。墙面灰白斑驳，窗楣呈圆拱形，长方形的四格子玻璃窗，体现出典型的民国建筑风格。正面墙体上嵌着一艘褐红色的帆船，风帆鼓足，好像正蓄势待发，或是正在航程中。墙体顶端的“1398”几个大字，标志着这里商贸开始的时间，看其形状，正像船的驾驶台，寓意着老街像一艘古老的船，从悠久的时光驶来，载着商贸的繁荣，驶向新时代，驶向未来的航程。

走着走着，思绪穿越，到达明朝洪武年间，听人们讲朱元璋设关镇守霞关、抗击倭寇袭扰的故事。走着走着，到达清康熙年间，听驻扎于此的水兵们描述他们所见的霞关风光：每日清晨，他们早起练兵，举目望远，看见一轮红日从东海海面上升起，红霞满天，云蒸霞蔚，水天一色，蔚为壮观。据说，“霞关”因此而得名。

不经意间，抬头一看，来到了伊斯兰建筑风格的“张琴清风馆”前。走进去，读一读张家的“族规”与“家风”，吹一吹扑面而来的清风，洗涤了心灵的浊尘，再出去时，神清气爽了不少。

走在这条老街上，心自然就变得格外的宁静与熨帖。古老的霞关，从明朝洪武二年（即公元1369年）就开始设立海关分卡，至今已有600多年的历史了。这里曾设有驿站和码头，是舟车停留、商贾来往的地方，也曾是与岭南、东瀛和南洋互通商贸的商贸街，曾被称为“小上海”。

如今，在这条商贸老街上，早已不见当时繁盛热闹的商贸景象，只剩下一些安土重迁的居民，守在老宅里，守着这古朴清幽的老街，安享静谧祥和的好时光。我们走走停停，脚步穿梭在新旧的时光里，看现代文化与古老文化今昔交融，寻找那些隐藏在现代气息中的过去的痕迹。霞关老街很老，老得像一部泛黄的古籍；可它又不老，巷子里悬挂的灯笼，院墙上盛开的三角梅，水缸、石磨里氤氲的水汽……新时代的霞关，像一位从古画里走出来的女子，被现代人仔仔细细地打扮了一番。

我们一行人走着走着，早已散作几路，在古巷的这里那里相逢。于是打声招呼，故作初见与偶遇：“啊，周主席，你们也到霞关来玩啦？”或是开玩笑说道：“诶，我怎么看你这么眼熟啊！”大家说笑着，擦肩而过，继续前行，追寻各自喜欢的风景。

霞关的老街，因我们的到来而变得热闹起来。我们一步一步地向上攀登，向下行走，上上下下，来回兜着圈。霞关的人们，也是这样日复一日、年复一年地，以攀登者和渔民的姿态，一级一级地走过，一步一步地迈过，从低处走向高处，从苍茫凶险的大海归来，到达家，回归安宁、温暖之所；每日清晨，又从家出发，往下走，来到海边，起锚，远航，或为了一家生计去搜捕海鲜，或去往异地而扬帆远航。这高低起伏的路程，像极了他们的人生。

古街依山临海，自古而来就是重要的港口，山地文化、商贸文化、海洋文化发达，因而物产丰富，既产山珍，又盛产各种海产品，黄鱼、墨鱼、带鱼、梭子蟹、紫菜、青蟹、虾皮等应有尽有，霞关还是有名的中国虾皮之乡呢。当地的人们把它们从海里打捞上来，装进各种器具里，就着太阳晒晒，新鲜加工而成各种各样的海产品，摆放在海边摊位上，魅力十足地吸引了我们这一群山里“猢狲”前去购买，我们都想着带回去给家人、朋友尝尝鲜。

我们走在古街的一条巷子里时，便看见一片瓦楞边的红砖围墙上，一个竹筛里晾晒着紫菜，新鲜的紫菜很多还是翠绿色的，而接受了阳光暴晒的已是紫褐色。那里刚好视线无阻，往下和往上都可以看见数间瓦屋静立，高低错落，瓦片鳞次栉比，以灰色为主，间杂着砖红色。阳光洒在瓦片上、斑驳的石灰墙上，它身子一倾，纤手轻轻摆动，给紫菜镀上一层金光。这一幅意境图，我看呆了，伫立半晌，不愿挪步。

这里的特色海鲜小吃也十分丰富，海苔饼、鱼丸、炸鱼、炸虾、皮皮虾等，你若在这里待上几天，可以慢慢吃，品尝个够。只是我天生无口福，海鲜类食物一律不沾。但看其品相和文友们的吃相，我的味蕾也随之绽放，唾液在嘴里嚅动了一番。所幸，我们美丽儒雅的陶老师买来了海苔饼分享给大家，正好解了我的馋。空气里都是浓浓的海鲜气息，我走在海风里，急急地去买了紫菜、虾皮和鱿鱼丝。导游催促着我们上车，一群人手里拎着各自喜好的东西意犹未尽地上了车。

车发动起来，“起锚”，驶离霞关。我坐在车窗边，回看那铁锚、老街、大海，有些不舍，心里想着：下次再来吧，再好好地走一走、看一看。在霞关老街的时光，一定会成为一坛封存的老酒，待我银发满头时再将它打开，深嗅，浅闻，那是古街的味道，是山和海的味道。

渔寮沙滩的海

周主席对周主席说:“可千万别取消了大海的景点，我们一群山里‘猢狲’，是想来看海的。”这是我们衢州市作协常务主席周新华与温州市瓯海作协主席周胜春的对话。这是两个男人之间的对话，是山与海之间的对话。

于是，阳光、沙滩、海浪、贝壳出现在我们眼前。还有什么词句的组合，比这景象更生动，比这意境更美呢?

我们从浙西出发，到达浙南，从盆地的小山之地到达浩瀚的大海之处，奔着瓯海作协与大海去了。缘分，是两位男人之间的，是两地作协之间的，是山与海之间的。

“瓯海”之名具有怎样的内涵呢?早有《山海经》记载说“瓯居海中”，因此温州得名“瓯海”，简称“瓯”；又有说“瓯”的字形，左边的“区”正像温州三面环山、一面临海的地形，右边“瓦”字则代表温州的陶瓷业。而今，瓯海成为温州的一个区的名字。

进入渔寮风景区，对“瓯海”的名字来源有了具体真切的感受。它位于温州市苍南县东南部的渔寮乡，东临大海，南与霞关相接，北与赤溪接壤，西与马站毗邻。而我们驻足流连的渔寮大沙滩，长达2000米，宽800米，像一弯新月镶嵌在大地上，是我国东南沿海地区最大的沙滩。投入它的怀抱，我们像一群离家多年归来的孩子，心情激动而又复杂。

下车后，远远看见海滩，大家便迫不及待地加快了步伐。等踏上了沙滩，有人脱了鞋袜，跑起来，跳起来，欢呼雀跃。到了海边，又有人卷起了裤腿，撩起了裙摆，踏着浪，转着圈，还有一位激动的衢州本地男作家，脱了裤子，走进海浪中。这一群人，成了天真的孩子，与这里的大海传达着久违或是初见的情感。

山里“猢狲”，果然喜欢与倾慕着海。

那时，一切都刚刚好。山岛竦峙，既是海的背景，又是点缀；阳光正好，天蔚蓝，海蔚蓝，沙滩上的沙子黄黄暖暖、细细软软、干干净净的。这一切正像瓯海作协的人一样，准备好了一切，来迎接我们的到来。

开始时，基于生理特殊时期的事实，我犹豫着要不要脱鞋子。被几个同伴一引逗，我想着：这一辈子，或许来渔寮沙滩就这一回吧。又想：山水之乐，在于释放与逍遥。于是，我把鞋脱了，长长的丝袜脱了，让白裙自由垂落，与沙触碰，与水相融。

让沙子轻吻双脚，与隔着厚厚的鞋底的感觉，实在是太不一样了。脚踩在沙滩上，获得真实的触感，极细腻，极柔软，是在口舌的温度下融化的巧克力的丝滑，是喝秋天的第一杯奶茶的暖香，是听俞伯牙弹奏一曲高山流水的沉醉。这时，双脚忍不住快速做起运动，走、跳、跑、旋转，画一个圈，写几个字，刨两个坑，将脚埋进沙子里……原来，脚也这般好动与灵巧。中年少女的心，很容易就被海滩唤醒与征服。其实，中年少男的心，又何尝不是如此呢？

于是，一处礁石，也成了我们的打卡点。在礁石上或坐或站，大家摆着各种造型，以大海为背景，以沙滩为前景，拍下了很多合影照与单人照。又有衢江作协的戴如祥老师和我们龙游作协的张建民老师，他们躬身、挥手，在沙滩上写字。戴老师写下三个苍劲有力的大字——江、海、游。我们站在这几个大字后面，拍了合影，定格了衢江、瓯海、龙游这次携手联谊的采风活动。这三个字既代表了参加此次活动的三个地区，又寓意：江汇入海，龙游于海，此次活动以瓯海为中心和目的地。海水会冲刷掉这几个字，却冲刷不掉这次“江海游”的记忆和意义。

渔寮沙滩的诱人之处还在于她的温柔与善解人意。我们奔向大海的时候，浪便来了。浪花涌动，似有无形的巨手赶着一排云朵，来到你的脚下，一浪接着一浪，有些急切，又有些娇羞。它们急急地赶来，只为给你一个拥抱；匆匆间，它们又松开了手，跑得无影无踪。初恋时的感觉，就是这样的吧？于是，我们不厌其烦地一遍又一遍地等浪、逐浪、踏浪，也逗浪。

远观，海浪的涌动又像是大草原上洁白的羊群，悠悠闲闲地食草或是急急切切归来的场景。此时，我们在辽阔无边的大海旁，化作空中的雁群、大漠的驼队，又像一颗颗散落海滩的棋子，苍穹之下模糊的黑点。我想，那些站在沙滩边上不为所动的同行者看我们，一定是这样的。呵呵，他们看我们有点傻，我们觉得他们也有点傻：这海滩多么迷人啊，咋不下来体验一番呢？

渔寮沙滩的动人之处，还在于它的博大与包容。千帆竞渡，飓风呼啸，它承载；数万游客，奔它而来，它迎接；百川之水，汇聚于此，它接纳；天高地阔，日月星辰，它呼应。在这里，最容易照见人的内心和这个世界的圆融。人之于大海，渺小如粟，卑微如蝼蚁，生命短暂如蜉蝣。大海之于人，更像一位历尽沧桑、慈祥敦厚的老者、智者、贤者，岁月在他的脸上留下痕迹，但心里却没有皱纹，他胸襟博大，智慧、从容、宽容地对待一切。

被山和海孕育的温州人，也是这样的吧？他们聪慧，精明，灵活，他们眼界开阔，勇于创新，踏实肯干。他们扎根本土，早在东汉时期，就出产了陶瓷器，瓯窑扬名远近，为“瓯海”的“瓯”字的右半部的内涵作了最好的解说。他们传承与发展了瓯绣、瓯戏与鼓词，为“瓯海”

增加了灵动、悠远、深厚的文化底蕴。他们漂洋过海，闯荡江湖，风行于中国以至世界各地，做房地产生意，做皮鞋，在眼镜、鞋业、服饰等多个行业领先全国。

这是温州人给我们留下的普遍印象。接触过几位温州人，确也如此，可又有别样印象：儿子初中三年的班主任是温州平阳人，是个直男，严厉、细致，工作兢兢业业、积极进取，干劲十足、敢于挑战、执着追求，一直逐梦前行。这次活动的主办方瓯海作协里的几位温州人，他们热情、温暖、周到，为人很实在，做事很细心。从到温州南站接站，到三天的陪同与离别时的相送，他们倾尽待客的礼数，陪同我们制造文友相聚的雅趣。在初冬的佳日，我们一起赏景，拍照、饮酒、诵诗，笑谈生活，畅议文学。周胜春主席是实在人，话不多，心是诚的，酒量过人，精心组织安排了这次活动，而且全程陪同。副主席吴才火，热情耐心地给我们全程拍照，很健谈，心中的酒文化也很是丰富。副主席周建勇精神抖擞，豪气爽快；秘书长潘胜波，谦虚低调，亲切随和。临别时，瓯海作协“90 后”小伙子章陈坚送给我一只小螃蟹，晶莹剔透、玲珑可爱，他把它装在一个矿泉水瓶子里，只可惜我匆忙下车时忘了带走。回到龙游了，我还在遗憾。

温州人如是，自成温州风度与气派，他们是在山的土壤里长出来的树与石，在海水里劈波斩浪的船与鱼。我们贴着大地，借助交通工具，行走 300 多公里，与他们相逢，把心放逐在七瀑涧的瀑前、霞关的老街里和渔寮的沙滩上。海风轻轻吹，海浪轻轻摇，我们的心灵，睡了个好觉；醒来，获得另一片天地。

七瀑涧的瀑

11 月，小雪过后，去温州的瓯海区和苍南县，温度最高时却有 20 几度。早晚温差大，每日的气温，像弯弓，像下弦月，也像我们出行时的心情。

我们衢州地区龙游县和衢江区作协一行人，受温州瓯海区作协之邀，去瓯海进行联谊采风活动。从浙西出发，到浙江东南部，我们这些山里人奔着温州的大海而去，却在采风的第一站，见到了最江南的山、石与瀑布。

我们采风的第一站是瓯海区泽雅镇的七瀑涧风景区。去了那里，我们发现山与水、石与树、岩与崖、涧与谷、瀑与潭互相映衬、相得益彰，体现出大自然的鬼斧神工。而七瀑涧的溪水沿着峡谷自上而下，流淌不息，依山势落差形成七折不同的瀑布。青山之中，高崖之上，瀑布飞泻而下，瀑面一折高过一折，七折瀑布一瀑不同一瀑，每一折都各具风姿。

还未进入景区，便见到了清溪流淌、绿树绕宅的景象，一派小桥流水人家的风光。待进入景区，沿游步道慢行数十米，一条瀑布便出现在我们眼前，引来我们一阵欢呼声。这便是七瀑涧的第一折瀑布深箩漈了。

我们欢呼着，跑到瀑布下的水潭边，一群中年人瞬间重返童年。只见一条瀑布从悬崖石壁上倾泻而下，浪花飞溅，水珠四散，流入谷底，形成一汪深潭。潭水清幽，呈翡翠色，似神的眼，洞彻天地。潭面波光粼粼，微微荡漾，其深几许？深不可测。岸边浅水处则澄澈见底，底部密布细小圆滑的石头，像无数小精灵，眼眸灵动而又深邃。

我们跌入一个幽深奇幻的梦里。有调皮的男人，捡起石头打起了水漂，女人们则咋呼着，忙着拍照。当人沉浸在山水之乐中时，便容易忘了年纪。

玩过，继续前行，沿着游步道向上攀登，一路上的地貌，往往一侧为绝壁，一侧为幽谷。绝壁上，巨石嶙峋，树木蓊郁；幽谷中，溪涧流水潺潺。谷底为正片的岩石，与谷岸岩石相连，类似喀斯特地貌。

走了约莫十几分钟的路程，我们穿过象鼻洞，来到了第二折瀑布——青蛙瀑。据说这是七瀑涧中落差最小的一个瀑布，瀑布依然从石崖上奔泻而出，远观好似从一只巨大的青蛙口里喷出来，哗哗流淌，落入碧绿的深潭中。碧潭形状酷似一条鳄鱼，因而此潭被称为“鳄鱼潭”。站在游步道上细看，绝壁之上，青蛙盘踞，气势雄伟；深涧之中，鳄鱼静卧，养精蓄锐。两物各据地势，岿然不动，守护着各自的地盘。

在这里，我们又是一阵流连，才继续迈步。这时，我们的大部队已经散开了，男同胞们普遍比较快，走在了前面。我们女同胞又散作了好几路，有沉醉于奇异风景而慢慢欣赏的，有热爱风景而慢慢拍照的，有体力不支走走歇歇的，也有跟着男同胞的步伐走到前面的。不觉间，我与另外二位女文友已经落在了最后。

我属于前两种情况的结合，既要细赏风光，又要这里那里拍照，心似阳光从树缝中漏下的光斑，斑驳陆离；又像霜降过后的树叶，色彩斑斓。我知道，我一旦到了自然里，便越发像一只山雀，扑棱着翅膀，时而欢快飞翔，时而停栖枝头，这里瞅瞅，那里看看。

来自山里的孩子，对山的热爱，是与生俱来的。一路上与山对话，其乐无穷。而山告诉我的，我只告诉那里的瀑布，无人知晓。我与这里的山和瀑布有个约定：让时光慢一些，脚步慢一些。

所以，开了小差的我在浑然不觉间经过了姗姗瀑、龙虎瀑。直到来到“通天洞”，我才回过神来，沿着它右边笔直的石梯爬上去。到了洞顶，往左上方山崖望去，九龙瀑赫然出现在我眼前。这是七瀑涧的第五折瀑布。

此瀑布由多条小瀑布汇聚而成，它们从40多米的高崖处飞跃而下，如白龙腾飞，如银蛇起舞，故名“九龙瀑”。我试图数清到底有几条瀑布，无奈白费力气，它们相互交织缠绕，浑然一体，根本无法辨清。造化之奇伟，从来都是令人类赞叹的。

我欲再往上攀登，去追寻第六瀑和第七瀑天窗飞瀑的踪影，这时，我们的队伍已经往回走了。我朝前看看，想继续往前走，瓯海作协的周主席叫住我：“他们都往回走了哦！”我看看他，侧过身，再往前探了探，笑着说道：“我就跑上去看一看，啵，那上面还有几个我们的人。”

于是我向上紧跑几步，追上我们大部队的最后几个人。只是，我刚与他们会合，队伍却要返程了。因为下午的行程安排，大家不得不舍弃最后两处瀑布，留下遗憾，也为自己留下了想象的空间。

留白，这或许是赏景的最佳境界，也是作画写作的最佳境界，凡事不可太圆满，这也是人生的最佳境界吧。

回到浙西县城以后的那天夜里，明月皎皎，高悬于苍穹，照着我回家的孤单身影。我查看日历，原来是农历冬月十五，这一天正是下元节。回到家里，一夜好眠，梦里，我们一群人站在千山万壑间的一块巨石上，一轮明月挂于山崖最高处的树梢上，银辉洒下，化作数万条水瀑飞泻而下，银蛇乱舞，浪花翻卷，水雾升腾，如梦似幻。

水花溅湿了我的衣裙，我脱掉鞋，扑向深潭，一跃入水，游至瀑帘下面，脚踩在崖岸的一块石头上，仰头，闭眼，任瀑布水花喷洒在我的头上，流过我的脸庞，顺着身子，汇入潭中。水面越来越高，漫延至我的腰，漫过我的肩。这时，有古琴声从远处传来，我睁开眼，看见我们作协的李红老师，坐在对岸的山崖上，正在弹奏一曲《天窗瀑布》。

我跃出水面，随着琴声，翩跹而舞……

第二辑　村庄人不老

陆村的老风车

随行的朋友说：“你在这里找一户人家嫁了吧，以后我们每年都来看你。”

我笑了：“还真想嫁呢。”

是啊，我真想嫁在这里。毕竟，嫁给美丽的村庄，这是目前比较迫切的一个愿望。

我回答时，盯着一座黄泥屋墙上悬挂着的玉米看。围绕黄泥屋的墙面，金黄的玉米挂了一圈，像古旧斑驳的记忆挂在我的心里一样。玉米棒子凑成堆，排成一大排，热热闹闹地挤在一起，很乖顺而又顽皮的样子。

我们在陆村的老房子之间行走，一边看，一边问。一座废弃的祠堂出现在眼前，墙面受潮发霉，被风雨剥蚀了上百年。祠堂内是空的，唯有一架老风车孤单地站在墙角，像一位老人，历经苦难后隐没在尘埃中。青苔沿着风车的四只脚爬了上去，形成奇怪的绿墨画。风车上几个毛笔大字清晰可见，上下两行分别为“激浊扬清”和“陆村一队”。右侧竖着写了日期：一九六五年孟夏月。

我读着这些字，透过墨色，一幅卷轴铺展开来。

20世纪60年代，还是大集体生产时期，陆村的村民与其他各地的村民一样，过着热火朝天的集体农耕生活。

陆村虽然依山傍水，所见青山隐隐、翠竹如海，但是土地贫瘠，庄稼地不能成片，零星分布于山坳之间，所以如何发展生产，满足温饱，这成了当时最迫切需要解决的问题。

与土地较量，这是陆村人的天性。他们铆足了劲，扎根于土地，劳动的歌声响起来，激越，高亢。山坳里，溪水边，竹林旁，星星点点，到处都是干活挣工分的人。男人们举起锄头，落下，再举起，锄头闪着亮光，劈过竹梢，高过蓝天。黄泥屋、褐色的土壤和金色的太阳，把他们的脸熏染过，黑黝黝的，孕育着古铜色的希望。

女人们头顶毛巾，她们负责耙土、播种、锄草，像伺候自家男人一样，精心地伺候着土地。山乡的土地里也能培育出朴实动人的爱情故事，相濡以沫的感情能战胜一切苦难。更多的时候，她们也跟男人一起，干着相同的活，丝毫不亚于男人。

孟夏的夜里，晨露中，夜风里，人影攒动，挥汗如雨。有时，夜莺的啼叫声从竹林里传过来，时远时近，传到了庄稼地里。它们扑棱着翅膀，在树林间飞来飞去，村民们听着它们欢快的嬉闹声，便更有了干劲。有时候哧溜一下，它们又飞向夜空，去了不知名的地方。也有小孩跟着父母到地里玩耍的，在油菜梗上睡去了，女孩们用玉米穗编成辫子或者项链戴起来。

他们，它们，各自沉醉在自己的世界里，大山里的土地上，所有的生命都是蓬勃的。

到了收获的季节，深绿的，金黄的，紫红的，他们在土地上创作的巨幅“画作”诞生了，与山色相融，五彩斑斓。庄稼一茬一茬地收获了，被统一运送到集体粮仓的场院上。于是那架大风车开始运转起来，它的肚子被填饱了，不停吞吐，吃着这样那样的食物：稻谷、麦子、黄豆、玉米……手柄被粗糙有力的大手握着，它呼哧呼哧地不停旋转着，发出疲惫而满足的声音，践行它“去浮存实”和“激浊扬清”的使命。

场院上，总是晒着不同的农作物，随着四季变换。那架风车站立着、旋转着，威风凛凛，不知疲倦。

终于有一天，它累了，睡去，被人们搁置在祠堂的角落里，直到被前来祠堂寻访历史遗迹的人们惊扰，醒过来，它这才惊觉，已经57年过去了。

此时，是2022年的孟秋月，我站在它面前，久久凝望，不愿离去。它以沧桑容颜和破旧之躯，守着村庄，看它从一个陈旧的时代，来到机器生产、全民共富的新时代。场院上咿咿呀呀的风车声不再响起，它隐匿于祠堂潮湿阴暗的一隅，惹得我的眼睛也潮湿起来。

我长长地叹了一口气，看见祠堂内刷成白色的正墙上贴着红纸，上书“吉庆堂”几个字，下方以简陋的木凳子代替神龛，上面有两支未燃尽的蜡烛，烛泪滴落，凝固成黑色。抬头，看见屋角木梁处的牛腿雕花，我的心又颤动了一下。

我转移视线，望向祠堂的屋顶，透过瓦缝里渗漏的一缕光，我看见了更遥远的南宋末年。一位朝中大臣一路风尘，急急奔走，他怀揣玉玺，背负幼主赵昺，纵身投海。海浪飞溅，打湿了山崖，也打湿了我的眼眶，一大滴眼泪滚落，落到祠堂黝黑的地面，落入桃源溪里。

我揉了揉眼睛，仔细翻看《桃源陆氏宗谱》，看清他的名字叫陆秀夫，是陆村陆姓人家的先祖。我也看见，他的名字，也被刻进了南宋民族英雄的历史丰碑。

走出祠堂，走向铜钵山。于荒草丛里拾级而上，我的脚步慢了下来，变得沉重。陆氏先祖的故居早已隐没于铜钵山的土地里，了无踪迹。他的后代子孙为了生活方便，迁至桃源溪畔，逐水而居，经过700多年的繁衍生息，渐成蔚然大族，成为今天的陆村。

此时，我走在陆氏子孙的村子里，脚步放轻，生怕惊扰了那些跟随陆秀夫跳海殉国的十万军民的亡魂。查导航知道，广东崖山距离此地大约1365公里，可我分明听到了他们跳海的声音，如惊雷，如山倒，如地崩，海浪汹涌，浮尸遍布，连元军将士看到也震惊不已。

我目睹这一切，心痛着，仿佛被元军生锈的刀剜走。

从时光机里走出来，我看见迎面走过来一位老奶奶。她身体健朗，银发如霜，她走着，与村民打着招呼，声音十分洪亮。我朝她笑，凑近，拉开大嗓门，问她："奶奶，您今年多大年纪了啊？"奶奶回答："我呀，94岁了。"

啊！我很是惊讶：一位已至耄耋之年的老人能如此健康。耳不聋眼不花，口齿清楚，气色良好，走路稳健。问她得知，身体无恙。

细问得知，这位老奶奶育有四子三女，其中两位儿子早夭，丈夫也于20多年前去世。丈夫去世以后，她独自一人担负着所有的家务责任，把孩子们养大成人，直至他们各自成了家。其间的苦和难，我知道，无法用我轻薄的语言描述出，空白的想象，往往更厚重。所以，我决定略过那些未知的过去，只记录下她的现在。

如今，她早已是儿孙满堂，苦难的生活没有使她倒下，反而造就了她坚强、乐观、隐忍的性格。她逢人便笑，总是乐呵呵地说道："能活到现在，就是我最大的福气啊，我没觉得过去有多苦啊。"

她真的是声如洪钟，吐字清楚，走起路来迈开大步，稳稳地往前走。她喜欢笑，每一缕皱纹里都溢满了笑的音符，弹奏出生活的欢乐曲来。

难怪，当我行走在村里时，遇见的每一位村民，脸上都带着一种笃定的笑容，那是让人感到亲切和敬重，连同那个坐在门槛上吸吮着手指的小女孩，那位带着我们四处走访的年轻村干部，还有那位在菜园里忙着拔草的老爷爷……他们笑的时候，那笑容如同桃源溪里的波纹一样，一圈圈荡漾开去，旋转着，然后散开，向前缓缓流淌。

尽管如此，陆村毕竟老了。在茶余饭后，我能看到村里有稀稀拉拉的人走出来，往桥头一坐，在那里晒太阳，也有并排靠坐在黄泥墙前闲聊的。陆村剩下的 100 多个人，大多为老人，只有屈指可数的年轻人，还有一些小孩，他们用微弱的力量，守住乡村。在安土重迁的老一辈看来，土地便是命根子。而年轻一辈，不得不为了更好的生活和发展，离开村子，去了远方。

村里的老屋，有的被废弃已久，有的由老人住着。这些人依然坚持传统的农耕方式，过着传统的农耕生活，种菜种庄稼，养鸡养鸭，日子在他们那里仿佛不曾流逝，岁月不老，人也不老。据说村里 90 岁以上的老人有五六个呢，他们迈着慢吞吞的步子，自给自足，怡然自得，过着山里特有的慢生活。在出生地待着，心就安稳而满足。就连走在石板路上的几只大白鸭，也是摇摇摆摆，不紧不慢，遇见人傲娇地昂起头，不理睬激动地给它们拍照的人，仿佛它们就是那里尊贵的小公主，那一方山河都是它们的。

我在陆村慢慢走的时候，虽然时已入秋，却依然是 30 几度的高温天气，我穿着短袖走了一些路，身上便冒了汗，而我分明看见一位老爷爷和一位老奶奶，穿着里外两层衣服，他们坐在桥栏上晒太阳，疑惑地朝我张望着。我突然觉得，我来到这里，真的是一种打扰。

我拎起裙子，从一座黄泥屋的石梯上走下，经过一块围着栅栏的菜园子，看见斑驳的光影投射到边上老屋的墙上，形成一幅明明暗暗的意境画。阳光透过那棵老樟树浓密的枝丫，发出万道金光。

我必须离开了。我快速走过石桥，驱车，回城。一路上，脑子里都是陆村的老风车的样子。

何家院子

一日，在午休时给母亲打电话，她无意中提起老家何家院子的大伯伯死了。我的心沉了一下，问母亲其具体死因。母亲说：“还不是老死的，到了该死的年纪了，再过几年就轮到我们了。”

母亲说这话的时候，语气无比平淡，我的心里却七上八下的，很不是滋味。放下电话，闭上眼，辗转难眠，关于何家院子的记忆一点一点地清晰起来。

一

我的故乡在鄂西一个秀丽古朴的镇子，那里是土家族苗族儿女的聚居地，是一个类似于沈从文笔下边城的地方。四围青山绵亘起伏，两条河流环抱着小镇流淌不息，我家的几间大瓦房坐落于村里的一片田野之中。何家院子是离我家很近的一个大院子，在我家东面的半山坡上。

何家院子一共有六家人（原本有七家人的，包括我的幺叔在内，但他婚后便迁居于异处），除了一家康姓人家以外，其余五家人都是何姓人氏。何姓之中的四家人，是血脉相连的兄弟，另外一家则是他们的堂兄。那四弟兄，我们依据其排行称呼他们。这几家人，都是香火旺盛的家庭，大伯伯家有六个儿子，二伯伯家一儿两女，三伯伯家两儿两女，四伯伯家两儿一女。另外那一家何姓人家，育有两儿三女。那家康姓人家，膝下共三儿两女。他们聚居在一起，形成了一个大的院子。

等我长大一些时，他们的子女大多到了嫁娶的年纪，于是结婚生子，繁衍后代，何家院子越发人丁兴旺起来。

在那个普遍贫穷的年代，大家生育观念十分一致的，认为多子多福。所以何家院子的几家人，家家铆足了劲生娃。尤其大伯娘，因为前面几胎均为儿子，于是一心盼着要生个女娃出来，谁料生了 6 胎都是男娃，最后不敢再生了，只好去结了扎。

我在自己有了生养孩子的经历之后，想起过去人家传宗接代的景况，会惊讶于那些农村妇女生孩子的壮举，一则觉得她们十分了不起，二则喟叹生孩子这件重大且烦琐痛苦的事情到了她们那里，似乎显得那么简单容易。曾把这个问题提出来问母亲，母亲说孩子生多了就跟母鸡下蛋一样，容易得很。这个比喻比较形象，我在将信将疑中作了一番认真地比较，最后还是得出结论：不管怎么说，生孩子都不可能像母鸡下蛋那么容易，怀胎十月之苦、生产之痛、养育之艰、教育之累，这些都不是鸡生蛋能够比的。由此足以见出中国妇女的伟大与坚忍，尤其过去年代的那些妇女。

二

何家院子人口众多，形成一个大家族。他们聚居于山腰，背山面水，自筑瓦房，各自营生。农村人的传统生活习惯使然，平日里他们各家之间也会有一些口角之争，鸡毛蒜皮之事到了妇人那里，便会牵扯出与之相关的繁杂事情来。可是一旦有外姓人欺负，他们便团结一致，共同应对外人。

我们家在村里属于势单力薄的姓氏人家，可是一直与何家院子里的各家人相处得很好。父母一直相信远亲不如近邻的俗训，因而也会特意叮嘱教导我们：“要尊敬村里的老辈人，要与同辈的小孩和谐相处，凡事要懂得谦卑退让。”加之我们的幺叔原本就住在何家院子里，儿时的我们时常跑到他那里去玩，便对何家院子有着特殊的感情，跟何家院子的人也都熟悉。

何家院子与我同辈的那些人中，因为大多要比我年长不少，所以跟他们鲜有接触，因而记忆寥寥。留给我印象最深的，要算大伯家的两个儿子了。

大伯家的孩子算是那时村里颇有出息之类，六个儿子中有三个都靠读书而有了自己的工作。老五读了大专之后，在县城工作；老六上了师范，毕业以后一直在教育领域工作，现在是县教育局领导。老二上了高中，辍学后当了民办教师，刚好在我上初一、初二时教我们物理，他在课堂上所讲的内容我已全部忘记，但是他授课时声情并茂、风趣幽默的样子却令我终生难忘。尽管我物理成绩不好，但是我却喜欢听何老师的课，那些枯燥晦涩的物理知识，到了何老师口里，就成了生动形象、有趣的东西了。时隔几十年了，我仍然怀念何老师给我们上课的时光，仍能想起何老师上课时丰富的面部表情，记得他说话时的语调。

印象很深的还有大伯伯家的六儿子何文久哥哥。他与我姐姐同岁，他俩小时候同在村小读书，据姐姐说，那时他俩的成绩在班里常常是数一数二的，两个人你追我赶，前两名往往被他俩包揽。小学毕业时的成绩，姐姐排第一，何文久哥哥第二，他俩都考上了镇里的中心初中。只是到了初中以后，姐姐因为各种原因，成绩一落千丈，而何文久哥哥读书依旧十分勤奋刻苦，因而他成了我们村里孩子的学习榜样，父母常拿他来数落姐姐，鼓励我和哥哥。因此何文久哥哥成为我们“别人家的孩子”的典范，在我心中矗立了一座高山，着实令我羡慕与佩服。

我们村离镇初中距离不远，因此村里读书的孩子都是走读的，我至今仍清楚地记得一幅画面：当我的姐姐与哥哥还捧着碗在吃饭的时候，何文久哥哥已经精神昂扬、大步流星地奔走在去学校的路上了。时间就是生命，在他那里能够得到充分的印证。后来，理所当然的，姐姐中考落榜，而何文久哥哥考上了师范学校，这就决定了两个人在以后走的道路完全不一样。

姐姐初中毕业以后先是在家闲了几年，后来加入打工大潮，再后来结婚生子，如今在家带孩子，开了个服装店，偶尔出去打打麻将。何文久哥哥师范毕业以后，先是在一所偏远的村小教书，因为勤勉努力，没几年便被调到了镇中心小学，再后来调入镇教育站，现在，据说已经到县城教育局里上班，是单位领导了。

从姐姐和何文久哥哥的比较之中，被中国百姓念叨并信奉多年的一句话得到验证："读书不是唯一的出路，却是最好的出路。"我也是循着这条路，才有今天的生活的。我们村里很多孩子却早早地放弃了读书而外出打工，如今绝大多数人依旧过着离乡背井、妻离子散的在外打工的生活。他们在外面辛苦赚钱，回到老家建起一幢幢楼房，然后又去外面打工，挣够装潢的钱，等房子完全建好，再出去打工，因为孩子要上学、老人要赡养，生活还得继续。

是啊，命运是掌握在自己手里的，而不是命定的。

清理记忆空间，搜索一番，何家院子那么多孩子中，靠读书获得铁饭碗的，除了大伯家的五儿子和六儿子，还有他们的一位堂弟。在那个知识改变命运已初入人心的年代，何家院子的子孙后代们读书成果寥然，也真是遗憾之事。

所幸的是，在孙子辈中，据说出了好几位大学生，具体是谁，我也不清楚。嗨！一晃，我离开故乡已经19年了哦！

三

何家院子的五位何姓伯伯、伯娘和康姓的表爷、表奶（属于祖父辈，男性我们一般称为"表爷"，女性则称为"表奶"），对他们我基本上只有模糊的印象。

从我记事时起，康家表爷、表奶就已经步入了老年，表爷高个，驼背，一脸严肃，我小时候有些怕他；表奶则黑、矮，且瘦，是个勤劳、温和的女人。也不知是什么时候，他们就去世了的，坟茔在何处，我也不得而知。

何家那五位伯伯中，大伯慈眉善目，总是乐呵呵，记忆中他的笑声很爽朗；二伯，我只记得他脸上有密布的斑点，我们那里称为麻子；三伯外貌酷似大伯，但比他更矮小，性格更和善一些；四伯较之三位哥哥个高一些，长得也俊朗；还有他们的那位堂兄弟，年轻时一直在县城化肥厂里工作，很少回到村里，眉清目秀，皮肤白净。

五位伯娘因来自各家，便各具特色，各有千秋。大伯娘个子高大，说话嗓门大，做事动作快，属于干练泼辣型女汉子类别；二伯娘似乎长年多病，很少见到她去地里干活，属居家型女人；三伯娘轻言细语，笑脸常在，待人温和得很，是贤淑型女人；四伯娘不苟言笑，做事慢条斯理，是内敛型家庭主妇；另外那位伯娘家里家外两手抓，一个人撑起家里整片天，是勤劳、乐观、坚强、干练的典型农村劳动妇女。

时至2016年，何家院子的这些老辈人，尚健在的只有多年瘫痪在床的大伯娘和顶起家中整片天的那位伯娘了。至今，当我意识里还以为大伯娘尚在的时候，我哥告诉我，大伯娘也已经病故几年了，到底死于哪一年呢？我不得而知。

他们的死，无非老死与病死两种。病死者往往早亡，老死者则遵循着人生规律而去。何家院子，于我而言，是有他们那一辈人的存在，才足以撑起那么一个热闹的大院子。谁也没料到，他们那一辈人中最长寿的，竟至于是那两位伯母，而她们二位，恰是何家院子里，在那个艰难时代和多艰生活中最辛劳也最强大的两位女性。是不是可以说，当柔弱的肉身与强大的精神结合在一起的时候，女性的伟大与坚强才会体现得越明显呢？

至此，关于两位伯娘的记忆也从尘封的记忆里一一跳脱出来，形成一些零碎的画面。

与大伯娘接触，多是在凉水井那里洗菜的时候。那时村里洗衣淘菜基本上依靠那一处的井水，尤其到了冬天，家家户户都要去那里淘洗蔬菜。凉水井的井水清澈甘洌，从山底流出来，经由竹筒流泻而下，竹筒里的水供我们吃喝和淘菜用，流到下面形成一个小塘，用以洗衣和洗猪草。一大早，村里各家的女眷或是小孩，便会用筲箕端了刚从地里拔出来的新鲜蔬菜，去凉水井处淘洗。

往往这时，我便能碰见大伯娘，她总是端了满满一筲箕的青菜急急而来，手脚麻利地快速冲洗，一边打开大嗓门与大家道些家长里短。那时看她洗菜，总是连黄叶也舍不得扔掉，菜梗上长满了黑斑的，她也总舍不得丢。而且我见她淘洗得飞快，总是怀疑她没把菜洗干净。等我慢吞吞地把菜淘洗完的时候，往往又会看见大伯娘已经背了高高耸立的一大背篓猪草，在小水塘边洗了。等我离开的时候，大伯娘又背着那一背篓翠绿水嫩的猪草，步履匆匆地回家了。

大伯娘膝下六子，大的几个在读书，小的还嗷嗷待哺，一个女人，成天要伺候七个男人，如果仅限于吃喝拉撒睡这些繁碎之事，凭借她作为妻子和母亲的力量，是完全不在话下的。而在养活家人之余，还得投入教育，供六个孩子上学，那就免不了要受更多的苦累。后来儿子们分别长大，又免不了要为儿子娶妻生子操持；待六个儿子渐次将媳妇娶回家，家里添丁加口了，日子就更难熬了。而婆媳、妯娌之间，又免不了会为鸡毛蒜皮的生活琐事发生口角，大伯娘的日子就更难过了！

至于后来大伯娘是怎样病倒而至瘫痪在床的，由于我一直在外面求学，大学毕业以后又到外省工作，少有回老家，即便归家，也往往奔走在自己的亲朋之间，无暇关注何家院子里的情况。其实只是到今日，当我把断断续续写着的文稿发给我哥哥看时，哥哥才告知："大伯娘也已经走了！何家院子的老一辈人中，只剩下另一位伯娘了！"

我在惊讶之余陷入了沉思，不禁感慨，真的是世事无常、物异人非啊！所谓乡邻，有时候也是很奇妙的关系，虽然曾经同饮一处井水，同享一方家园，曾是抬头不见低头见的人，可是随着时间的推移，人事发生了变化，以至到后来，竟成了完全没有交集的"陌生人"了。我时常陷入这样一种思绪困扰和情感困惑中，对我的那些乡邻们生出些愧疚与歉意来。

那位如今还健在的何家伯娘，关于她的形象，总是定格在田间地头。她留着两条那时妇女时兴的短辫子，有时头上缠着白布帕子，见到她时，她或是正躬身忙着耕种，或是背着东西回家，她似乎总有使不完的力气，每天与那些永远也干不完的活较量着，踩着晨露而作，披着星光回家，接着又要操持一大堆家务事。中国农村的女人，尤其是那个年代的女人，我始终认为，是真正值得敬佩和赞扬的中国女性！

那位伯娘，我与哥哥在大前年暑期里回老家时倒是遇见过一回，那时我与哥哥正走在前江河的石滩上，看见迎面走过来三位妇女，一路有说有笑，仔细一看，才看清是何家伯娘和她的两个女儿。我们打过招呼，伯娘一眼就认出了我们，笑道："罗俊霞还是没变，唧个（方言词，怎么）还是恁个（方言词，这么）瘦啊？"说罢，又感叹道，"嗯，罗建新（我哥）长高了，个子也大起来了，那时读书时，个子好小啊！"

我们见她除了老了不少，好像也没有更多的变化。那时，她已经是七个孩子的奶奶或外婆了，到了事务依旧繁杂的老年，她反倒活得满足、幸福。

我们的村子，如今已经发展成镇上的新街，因而搬入了很多新的住户，而原来的老住户们，很多人在外面打工，稍有实力的人家都搬到县城里去居住了，所以现在我回到老家，并不认识我的左邻右舍，走在陌生的街道上，所见大多为陌生的人。彼时突然遇到何家伯娘她们娘仨，我和哥哥觉得很是亲切，便与她们好一阵寒暄，问了一些村里的事情，才各自分开回了家。

四

何家院子的住户，其实还有一家人的，那就是我的幺叔一家，只不过因为幺叔娶了我的哑巴幺娘，膝下又添了我侄女以后，迫于生计，一家人便搬迁到幺娘娘家所在的另外一个乡镇去住了。

何家院子于我而言，之所以是一个亲切的地方，有我温暖的记忆，这与我幺叔曾在那里住过有很大关系。

幺叔居住的那一间小木屋，原本是我祖父祖母、父亲、二叔加上幺叔他们一家五口人居住的房子。后来，我父母结婚以后，去地势更高的山坡上造了房子，而二叔结婚以后，又另寻一处地势低一些的地方造了房子，加上祖母、祖父相继去世，这破旧的房子就留给了我幺叔一个人住。

幺叔一个人生活时，才十三四岁的样子。没爹没娘，又没有兄嫂的扶持，幺叔只能去学做鞭炮，学得了一点手艺，靠帮那些雇主加工鞭炮聊以糊口。记忆中，我们几兄妹都喜欢往幺叔那里跑，我们总是经过凉水井，走过几十步石阶，沿着何家三伯伯房子边上那一条小路，爬上一个坎，再往上走几步，就到了我幺叔家了。

幺叔家的房子，后面是大山，右面紧挨着四伯伯家，左面则是一片空地，空地边上有一座坟，坟墓边长着一棵橙子树。幺叔家前面是一条土公路，在公路另一边也有一座土墓。那时去幺叔家唯一害怕的，就是看见这两座坟墓了，在不明事理的孩提时代，总觉得那里面住着鬼魂，害怕它们有时候会走出来。所以尽管那棵橙子树上总是挂满了橙黄的果子，我也不敢前去偷摘。倒是哥哥与堂哥不觉得害怕，总是以为那棵树就是自家的，便随时去摘取。有时还守护着，不让别家的小孩去偷摘。

幺叔虽然过着孤单、清贫的生活，但他对我们很心疼，也很大方。每到橙子成熟的季节，幺叔总要给我们留着最好的，或是让我们自己去摘来吃。我们每次去了以后，幺叔也会拿出平日里舍不得吃的好东西招待我们。我记忆中吃过的最好吃的面条，就是在幺叔那里吃的了。幺叔给我们做面条时，会打上两个土鸡蛋，放上比较多的猪油，我们吃得满嘴是油，满足极了。幺叔看我们吃得狼狈，提醒我们别烫了嘴，叫我们有空就去他那里玩。那时我们尚且不懂幺叔一个人生活的不容易，只知道幺叔那里好玩，便时不时溜了去。

因为从小缺少营养，幺叔体弱多病，人很清瘦，脸很白净。从他的木屋子里总是传出他敲鞭炮饼的笃笃声，像是一种音乐，高低起伏，快慢变换，奏响在何家院子的上空。幺叔喜欢唱歌，还会吹笛子和口琴，哥哥和弟弟会吹口琴，大概就是在幺叔那里受到启蒙教育的。幺叔有空时，我们就缠着他吹口琴或笛子给我们听。幺叔一个人孤单惆怅时，也会一个人忘情地吹。幺叔的口琴和笛声如有魔力一般，会把我们的躁动吹走，把他自己的烦闷吹走。口琴声悦耳，笛声悠扬，在他的木屋里回旋，飘荡在何家院子的上空，飘到幺叔屋后的那一片竹林里去，飘到竹林上面的山冈上去。

有时候我正走到幺叔家对面的那座坟墓边时，听到了幺叔的笛声，就不害怕了，便加快了脚步，朝幺叔家跑去。

幺叔打了很多年的光棍，才终于在别人的介绍下与我的哑巴幺娘结了婚。幺娘虽然不能说话，但是勤快能干、心灵手巧，她会织毛衣，还会钩衣服和装饰品，干活也很麻利。有了幺娘以后，幺叔的日子才终于过得像日子了。家徒四壁的房子里添置了一些家具，客厅里多了几把椅子、一张四方桌，角落里新砌了一个灶，卧室里有了新铺盖。虽然房子里很拥挤，但是幺娘把它布置得很温馨。幺叔过上了幸福的小日子。

后来，大概在小侄女到了该上幼儿园的年纪时，他们一家人搬去另外一个叫沙溪的镇上，去给幺娘的一家亲戚看房子去了，因为那里离幺娘的娘家近，生活上她的父母可以适当给予接济，加上还有很多田土可种，因此，他们便搬迁过去，在那里定居了。

因为我们镇与沙溪镇并未通车，所以幺叔一家回到我们村的时候很少。从那以后，我们也就很少与幺叔见面了。

再后来，一直被疾病缠身的幺叔病情加重，在一个深夜里，他在睡梦中离世了。幺叔的尸体，被葬在了他乡的土地上，再也回不到自己的村庄里了。他的那间小木屋因为日久失修，早已坍塌了，后来被变卖成了别人的宅基地，现在那里矗立着别人家的楼房。幺娘后来带着两个孩子改了嫁，如今，我的那两个堂妹，一个尚小，一个还在读大学。

幺叔来到这世上走一遭，在何家院子留下他生活过的淡淡足迹，在饱受了五十几年的艰难苦楚以后，杳无声息地，就去了另外一个世界。他活着时大半生是孤单的，死了以后也孤孤单单的。幺叔的坟墓，在一片荒草之中，他死时，我未曾请假回老家去送他一程；他死了以后，我也从未去他的坟前祭拜过。幺叔在那个镇上的家，我也从未去过。现在，应该破旧不堪，甚至坍塌了吧！

何家院子的上空，不知道还回荡着幺叔的口琴声和笛声吗？那棵橙子树，还依然每年开花结果吗？

五

当我活到中年，以一个游子的身份回到故乡，懂得去关注生养我的地方及其人事变化时，才发现何家院子已经完全改变了它原本的样子。

如这个时代的巨变一般，我的小镇，我的村子，何家院子，它们都悄然发生着各种变化。

何家院子里的那些人，老一辈已经死亡殆尽；后一辈人中，女儿大多远嫁他乡，儿子们也在各处安家；孙子辈有的尚在求学，有的在外面打工，有的也已结婚生子。一个大家族，在经历了数十载的时光以后，就真的离散了！

何家院子曾经的那些灰瓦土墙房子，早已变成了红砖楼房。各家的地盘上，住着的已不再是原本的一家人，有的为子女中的某一家人居住，有的已经卖给了别的人家；有的荒置着，房屋破败，院落里长满了荒草。

曾经，站在何家院子任意一家的门前，便可以俯瞰整个小镇，看各家瓦屋上飘出的袅袅炊烟，看那一片碧野上四季蓬勃生长的庄稼，看那条长年流淌不止的前江河河水缓缓向前……而今，能够看见的，除了钢筋水泥的楼房，还是钢筋水泥的楼房。

曾经，何家院子里每一户人家的门前都有个大坝子，坝子边上种了各种花草果木，而今，除了康家表爷院坝边的那棵柿子树依旧苍劲繁茂，大伯伯院子里那几棵硕大的橙子树呢？二伯伯家门前的那棵老拐枣树呢？三伯伯家门口那几株娇艳的牡丹花呢？四伯伯家门口的那一蓬胭脂花呢？另外的何家伯娘院落里那几棵栀子花、桂花呢？幺叔屋后的那几棵野生板栗树呢？它们都还在吗？

写着这些的时候，我现在居住的江南小城里依旧下着雨，这连绵不绝的雨呀，从冬下到春，跨越了两个季节。我的思绪和情感都湮没在这阴云细雨中，一时还走不出来，也不想走出来。此时我越发明白了：在每个从乡村出发的孩子的心灵深处，或许都有一个叫作“乡土”的词，推动着他前行，出去闯荡，又吸引着他回家。

古村有雨

那天，我们作协一行人去浙西龙游县的一个古村落——祝家村采风，兴致正浓，雨却来了。

天青色，正江南。彼时，恰有此景。出发之时，天空便细雨蒙蒙，我们怀着期待的心情，透过车窗，随意一瞥，一路皆是云雾缭绕、青山朦胧的山乡景色。

看群山深处的古村落，这样的天气更适宜。

到达祝家村的时候，雨停了那么一会儿。待我们在几棵参天大树下拍好照，沿着村里高低错落的石阶漫步观赏的时候，雨如调皮的娃娃，又出来了。我们前行，它也一路相随，于是，古村更增添了诗情画意。

我们拾级而上，走走停停，被这样那样的景色吸引着。此时，尚是小雨，雨丝轻轻浅浅，亲吻着草木庄稼，抚过我们的伞面、裙角，偶尔飘到我们的脸上，轻落鞋面，把石阶一一润湿，在屋顶灰瓦上逗留，在门前翘首张望，趴在窗棂上，欲掩还羞。

村里的房屋，是一例的黄泥墙、灰瓦片，依山势而建，高低不一，错落有致，已有一些年月了。整个村庄在群山环绕之下，满目苍翠，一条条由石头铺砌而成的石板路连通着各家各户，我们踩着石阶，忽而上行，忽而下走，倒别有一番趣味。

此时的村庄里已经少有人家居住，大多数村民已经搬离，只剩下一些老人固守着家园，或者几户安土重迁的人家，仍然留在生养自己的土地上，不肯离去。

我们一路走着看着，拍着、说笑着，让这个已经荒寂的村子突然热闹起来。行至一处，看见几座瓦屋之间，一条狭长的石阶，似乎从山上延伸而来，蜿蜒直下，边上石坎上爬满藤蔓，又有一堆废弃的瓦片堆放于前。此处意境，正是一幅写意画。

大家便招呼着在此处拍个合影。拍完，人群散去，剩下几人流连于此。忽地，从石阶上走来一位老奶奶，她头戴斗笠，脚穿雨靴，着青布衣裳，戴着蓝灰格子袖套，拄着一根竹拐杖，一步一步，自上而下，走走停停，朝我们张望。

老人，石阶，黄泥房，古村落，此境，完美和谐，我们仿佛看见老人穿过一段悠长的时光，向我们走来。

我们又一阵激动，“田秘”姐姐赶紧上前去搀扶住老奶奶，与老人家寒暄起来，得知她已是 92 岁高龄了。可老人家耳不聋眼不花，气色尚好，身体健朗，走路利索。那一瞬间，我在心里感慨：人至老年，身体健康，多好啊！脑海里浮现出我那 70 岁出头的父母衰颓病弱的样子，心里不禁黯然。

老奶奶很热情，邀请我们去她家里坐坐，我们也正有此意，便欣然同往。原来老奶奶的家就是边上的黄泥屋，我们拾级而上，十几步以后便到了。老奶奶打开黄泥屋边上的小木门，让我们进到院落里去，又行至堂屋，打开那里的一扇木门。

这样，老奶奶的居所便一览无余了。屋内陈设与当地一般的农村人家并无二致，东西杂陈，随意摆放。室内光线不好，房间窄小，土地面，木板墙，堂屋墙壁上设有神龛，龛前摆放着八仙桌、长条凳。引人注目的是那贴满整个墙壁的奖状，老奶奶说是她的孙子小时候获的奖。

老人家迫切地与我们交谈着，说到她子女的情况：她的大儿子活至花甲之年以后去世了，三个女儿都嫁到外村或外地，如今大女儿也已经

74 岁了，大女婿则已去世。老奶奶口齿清楚，思维清晰，表达流畅。

顿了一下，她继续讲述，述及老头子已经去世多年，儿孙辈都已经搬到城里去住了，平时就她一个人居住于此。她说一个人住着，别的都还好，就是太孤单了。她一直握着“田秘”姐姐的手，久久不愿放下。我们也不忍立马离开，便与她攀谈了一些时候。

此时的雨，大了些，老奶奶家院坝边沿的美人蕉怒放着，鲜艳欲滴。那只老母鸡，却不怕雨，昂首走着，亦走亦停，东啄啄、西看看。我想，当人活到了这个年纪，独守老宅，孤独终老，是一种幸运还是一种不幸呢？不过，老人家每日生活在深山中的天然氧吧里，吹着山里的风，呼吸着新鲜的空气，吃着绿色生态蔬菜，已过耄耋之年仍然身体硬朗，生活还能自理，这该算是一种幸运和福气吧！

临别，我坐在堂屋门槛上，倚着门，拉住老奶奶的手，大家也都凑了过来，与老奶奶拍了几张合影。拍照结束，老奶奶还不肯松手，仍然紧握着我的手。我能感觉出那双不知道干了多少农活，而又轻轻地抚摸过多少个儿孙的手，是那么粗糙而又温暖有力。

从老奶奶家里出来，雨又大了些，我们沿着石阶往下走，去找那一棵代表着“520”的古树。

我们撑伞，在雨中慢行，看雨飘洒在天地间，给大地笼上一层白纱。远山如黛，绵亘起伏，雾气升腾，弥漫开去，飘到我们的眼前来；近旁溪流涨水，浪花飞溅，哗哗作响，和着鸡鸣狗吠，这样的声响，格外动人。雨水是不安分的野丫头，或在石板上躺卧，或在枝叶间舞动，在玉米叶上、草丛里嬉闹，光着脚丫在土地上跑动，一溜烟，又跑到溪水里去玩了。

雨，越下越欢腾。

当我们走过一处石墙，拐了个弯，向上迈步，走至一棵枝繁叶茂的大树下时，雨就哗啦啦地下起来了。

此时的雨，比我们一群叽叽喳喳的女人都欢快。如微醺的女人，又喝了一杯酒下去，全然没了平日里淑女的样子，突然间卷了袖子，吆喝着，划起拳来。获胜之际，欣喜不已，一巴掌拍下去，杯盘碗筷跳起来，一阵乱响。

我们不得不找一处屋檐躲雨。

狼狈之中，就近寻得一处无人居住的黄泥屋，躲到屋檐下的木门前，两人一组，仍旧撑着伞，为人家把守着屋门。

此时的老天爷，全然没了慈祥的样子，雨水如注，顺着屋檐，一溜疾下，为房屋挂上了一副天然的帘子，雨伞与门楣下便有了小瀑布。我们躲着雨，欣赏着山里的风景，殊不知，我们又成了谁眼里的风景呢？

快芒种了吗？但见眼前，一树芭蕉葱茏，一垄南瓜爬藤，一地玉米挂穗，几行四季豆爬上了竹竿，豆荚成串，其上雨露垂挂，晶莹剔透，仿佛随时都要落下。

我仿佛看到了过去的这里，一派忙碌农耕的景象。那位老奶奶，此时会不会呆坐在门前，巴望着等雨小了，去地里摘菜呢？她的那几只老母鸡，躲进屋子里去了吗？

过了一些时候，雨终是小了，我们又活跃起来。

都说到祝家村里来，是一定要去看那几棵“520”的树。我们加快步伐，朝着它们走去。也没几步路就到了，仰头望去，是三棵参天古木，树干粗壮，遒枝劲丫，枝叶蓊郁，已长成遮天蔽日之势。待细看保护碑得知，其中的一棵红豆杉与榆树，已有520年的历史。还有另外一棵，是香樟树。原来，这“520”指的是那几棵树的树龄，而非树形。历史，一定是久远的时光。

说是古村，于此，便有了更加确凿的证据。今生今世，我们的存活，是都要留着证据的，而这古村的人们，择这一处山清水秀之地，依山而建房屋，在此安居乐业，世代繁衍，耕读至今，便有了各种各样的证据，也有了历史。

此时的雨，小了。又见那一丛芭蕉，一把把绿扇子被雨水冲洗过，越发青翠欲滴，竖立，或舒展着，朝着山或天的方向。中间那紧缩着的卷轴，里面记录了多少关于这个村庄的故事呢？这样的古村落，会走向消失，还是会以另外一种方式（民宿）获得新的生命力呢？

“星空”下的高田坑村

他不去，她却成行了，与她、她一起。

以前去开化，奔着钱江源和根宫佛国而去。这一次，因了一位女子诗意生动的描述，她决定去台回山和高田坑这两个传统古村落。

其实，仅仅听这两个名字，她就喜欢了。且两个村庄又各有一个好听的名字，台回山号称“江南布达拉宫”，高田坑村则为“星空下的古村”。

必须出发了，于是，一路向东，绕山而行。暖暖的阳光、柔柔的清风，三五好友一起，一切刚刚好。

在江南春天的4月出发，一路上，照例是山光水色，满目新绿，春色撩人。沿山路驱车慢行，身体与心灵妥妥地享受着一波波惊喜。入眼的，花红树绿，千山万壑；入心的，树绿花红，万壑千山。她将一帧帧图片纳入心河，剪辑而成万水千山图，取名为“最江南”。

到达台回山，如她们所料，已经过了看油菜花的最好时期。不过，她们依然欢喜，她也一点不觉得遗憾。看过太多的油菜花开，一片一片的金黄，把这个春天装点得过于浓艳，难得亲临山野，看一回它们结籽，把一幅蓬勃盛大的春耕图在眼前铺展开来，感受自然万物生命的律动，她们是幸运的。

是啊，这已足够幸运了。待站定，迎着阳光举目而望，但见蓝天之下，层层梯田之中，民居俨然，白墙黑瓦，星星点点，镶嵌在山坡上的油菜花田里，果然似一座布达拉宫。她的心，被春风拂过，被溪水清洗，如青荇，柔柔的，在水底招摇。

赶快走吧，爬山，绕梯田上行，走在小径上，漫步在油菜花田里。移步之间，景未变，也变化着。一路上庄稼满野，鸟啼花香，走着走着，或遇一棵古樟、几丛野花，或遇一架风车、几个稻草人，或遇满架紫藤花盛放在白云里，晚开的油菜花摇曳在风中……

春天的山野里，入眼即是诗画。

不仅如此，最有趣的莫过于，你走着走着，不经意间便与一条溪流相逢，它或潺潺涓涓流淌，或哗哗啦啦奔腾，时而形成一处小瀑布，时而又成一个小水潭。村民们截取溪流一段，砌石成池，养鱼于其中，待那些小生灵经山风雨露滋养，吸得日月精华与天地灵气，日久天长，台回山清水鱼横空出世，闻名遐迩。当然，开化清水鱼的名声早已远扬，得钱江源头之水滋养，其鱼必定与众不同。

来台回山，必吃清水鱼与青蛳，还要尝一尝石斑鱼、黄刺鱼、土鸡、腊肉、竹笋、马兰头、黄泥拱、豆腐、莴苣、大蒜芯……开化作协那位叫张蓓的女子如此热情地给她介绍着。

她承认，她来开化一半的原因是受了张蓓的“蛊惑”。她俩的缘分，源于参加某些共同的写作活动，在获奖时“同框”多回，俗话说缘分天注定，果真不假。二人在微信里神交多回，却从未谋面，她相信，两个人一定会见面，见面的场景也一定会与众不同。在她心里，张蓓就是开化人的代表，热情善良，活泼灵动而又聪慧有才。她认为她是奔着张蓓的地盘前去了，开化人，在她的心中，浓缩成一个人的形象。

在台回山吃完清水鱼，她们打算去高田坑村。她听了另一位作协人的推荐，决定下午去高田坑村。其实，张蓓也推荐过。一个开化本地人和非本地人都推荐的地方，必定有必去的理由。

沿盘山公路而上，行驶在悬崖绝壁之间，眼前是山，远处是山，千山万壑远远近近，陪伴着他们。行进在这条神奇的天路上。果真如张蓓温馨提醒的那样：“请带经验丰富的老司机开车。4月、5月的高田坑，我怕女司机开车，出不来，或者想留在仙境，不出来。哈哈哈！”

张蓓是实诚而又富有诗意的人，她也是，一听便秒懂。于是她们仨搜肠刮肚，请了一位经验丰富的老司机随行。果然不负众望，司机开车很稳，一路上话很少，心很静。不像她们仨，一路上感叹着车窗外的风景，惊叫着“悬崖”“好高”，像是从城里来的人。

不觉间，车已到达高田坑村。一下车，她们便急切切地奔它而去。

沿石子路，过观音廊桥，便算正式进入了村子。村舍依山势而建，高低错落，一律为黑瓦黄墙，在古树掩映之下，古朴沧桑。一条溪流穿村而过，缓缓流淌，向来客讲述着古村流传的千年的故事。

她看黄泥屋，觉得像父亲，温和而又慈祥。她抚摸着黄泥墙，觉得特别多像父亲褶皱的手和脸，带着土地上辛勤耕耘者的明显特征。在观音廊桥处，她想起了一千多年前“芝田庄”（高田坑原名）的余氏始祖余仲立，想起他归隐之后，为了择一处更好的栖居之地，竟不辞辛劳，携家人将家从芳山搬迁至“芝田”，到底是什么打动了那位做官人的心呢？

她们在黄泥屋之间的巷子里绕来绕去，时而分开，时而又偶遇。隐隐青山间白云自在游动，有时停在树梢，似乎触手可及。溪涧中，鱼虾畅游，水清澈见底。

她们跨过溪上石桥，走过去，走回来，自由行走。像村人在茶余饭后一样，她们或闲走，或静坐，这里看看，那里停停，走着走着，与一棵棵参天古樟不期而遇，打声招呼，看它们静立在溪畔、屋旁。走过一栋栋老房子，从屋檐下走过，从红豆杉旁走过，停下来，看它们枝繁叶茂、红豆满枝。

她们像走在自己的村子里一样。有那么一刻，当她跨过门槛，进入民宅，嗅到柴火灶上传来的饭菜香，然后，她倚门而坐，晒着太阳，看着眼前青山如画、油菜花黄，她觉得这就是自己的村庄了。

在那一刻，她又想起了那位宋朝县尉归隐“芝田”后，常年游山玩水、养鱼约客的场景，他退出官场，寻得这一方清静之地，过上了一半诗意、一半烟火气的生活。他不知道，他这样的生活，在一千多年以后，会令多少人羡慕。至少，她羡慕了。乱世江山中，江山不乱，此处山河依旧；熙熙攘攘的尘世里，名利不扰，此地触手可摸星辰，卧床可观日月。

她知道，这句话并非夸张。作为开化县海拔最高之地，这里生态良好，视野开阔，光污染少，是户外天文观测的理想之地。她想着：满天星辰与我只一手之隔，嗯，若在这样的夜晚，在此住一宿，会是什么样子？

其实，住在台回山村的山顶上，夜宿“布达拉宫”的最高处，看繁星满天，观日月同辉，不也是一样的吗？

星空，不就是心空吗？心里装着一个怎样的世界，眼前就会是怎样的世界。长虹乡的这两个古村落，相同与不同，眼可见，心可知。

月亮挂在百丹山房

走，去百丹山房——

听着这一声呼喊，我的心都化了。

于是成行，我们来到衢州市柯城区九华乡的石坑口村，选择这里新开张的一家民宿——百丹山房住下。

“此地有崇山峻岭、茂林修竹，又有清流激湍，映带左右”，此地之境，与“兰亭集会”之境神合。

我们驱车，进入九华界域，沿着沥青公路，依山势而行，一路上所见，青山满目，绵延起伏，山上云蒸雾绕，恍如仙境桃源。在青山之麓，一条溪流绵延流淌，或潺潺涓涓，或哗哗奔腾，一路欢歌，伴我们而行。村民们依山傍水，择水筑居，一路上，漂亮的楼房、有格调的民宿掩映于浓荫之中。

到九华的山里来，这里有你期待的风景，这里一定有一所房子，符合你心中的家的样子。

我带着这样的想法而来，在还没达到目的地时，心便插上了翅膀，飞了起来。

驱车到达石坑口村的指示牌前，左转，沿一条水泥路而上，经过约莫几百米的路程，我们便来到了百丹山房民宿的大门口。山房依据山势高低而建，一共分为三层，高高低低，错落有致，颇为壮观。

进入大门，一个偌大的草坪景观园便落入视野，绿草茵茵，数块大石头卧于其中，你可以在上面静坐，也可以躺下，或站立。用小石子铺就的蜿蜒小路，引你漫步草坪。靠里面，一排竹房子，齐齐整整的，有窗有瓦，你不要误认为那是你要住宿的房间哦，嗨，那只是厨房呢。

这是百丹山房民宿的第一层，供饮食与休闲。

我们拾级而上，走至第二层。第二层是干净的水泥院坝，供客人搭帐篷和小孩奔跑玩耍所用。在温暖的季节里，你躺在帐篷里，可以尽情地享用美好时光，可以晒太阳，吹山风，听鸟啼，嗅花香；在夏夜，你可以随意铺一张凉席，以天为被，以地为床，清凉的风是你的，满山的虫鸣是你的，涓涓的溪流声在耳畔，星空是你的，山河是你的……此时，你是天地的主人。

我们去的那夜，恰逢农历七月十六，月光皎皎，我们吃过晚饭，坐在古樟树下乘凉，一边闲谈着，一边喝茶赏月。我们等月亮从树梢探出头来，等它慢慢爬上山巅，等它挂在我们头顶……我们等着它，逗着它，也守着它。它也等着我们，逗着我们，守着我们……

在这样的月夜，享受着山里的风月无边，民宿男主人在我们的怂恿下来了兴致，他找出笛子，开始了深情的演奏。他从一曲《敖包相会》开始，一连吹奏了好几曲，笛声悠扬，飘到山上，飘荡在九华山的夜空中。女主人也来了兴致，搬出古筝弹起来。夫妻二人琴瑟和鸣，夫唱妇随，令我们惊喜不已，陶醉其中。

我们就这么幸运地遇见了这么美好的夜晚，有虫声、歌声、笛声，有夜的黑与白、静与闹。此时，虫声喧闹，清风徐徐，明月皎皎，苍山静默，溪水流淌……

沿着宽大的石阶，继续向上行走，我们来到了民宿的第三层。你理想中的山间木屋来啦！黑瓦木楼，木墙木门木窗，还有一溜长长的木廊，等你住下来，你可以从房间里走出来，站在这里，倚栏而望，便可以俯瞰青山绿水，对望竹林山野。

还未进入屋内，你便要庆幸自己来对了地方。

而令人惊喜的还不全在于此，木楼前竟然屹立着一棵古樟树，已有600多个年头，树干粗壮，大概要五六个人合抱吧，枝丫遒劲，枝繁叶茂，遮蔽了屋顶，向天空伸展开去，形成巨大的绿荫。樟树被浙西地区人民奉为神灵，这样一棵参天古木，既可以遮风挡雨，又可以庇护民宿主人和来这里的客人，保佑他们平安幸福。大树底下，民宿主人摆放了一张石桌子，想必在这里乘凉喝茶、吃水果闲谈是再好不过的了。

是怎样的福气，才让民宿主人拥有这么一个得天独厚的地方呢？又是怎样的幸运，才让主人能够在房屋前得到一棵古樟树的庇佑呀！我坐在古樟树下喝茶的时候，这样想着，很羡慕民宿主人。

在推开门往木屋里走的那一瞬间，你又会收获另一波惊喜。房间内的装饰与陈设，也一律是木质的，软装也是精心选择的，一幅清雅的字画、一盏古旧的台灯、一本泛黄的书、一瓶清新的插花、一个有趣的小摆件，整个房间内清新古雅，古色古香。

客房中间的位置，有一个大大的书房，各种内容的书摆满了书架。茶余饭后，你可以选取一本你喜欢的书，坐于书桌前，沏一壶茶，茶香袅袅，书香满屋；你可以沉醉在阅读时光里，安放心灵，掸除尘世的杂尘。此时，满窗映绿，青山在咫尺之外，有清风拂来，你的心，到了另外一个宁静的世界。

住在木屋里，住在山间清新的空气里，若逢晴日，窗外天蓝如洗，白云游走山间，屋内有阳光照进来，有风儿轻拂，有鸟啼悦耳；若遇雨天，你可以站在木廊上，看竹枝摇曳，看云雾缭绕，听雨滴答有声，看雨飘落，看它从眼前蔓延到天边，又从天边飘到眼前来。

此时，你的眼前是一幅画——“水光潋滟晴方好，山色空蒙雨亦奇”，你进入“雨急山溪涨，云迷岭树低”的诗境里去。天然的诗画之境，自然该有的美丽样子，你在百丹山屋，它为你准备好了一切。

选择民宿，我以为有三个必备条件：一是外部环境，必定是有山有水有好风景的地方；二是住宿条件，非得是吃住玩乐于一体，住着才安心、愉悦；三是空气清新之地，心灵栖居之所，养眼养心，也怡情怡神。

或许，我的要求有点高。但，我既然花钱花时间，不辞辛劳，翻山越岭来到民宿，我需要它以同样的热情和它独特的品质来迎接我。

我想，来到九华，来到百丹山房里，它可以满足这一切。我是在山里长大的孩子，又回到山里，寻找儿时的记忆，找到家的味道，寻到诗和远方的结合，在这江南的“布达拉宫”里，它准备好了一切来迎接我，也迎接每一个前来探望它的你。

宅里时光

当你去了衢州柯城七里乡，沉醉在桃源七里风景区的水色山光里，走着，走着，不小心遇见一座古色古香的老宅，只见小桥流水之畔，白墙黑瓦，灯笼高挂，这便是远近皆知的七里民宿——赖家大院了，它还有一个名字，叫九久民宿。

推开木门，跨进门槛，你会看见一个保留了民国风貌的江南四合院，它像一位身着旗袍的民国闺秀，惊艳了你漫步在七里的零碎时光。

这座老宅外部为白墙黑瓦，内部主要为木质结构。从厅堂，沿着木楼梯走到二楼，整个布局十分用心，既古朴雅致，又温馨舒适，充满了格调。厅堂内雕梁画栋，绿植掩映，字画悬挂，书籍满架，具有浓厚的文化气息。此处，适合读书品茗，潜心于琴棋书画；也适合三五好友小聚闲谈，品酒赏月；还适合住上一段日子，驱遣外界的喧嚣浮杂……

此时，你会感觉你来到了另外一方天地，这里有山有水，有诗有画，还有书页泛香，有琴声抚慰心灵。你又似乎回到了外婆的家，这里有外婆的炊烟、外婆的气息和外婆的味道。

此民宿的男主人赖忠云，他们兄妹七人在此老宅中长大，对此宅有深厚的感情。他 18 岁时前往温州学习木作技艺，因此，民宿的设计与装修，无论宏观的设计还是细节的雕琢，全是他亲力亲为的。留住赖家根脉，也保留一种传统文化，这是他修缮这座老宅的动力所在和初衷。

赖家大宅是一座百年老宅，保留了明清时期的建筑风格，是从他的祖父赖相培手里传下来的。赖相培是民国时期远近闻名的商人，他自幼学商，鼎盛时期创立了衢州市赖丰元商号，旗下经营百货，酿酒造纸远近闻名。祖上的智慧与积淀传给赖忠云，他不仅天资聪颖，悟性高，而且后天又勤奋努力，肯钻肯学，为能工巧匠，还多才多能，在村民中口碑不错。

民宿的女主人薛文新，曾是一位发型师，她空闲时便会给前来住宿的客人设计发型，细心而又温暖，人们对此赞不绝口。除此以外，她在烹饪方面有着自己的专门研究，是一位优秀的厨娘。所以，你来到赖家大宅，除了被古色古香的老屋风格深深吸引以外，你往往还会被它飘散的饭菜香味迷住。唾液涌动，你在想：是谁在灶台上奏响一曲锅碗瓢盆的音乐，牵动了你的心肠？你寻香而去，原来是老板娘在挥刀抡勺。氤氲的香气中，你的记忆回到过去与童年，那时，你的家里飘出饭菜香，那是妈妈和外婆的味道……

采访薛文新，她向我讲起一位顾客的感人故事。有一位江苏的80多岁的老奶奶，每年她都会专程前来，在赖家大宅住上一段时间。她喜欢吃薛文薪做的豇豆、梅干菜和面条，喜欢这座老宅古旧的格调和味道。她喜欢每天跟薛文新像母女一样待在一起，一起到七里香溪边散步，一起喝茶，拉家常。这样的日子热闹而又温馨，她在这里找到了家一般的感觉。回去以后，她每年都会给薛文新寄来那边的阳澄湖大闸蟹，薛文新也会给她寄去一些衢州地区的特产，一来二去，两个人成了朋友，又像母女一样互相问候和关心着，远远超出了民宿主人与客人之间的关系。

我随着她的简单描述，脑海里浮现出这样的画面：木窗边，过道里，坐着一位头发花白的老奶奶，她面容慈祥，脸上露出欣慰而满足的笑容；她起身，推开房间的小木门，躺到旧式木床上，闭上眼，回忆起很多过往的事情……

是啊，这是一个有家的温馨和外婆味道的民宿，宾至如归，客人可以自己动手烧饭、包饺子，可以在这里找到朋友、亲人和家人；这是一个有情调的民宿，你可以在此静静地度过一段自由、惬意、诗意的时光；这是一个有文化气息的民宿，在这里，你可以感受各种各样传统文化和传统工艺；这是一个可以酝酿梦想的民宿，大山深处也可以诞生金麦穗，传出欢快的歌谣！

来到赖家大宅，你住的不仅是民宿，还回到了外婆的家，在此度过一段时光，你是否怀念起了儿时的美好时光，是否忆起了外婆的味道？那些或丢失或渐渐模糊的画面，此时清晰起来，在这里，你找到另外一种存在，你享受着另外一种生命的快乐和幸福。

七里七月上

来到衢州柯城七里乡的上村村，初见“七月上”民宿的时候，正是七月上旬。一切不是刻意的安排，一切又那么凑巧。

那时，我们从喧嚣城市燥热的空气里出发，车子驶进村子，到达“七月上”，空气清新，气候宜人，满眼翠绿，清溪流淌……恍然间，我们来到了别样人间。

走过一小段山坡，抬眼望去，“七月上”就在我们眼前。只见它正披着满身霞光，笑脸盈盈，而天边的晚霞，一片绚烂，近在眼前，似乎触手可及。白墙，木格子窗，木门木梯木门槛，一只小狗正蹲坐在门前小憩，见有客人到来，便睁开双眼，立起身子，轻摇尾巴，欢迎我们的到来。还未进入室内，便有归家的感觉。

是啊，在那一刻，我有归家的感觉。曾经，我就出生并生长在大山深处的一所房子里；曾经，我家的木门前，也总躺着一条狗。

进得室内，是一个大天井，采用江南庭院的设计风格。院内绿植苍翠，池水泛波，锦鲤在池塘里自由欢快地来回游动。水面烟波袅袅，灯光微黄，树影斑驳。我们踏着青石板前行，人在雾里，恍若仙境。有人脱口而出：“哇，来到了仙境！”

老板爽朗的声音传来：“啊，仙女来了！”

就这样，我见到了“七月上”的老板顾少伟。

水池边上是一间雅致的茶吧，我们坐在大木桌旁，喝茶，说笑，进行非正式的采访。听着他的话语，我在脑海里播放着一个个生动的画面，关于他和他的妻子纪建成创办民宿的故事，便一一铺展开来。

两年前，顾少伟才回到七里乡与妻子一起经营民宿，他的人生经历很丰富，曾经，他当过工人，做过贸易和旅游；也当过科长，做过老总和厂长。一路打拼，也一路辛劳，说不疲惫，那是假的。已过知天命年纪的顾老板，此时最大的愿望竟然是做一个农民，远离喧哗的闹市和浮躁的人群，找一处山好水好空气好的地方，在那里生活，每天锄地种菜，养鸡养鱼，再养条小狗做伴，过平淡的生活，静静地回忆人生。

听着心里的呼喊声，顾少伟热血沸腾，他毅然决定：回去，跟妻子一起住到“七月上”去。

于是，在这家民宿里，多了一位顾管家。

顾管家能说会道，热情细心，勤劳能干，又有着丰富的人生智慧和管理能力，他成了妻子的得力助手。

作为男人，顾少伟知道和体谅妻子的不容易，一个女人，做了 20 多年的旅游，每天奔波忙碌，以最勤勉热情的姿态做着服务行业，把微笑和满意留给客人，把辛劳和委屈吞进肚里。这么多年来，夫妻二人分多聚少，自己在外打拼闯荡，妻子一个人在家乡奋斗……

“嗯，我的选择是对的！”顾少伟坐在露台上，吹着山风，喝着茶，看着夕阳慢慢隐没在竹林中，他的脸上露出了满意的笑容。此时，夕阳正好，金辉铺洒，一缕阳光照射到他的头发上，闪着光，他的眼里也闪着光。

在这个世外桃源一般的地方，度过余生的慢时光，静静地享受大自然的恩赐，是他现在最幸福的事情。

“七月上”民宿位于七里乡海拔最高的地方，背靠青山，正面群山连绵，竹海涌动。在这里的每一天，都住在免费的生态氧吧里，试想，于此处，青山绿水养眼，鸟啼虫鸣悦耳，花草星月怡情，读书品茗养性，还有什么样的生活比这个更高级、更贴近人心、更舒适惬意的呢？

终于有了清静的时光，顾少伟可以好好地回归本心，做回自己了。他把来的顾客都当作家人，宾至如归，让他们感受到家的温暖，吃上农家特色小菜，享受天之恩赐，这便是他的待客之道。

他的菜园子里长着各样鲜嫩的高山蔬菜；他养的鸡，在林间欢快啄食；他养的鸭，在水里自在嬉游……他亲手耕作，让生活回到原本状态。从乡野走出去的孩子，更喜欢回到乡野。

他在管理民宿之余，喜欢研究《易经》，读读《论语》，看看《道德经》。除此以外，他还对中医产生了兴趣，与当地的一位郎中成为了好友。空闲时，他便与郎中一起上山学习采药，认识了一些药材。上山采药的时候，穿梭在树丛中，嗅着草木的芬芳与泥土的气息，他的心是激动的，又是安宁的。这有别于在自己的菜园子里摘菜和在民宿里喝茶读书的感觉，他全然忘记了曾经在外面打拼时的那些名利喧嚣与尔虞我诈，他的眼前是一片明净的天地，他与自然相融，进入忘我的境界。

待采好草药，回到民宿，他回过神来，给自己泡一杯茶，翻开《易经》，更加明白了“天人合一”的自然法则。

此时，正是入定之时。顾少伟抬头，看见一幅画：月光皎皎，照亮山坡；树影斑驳，风移影动；顾少伟低头：山风习习，轻抚脸颊；茶香袅袅，拂过书页……

盛夏7月，在七里乡的“七月上”的时光，就这样，像画一样美丽生动，像诗一样韵味无穷，又像翻开了一部文化经典，每一页，都有撞击人心灵的东西。

“日夕”星空下

那夜，我们坐在日夕山中民宿的院子里，一些风从群山的另一面跑过来凑热闹，一些蛙隐在暗处、远处，向着天上的七八颗星星唱着动人的歌谣，它们比虫儿更卖劲。虫儿轻吟浅唱，为我们伴奏，我们正以山泉水泡茶。

先是绿茶、红茶，后又换作白茶，泡茶的人和饮茶的人都意兴盎然。那时是夜里九点多，我们七八个人围着茶桌，坐在山前，坐在风里，一边喝茶，一边闲谈，持续到凌晨一点多。到月亮都累了的时候，我们仍然不困。

茶香飘在院子里，被风带走，向山上飘，向夜空飘，可它们并未走远，如果唤一声，它们又会回来。在山里就是好，漫山遍野的东西都是我们的，我们是这片天地的主人。皮哥又泡好了一壶好茶，倒进我们的茶盏里。一抿嘴，一仰头，茶香入了心肠，飘远的它们，又被我们抓了回来。

喝茶的人不谈茶，谈生活，谈人生。

民宿主人吴总是一位“80后”，我见他的第一面，就觉得他是一个幽默俏皮的精神小伙。是夜，他的眼里有酒色，也有星光。他一盅接一盅地喝酒，一盏接一盏地饮茶。酒入豪肠，已有六七分醉，饮了混茶，又添了三分醉。风吹来，他对风说话，星星出来，他对星星说话，以至于他头顶的星星越来越多，越来越多，我们一仰头，突然发现了满天星光。我们惊喜万分，觉得真是好运气，连日来梅雨绵绵，恰好我们去的那天有了太阳。获得天时地利人和之境，是需要缘分的。

他对我们说的话，有三分之一被风带走了，翻过连绵青山，撒在茶坪村的土地上；有三分之一被星星捎了去，铺满黄坛口乡的天空；还有三分之一留给我们，我们听到了他的故事。

他一直讲故事，一个接一个，那些星星也一定是溜出来听他讲故事的。他吊我们胃口，说先讲故事，再讲事故。当然，我们听了半天故事，始终没等到事故。嗨，看来他还是清醒的。

归结一下，他的故事无非是关于创业和守住乡村的。他不忍心看着茶坪村的那些古树、老房子、石板路变成被人遗弃的诗行；他不想那些青山、竹海、小桥、溪流成为大山寂寞的灵魂。他看着村庄变空了，他想让它热闹起来。

他讲开心的，也讲难处。我们正想劝慰他几句，忽然听他提高声音说道："我在这山中的民宿里，每天早上起来跟云打招呼，我对它挥手……"我们笑了，此人已有几分醉意、几分痴狂、几分洒脱，无须劝说。

周华诚老师仍有一点不放心，他斜靠在藤椅上，看着村庄一片黢黑，山野一片黢黑，唯有民宿院子里的几盏灯将吴总的脸照得光亮。他说道："其实，我们做任何事，不要在乎结果，重在享受过程，我的付出是心甘情愿的，无关其他……"

几个写作的人在一起，也不谈写作，我们谈生活，谈人生。

我们坐在日夕山中民宿的院子里，在有风的夜晚，久坐，长谈，笑语四起，星星眨巴着眼睛，离我们越来越近。头顶一片星光，伸手可触星辰，这样太过浪漫绝美的景象，此时变成一种真实。我们是自由的、放松的，我们更真实地做回自己。

酒足茶饱的几个人，留在山里，风陪着我们，星星陪着我们，草木庄稼陪着我们，蛙鸣虫唱陪着我们，整个星空和大地都陪着我们，不眠的夜里，还有多少生灵，也在静悄悄地陪着我们呢？在山里，无论白天还是黑夜，人都不孤单。

提到“孤单”一词，我们的话题转换成谈论“孤单”与“孤独”的区别。大家你一言我一语，各抒己见。大家达成共识：孤单是人很多，而唯我一个，显得形单影只，但这个人并不一定会感到孤独；而孤独是明明人很多，身处人群中，却感觉无人可以对话，没人能懂我。是的，“孤单”是一个关乎数量的词，而“孤独”则是关于人的精神世界的一个词。

大家这样畅谈着，突然有人问吴总：“你留在大山深处，守着这么几栋民宿，会感到孤单吗？”

吴总端起一盏白茶，饮尽，给我们指了指院子边上种着的两棵树——一棵桂花树、一棵柿子树，他说：“我为什么要在民宿的院子里种上这两棵树呢？除了它们本身的寓意好，开花结起果来又好看，是因为这个村里有很多古树，主要是板栗树、桂花树和柿子树，有几百年的，最长寿的有1200多年的，它们长在这里，见证了时代的更迭变迁，见证了村庄从热闹到衰败，可它们依然长在那里，不离不弃。”

说着，他又喝了一盏茶，问我们：“你们说，我在这里孤单不？我不仅不孤单，我也不孤独。我每天早上起来，我跟白云打招呼……”

这时，我在脑海里复原他每天早上起来和白云打招呼的画面。在民宿的时候，他每天早上睡到自然醒，听着音响里播放的舒缓的轻音乐，透过落地窗，看到窗外的青山也已醒来，他起床，走到院子里，对望青山，俯瞰村庄和自己的另一栋房子，金色的阳光抚摸着大地，耳畔清风习习，鸟啼虫唱。他站定，挥手，向山顶上的白云挥手：“你们好啊，白云！你们醒了多久了？”

白云轻轻地点头，对他微笑，慢悠悠地扭动着身子，继续晨练。吴总也活动活动身子骨，然后又踱步到他的菜园子去了。

初夏，菜园子里的豇豆、茄子、黄瓜、辣椒铆足了劲生长，见到主人到来，热热闹闹地凑到一起跟他打招呼。豇豆挤满了竹架子，攀在上面荡秋千，黄瓜做着引体向上运动，茄子和辣椒掩映在叶子里，娇娇俏俏的……吴总见到它们，喜滋滋的，像看见了自己的朋友或是孩子。

从菜园子里走出来，他的手里多了新鲜的蔬菜，一日三餐的日子，便有了小时候家的味道。他披着一身金光，走回院子，身后，群山青青，天空湛蓝，白云朵朵，风拂动他的衣衫，他像是王者归来，又像是隐士暂时出山。

他还在山中打造了百草园，种植了很多中草药，他给它们取了很好听的名字，比如“四叶参”和“乳夫人”，它们也等着他去陪伴。在这山中民宿里，花草树木都是他的朋友。他喜欢和它们打交道，喜欢它们蓬勃的生命力，喜欢它们活得简单而又自在的样子。

他每天与草木山水打交道，也和人打交道。一些从各地前来的客人成了他的朋友，也有一些朋友翻山越岭而来，来看他和他的民宿，他哪里会孤单呢?

你看，这样一个内心丰盈、达观有趣的人，他的内心又怎会孤独呢？他是生意人，但又不同于一般的生意人，他满脑生意经，又满腹才学，说话时总是佳句迭出，像个文艺青年。日夕山中民宿内的装修充满了格调和高级感，都是吴总倾心而为。

“罗老师，来，再喝一杯，这是云南的老树普洱茶。”皮哥又给我斟满一杯。我飘到星空的思绪被他拉了回来，我端起茶盏，对吴总说道：“如果这是一杯烧酒，我也要喝光了敬你。”

我突然冒出这样的话，他有些莫名其妙，他并不知道，我刚才驾一叶扁舟，去他与白云打招呼的世界里游走了一遍。他也不知道，他的民宿打动我的，除了“最美、最好、最贵”的极致，“日夕山中”这个名字本身就已打动了我，当然，它不仅仅是一个名字，这个民宿的存在，将快节奏时代人们理想生活的画面展现出来了，成为步履匆匆、压力重重的当下人的精神栖居之所。

在这一处可享山水之乐的世外桃源，这一个山顶上的小布达拉宫，有“七八个星天外，两三点雨山前”，有青山多情、芭蕉冉冉，有松花酿酒、春水煎茶，有天人合一、物我自在……

第三辑　人间烟火味

小城听雨

一夜大雨，滂滂沱沱，整夜不休。即使对雨无感的人，也会关注到它的存在。

昨夜入睡前与入睡时，耳畔都是雨声，叮当有声，敲响在玻璃窗、瓦楞与屋脊上，从枝叶上滴落下来，为我门前的花儿草儿洗浴，又将停在小区里的那些车冲洗得干干净净。这场大雨，下得奔放，又像勤快的妇人，彻夜劳作，不眠不休。

有雨的夜晚，又恰逢周末，便哪里也不想去，忙完家务琐事，便洗漱好上床，敲打键盘，或是读一本书，任窗外喧腾有声，而室内静悄悄的。这样的感觉，我很喜欢。

伴着雨声入睡，梦里都有滴答声。我梦见了高中时的女友，我与她并行，走在雨中。我俩一路有说有笑，讲着家庭生活琐事。她声音清脆甜润，笑意盈盈，给我讲她的老公在生活中是如何的有趣，说她的两个儿子，大的喜欢写诗，小的是运动健将。正这样说着，雨下大了，我俩赶紧跑，到近旁一座瓦屋的屋檐下躲雨，那瓦屋藤蔓满墙，木窗映着花影，屋内有昏黄的灯光，货架上摆放着一些稀奇古怪的小物件。店主是一女子，着一身素裙，正坐于古琴旁，专心致志地弹琴。古琴声时而细微悠长，如俩小女孩在低语轻诉，切切有声；时而又松沉旷远，如天籁，从很远的地方传来，清冷入心，恍若去了远古，又似置身于仙境……

那时，我俩正相约去乌镇游玩呢。那是我们高中毕业 20 年以后的第一次相见，我俩约定，这一次给自己放个假，从烦琐的家务事中走出来，单独出游，不带老公和孩子。可我俩一路谈的，还是那些七零八碎的家务事。

从梦中醒来，已是凌晨5点，听见雨声稀里哗啦，欢腾激越，响在窗外。我睁开眼，一片明亮。向窗外望去，只见小城一片混沌空蒙，被雾气笼罩，只有近处楼房若隐若现，远山已不见踪影。

闭眼，继续卧床。天啊，那每日醒来在耳畔啼唱的鸟声，那些从冬唱到春，又唱到夏的鸟儿们，此时依然不知疲倦，在这混响的急雨中，扯开喉咙练嗓子了。此时的雨，如千军万马奔赴战场，由近至远，又如大河之水天上来，由远而近，粗重铿锵，雄壮豪迈。我不知那些鸟儿身在何处，竟是如此不惧风雨，要在这敞亮的天地间叫得响亮。它们铆足了劲，时而慷慨高歌，时而又婉转悠扬，时而独奏，时而合唱，声音高高低低、远远近近，从密集重响的雨声中传来，声声入耳。

居于小城一隅，没有大城市的繁华喧嚣，却自有小城的悠闲宁静。城市不大，骑个自行车，约莫三四十分钟，便能从城北到城南，即便是步行，从城西去城东，路程也不过一个小时。小城宜居，在此处生活方便，既拥有小城市的繁华热闹，又可以闹中取静，放慢脚步去工作和生活。城市建筑疏朗低矮，街道宽阔干净，行道树蓊蓊郁郁，遮天蔽日，城市广场、江畔公园将城市隔出空来，一切匀调有致，赏心悦目。不似西南部城市高楼林立，鳞次栉比，街道狭窄拥堵，让人感到逼仄，闷得慌。又不像香港、上海那样的大城市，寸土寸金，拥挤嘈杂，令人心情焦灼，无所适从，无处安放。

在这样的小城居住，断然产生不了蒋勋那样的“中年听雨客舟中，江阔云低，断雁叫西风”的悲戚与苍凉。该是时代不同，境遇不一样，生活环境有异，我竟然在中年时期，越发滋生出安逸享乐的习性来，既没了回故乡的强烈愿望，又没有走出去看看大城市的欲望，只在饭后茶余的闲暇之时，举步慢行，在小区边上的游步道上走走路，到自己和闺密开辟出的那一小块菜园子里去种种菜，便满足了。

在江南这样的小城待久了，怕是要没了远方。

但恰是这样的安逸，让我的生活有了别样趣味。譬如听雨，听鸟鸣，譬如养花种草，煮茶泼墨，譬如看山看水，追落日追晚霞，譬如看云一日里的变化，看花从晨到夜的不同风姿，譬如将心事埋在淡淡的书香里，把忧愁在一杯杯的茶盏里驱散……

把这些，当作诗吧。那么，我诚然是在这没有远方的生活里，不经意地写下了诗行。脚步轻轻浅浅，日子平平淡淡，生活有滋有味。内心，却丰盈起来，明白了中年以后该怎样活。

小城告诉我的，我如实地告诉了我的生活。

这样安静地敲打键盘的时候，窗外的雨终是停了，有微弱的阳光照亮了小城，被一夜大雨清洗过后的城市，越发清新怡人。鸟啼声稀疏轻远，间或传来，时而竟又响亮起来，清脆悦耳，从某一个屋脊、某一棵树上传来。

连日来的高温天气，令人燥热不已，在这一场大雨过后，温度突地降了下来。在小城听雨，心又被洗濯了一遍，归于平静。

酒桌上的姑娘

某日，去赴一场酒会。

驱车至酒店大门口，打开车门便见到她正站在门口恭候众客人。我与老公从车上下来，打过招呼，老公走在前面，我与她并肩而行，往包厢里走。十几米距离，一路闻得她身上散香，轻轻浅浅，飘入我鼻孔。见她走路，身姿婀娜，腰扭臀摆，长发随着节奏摇曳飘散。

进得包间，坐下，看清她肤白、唇红、眼大、鼻挺，是个美丽的姑娘。

酒宴开始，除了我与另外一位师母喝花茶外，其他人无论男女各自被斟上了红酒或白酒。与一般的酒宴无异，大家频频举杯，挨个敬酒，觥筹交错之间，一片欢声笑语，偶尔有人兴起，穿插几个或荤或素的笑话。

几巡酒下肚，大家兴奋起来，倾吐欲望强烈起来，要么隔空对话，要么拉了边上的人进行“密谈”。那位姑娘坐在我边上，一会儿抓着我的手，与我交谈；一会儿要为师母夹菜，跟师母寒暄笑谈；一会儿又站起来敬酒，目光热切，直“逼”敬酒对象。渐渐地，她已是四杯烧酒下了肚。

以前我只见过男人在酒场上叱咤风云，今日见这姑娘喝酒的气势，丝毫不输男人，心中不禁感慨：女人的潜能，有时候果真是无限的啊！

待第五杯酒喝毕，她越发豪爽起来，端起酒杯敬单位同事：“×科，我敬你，你随意，我一半。”话音刚落，半杯烧酒已经下肚。大家见这势头不对，赶紧劝阻：“没事没事，慢慢来，少喝点。”她挥臂摇手，嘴里嘟哝道：“没事，我没喝多！”说完又站起来，要敬另外一个人。

大家明白她喝高了，不敢造次，好心劝她：“不用喝了不用喝了，够了够了！”“不！喝！必须喝！我看今天谁敢不喝！”她啪的一下，把桌子拍得嘭的一声响。在场的每一个人，身子不禁一震。

我赶紧走过去，抢了她的酒杯，倒掉余下的烧酒，换了白开水斟上，端了过去，说道：“来，喝点水！”她端起来喝了一口，立马吐了出来，摇头道：“这不是酒，是——是水，白开水，重新倒酒，我要——喝——酒！”此时她说话舌头已经捋不直了。

再看她，已是面颊绯红，眼神迷离。她嘴里嘟嘟囔囔，吵着要喝酒，师母柔声哄劝：“呶，是酒，你喝喝看。”她不再吵，端起酒杯，与另外一位姑娘干杯。那位姑娘眨眨眼睛，示意大家：“没事，交给我。”于是她俩频频举杯，连续将两杯“白酒”喝干，才罢了。

此时，包厢里烟熏雾绕，酒香弥漫。平日里原本不是很熟悉的几个人，俨然成了铁哥们，时而攀肩搭背，时而握手言欢，时而俯身细谈，嘴里喊着说着：“兄弟，你的事就是我的事”和“下次，我做东，在场的每一位，一个都不能少”之类的话。

那姑娘与我尚属第一次见面，此刻跟我也如同闺密一般，她凑近来，对我耳语：“姐姐啊，我读过你的文章，写得真好啊……”我一一应和着，扶正她，给她夹了些菜，让她吃菜。

坐在我身边的老公，与边上的一个小年轻耳语半晌之后，侧过身来，双手攀上我的肩，对我柔声说道：“老婆啊，其实我知道你平日里很辛苦。”我笑而不语，连连点头。他继续说道：“老婆，老婆，其实啊，我知道你平常不让我喝酒是对我好……”如是“缠绵”一番，此时的他，比任何时候都温柔。

我附和着他，朝边上的师母不好意思地笑笑。

笑过之后，我见那姑娘，正站在一男同事边上，与之凝眸对望，手舞之，足蹈之，发撩之，窃窃私语之……然后碰杯，又一杯“白酒”被喝了下去。

约莫又过了一个时辰，在一阵热闹的猜拳声中，酒总算是喝尽兴了，酒宴接近尾声。

那姑娘越发兴奋起来，喊道：“我们去唱歌！”大家都说不用了，要回家，改日再去。这可不行了，她不依不饶：“不，都去唱歌，我——我给你们唱——唱歌！”大家笑了，逗她：“好，你唱，就在这里唱，我们听着。”说完，有人开始鼓掌。“这里不唱，到歌厅里去唱，一个都不能少，都要去！”她摇头晃脑，手臂摇摆，玉指纤纤，一一指过大家，要每一位都点头同意。大家便配合，一一点了头。

终是酒足饭饱，大家准备离开了。她仍然念叨着：“去唱歌，唱歌——”看大家有离开的趋势，她便有些着急，站了起来，晃着身子，甩了甩头发，大声说道：“不准走，谁都不准走，去唱歌……”说罢，又摇摇晃晃地坐了下去，嘴里歌声飘出，“我在仰望，月亮之上，有多少梦想在自由地飞翔……”

大家面露难色，只得坐了下来。

过了一会儿，她往卫生间走去。我赶紧跟上，扶着她。进了厕所，她对着洗手池一阵喷洒，呕吐的声音，配合着秽物的气味，直惹得我一阵恶心。我憋着气，帮她擦拭。她漱口完毕，对着镜子，又撩了撩头发，问我：“他们呢？”我扶起她，答道：“在的在的，走，我们出去。”她随我走了出去。

大家趁着她进卫生间的时候快速撤离，此时，包间里只剩下老公还在等着我们。她见包间里人去房空，着急地问：“他们呢？”我回答：“唱歌去了，走，我们也去。”

我招呼着老公跟上，吃力地扶着她，朝外面走去。

她一路踉踉跄跄，对我絮絮叨叨。我连哄带骗，费了好大劲，终于让她坐在了我家车的副驾座位……

女人吵架

女人吵架是一门艺术，甚至可以说是一种独特的文化。如果能闲下来欣赏女人吵架，收获绝对不小。

由于性格不同，表达能力各异，吵架双方身份不一样，女人的吵架各有看点，趣味也不一样。这样说显得我有些不道德，颇有点把自己的快乐建立在别人的痛苦之上的感觉，不过我是以局外人的身份来闲谈女人吵架的。如果置身其中，或者吵架者系自己的亲友、熟人，恐怕也免不了要郁闷与伤悲。

我关注女人吵架的渊源，还得从我小时候说起。彼时，村里一对婆媳吵架，那情景至今还历历在目，那精彩阵势如在眼前。话说那日吃过晚饭以后，晚霞褪尽，夜幕降临，我正与母亲搬了椅子，坐到屋后院坝乘凉，突然听到不远处传来争吵声。细辨声音，原来是砍上院子里那对婆媳又在吵架了。

因为她们住在高处，我家在低处的平坝上，所以声音由上而下，清晰入耳。那婆婆声音粗犷洪亮，儿媳声音则尖利高扬。两个人口才相当，词汇丰富，吵架水平不相上下。两个人针尖对麦芒，极尽讽刺说道之能事，你一句我一声吵得不可开交。

只听婆婆大声骂道："我儿子供你吃供你穿，都把你供香火上了，你还有哪点不满意啊，还来日决（骂）我，我看你是要遭天打雷劈哟。"

儿媳喝了口茶，回击道："我一天是要起的吗？要你儿子来供我？我嫁到你家来一穷二白，除哒（除了）个人，么子（什么）都没得，都是我各人（自己）一手一脚地，起早贪黑地做出来的。”

这么数落着，不禁倍感委屈，悲从中来，转而为愤怒。她怒气冲冲地从堂屋里搬了把椅子出来，往上面一靠，跷起了二郎腿，还没等婆婆回应，她又像放鞭炮一般噼里啪啦数落起来：“你个老婆婆说话讲点天理哈，你数数看，我家里这些大大小小的东西，哪一样不是我自己置办起来的，指望你那儿子，还不喝西北风去？你以为我硬要上赶着嫁给他啊？我呸！”

骂毕，狠命朝地上吐了一口痰。

婆婆本来在吃饭，正为刚才没及时接上儿媳妇那句话懊恼不已，这不，这句话算是戳到她脊梁骨了，她啪的一下摔了碗，骂道：“我日妈不吃哒，怄死个人啊！当初媒婆子上我家里来说要给我儿子介绍你，我就说不是个好对付的角色，心里犹豫着呢，哪承想你几下子就把我儿子的魂都勾没了去。”

婆婆此话一出，儿媳妇也急红了眼，踮起脚来，一手叉腰一手指着婆婆站的方向，声音更加尖厉：“老太婆，你把话说清楚，到底谁勾谁，就你儿子那样的，我一抓一大把，就稀罕你家那个啊？”说完气哼哼地坐下去，又喝了一大口茶，扯了嗓子对着屋里喊道：“你耳朵聋了吗？给我倒一缸茶来。”

正躲在屋里不知所措的男人赶快捧了茶送到媳妇手上，小心翼翼地说了句：“媳妇，我说能不扯那么多吗？天也不早了，洗了上床睡吧。”

那媳妇气哼哼地白了他一眼，把矛盾转移到这男人身上：“都怪你不中用啥（语气词），你要是稍微能干点，我们家也不至于这么穷啥，你妈她也不会这么欺负我啥。你看她对你弟弟一家该几（多么）好，还不是看他这几年做生意赚了点钱……”

那男人赶快悻悻地退了回去，他知道，他一旦加入他母亲和媳妇的战争，永远都只会是火上浇油，所以他把电视声音调得更大了，继续看他的武打片。

当然，战争不可能这么轻易地就结束了，后面婆媳俩思绪蔓延开去，话头由一而三而六地发散开去，陈谷子烂芝麻，七零八落地扯了一大堆。

我们听的人听了半天也没听出什么有创意和令人情绪高昂的话题来，慢慢减了兴趣，准备进屋睡觉了。在我进屋睡觉前，只听得那儿媳的“谢幕词”是：“等我吃完了这碗面条再来收拾你。”

而那婆婆的“谢幕词”是：“你给我等着，等我去把猪儿喂哒再来，看谁收拾谁。”

至于她们那晚到底是何时收场的，后面又发展到什么态势，还有哪些精彩的内容，我都不得而知。但我似乎在睡梦中，见到了穿着戏服的两个武旦，立于高头大马之上，操着刀剑，“哐哐锵锵”地打得很是热闹，难分胜负。

这是一种情形的吵架，婆媳之间，话题永远那么鸡零狗碎，复杂如乱麻，是永远扯不清又分不出谁对谁错的吵架。吵者大动肝火，听者群情激昂；吵者冤屈难伸，听者各论是非。

此种吵架，属清官难断家务事之列，最好不要前去劝架。否则要么安慰了这个得罪了那个，要么两边遭恨。人家终究是一家人，指不准哪一天就和好了，劝架者倒灰溜溜地落得个两边不是人的下场。

还有一种吵架是那种泼妇骂街式的，吵架双方为年纪相当，势均力敌的街坊邻居。

那架势，若是有好事者添油加醋在耳根怂恿两句，无疑会火上浇油越燃越旺，战火不断升级蔓延，有可能从祖宗八代扯到今生来世，从老公孩子扯到一大家人，甚至于亲戚朋友都跟着遭骂。两个人因为距离近，随时可以指着对方鼻子骂，又因为彼此知根知底，所以一旦骂起来就没完没了，加上跺脚叉腰唾沫星子横飞，这无疑又增加了吵架的气势。

有时家人还要出来撑腰帮忙，两个女人之间的战争就升级为两个家庭的，甚至两个家族的。至于动手打起来，各自拿了“武器”要拼命的场景，在过去的农村里，也不是稀罕事。

记得小时候，妈妈常会和邻居家的女主人吵架，多是因为孩子或者其他鸡毛蒜皮的小事。妈妈性急声大且步步紧逼，邻居家那嫂子不紧不慢却掷地有声，几个回合下来，两个人还是不分胜负。可往往在她们还硝烟弥漫的时候，两家的孩子已经玩到一处去了，第二天，孩子们又端着饭菜互相串门、玩耍了呢。

这架算是白吵了，可是两个大人仍然谁也不理谁，从此成了仇人。每每吵过架之后，邻居那嫂子经过我家门口时总要昂首挺胸侧扭着头而过，有时又以很响的一声啐唾沫吐地或者说句难听的话以示仇怨。妈妈则回以更响的啐唾沫声或者更难听的咒骂之话。

又见过妈妈和爸爸、姐姐吵架，与我婆婆吵架的情景。妈妈本不是吵架的能手，却常又受不了气，性情暴躁缺乏忍耐，因而吵架几率较高。妈妈与爸爸吵架，获胜的通常是妈妈，因为妈妈连珠炮一般一声紧接一声，爸爸既不屑于回应也不忍回应，妈妈吵久了也觉得没劲，故而偃旗息鼓。

妈妈与姐姐的争吵则是两虎相斗，水火不容。姐姐跟妈妈一样的个性，但妈妈终究是长辈，姐姐虽一直犟着嘴绝对不示弱，但最终还是逃走以求清净。

在我坐月子的那个月，妈妈到我家与婆婆共同照顾我和孩子，两个人因为一块洗尿布的肥皂，硬是从医院吵到家里，又从家里吵到医院。吵归吵，“不是一家人不进一家门”，吵过之后还得在一起生活，等双方情绪平静后再想，就会觉得吵架着实是白费力气且缺乏意义的事情。

上述种种，是我见过的我们上辈人那个年代的吵架。时过境迁，而今到了21世纪，那些长辈老了去，气势早已不见当年，退居二线过上了安度晚年的日子。曾经的孩子长大了，成了当家做主之人。在新时代新知识背景下长大的人，吵架自然不落那般俗套，但也避免不了七七八八、铿铿锵锵，另有一番纠结难缠。

我不擅长吵架，至今也未与谁正式吵过架，与婆婆“短兵相接”过几次，与老公生气次数不少，但大多以我泪眼婆娑、肝肠寸断告终。婆婆语言简洁但杀伤力强，性格上比我强硬而且从容；老公初始铁骨铮铮但常常软下心来，而至于“床头吵架床尾和”。吵架于我，确实不算强项。小时候我常被妈妈骂得号啕大哭，被姐姐欺负得眼泪鼻涕一起流，而今仍然保留了爱流泪的风采，落了个林黛玉式多愁善感的性格。发柔，细且少；眉淡，细且弯；心慈，软且善：这就是我。

这样一个我，出生至今，少了劈波斩浪吵架的机会，缺乏鼓唇摇舌吵架的本领，是不是一种缺憾呢？

我长得太一般了，假如能够倾国倾城，明眸善睐，只消转动一下秋波，犹如机枪扫射，强敌纷纷倒下，那该多好。

其实种种吵架，皆因不顺眼、不顺耳或是不顺心之人、事而起，双方各执一词，难辨对错，若是彼此可以换位思考，或是有一方肯退让一步，必定会换来海阔天空，一派太平气象。人长嘴，除了吃饭说话吵架，还可以拿来说理、朗诵、演讲、辩论，又可以因一张巧嘴而博得周围人的青睐，赢得机会或者化解恩怨。古代更有巧舌如簧说退敌军，伶牙俐齿辅佐国君坐稳江山者，同是一张嘴，用途不同，意义与成就完全不一样。

回到吵架这件事，归结起来，除了可以练练肺活量，伤身伤心伤神伤感情的，似乎还真的是有百弊而无一利，不到万不得已，还是少启用它比较好。

烟，酒，男人

烟，酒，男人，当这三个词摆在一起的时候，你的眼前，会出现怎样的画面呢?

他坐于书桌前，眉头微蹙，正专注地看一本书，指间夹着烟，桌上的紫砂壶里泡着茶，冒着热气，茶香袅袅。他翻动书页，时而吸上一口，烟圈从他的嘴里跑出来，悠然旋转，一个，两个，三个，飘散在空气中。

秋天的夜，清风凉爽，明月皎洁，树影斑驳，院子里虫声唧唧，花香弥漫。石桌上，有几碟小菜，他独坐月下，斟酒自饮，与树影谈话，与对面遐想的自己碰杯。兴起时，则吟咏，高歌，或是挥毫泼墨，写几行字，画一幅画。最高境界者，怕是要像李白那样，“举杯邀明月，对影成三人。”

这样的画面，是浪漫主义格调的，只适合想象。跟歌词里唱的“想念你的吻和手指淡淡的烟草味道”那样，是被美化了的画面，往往只存在于歌词、诗歌或是影片中。

现实中的画面是怎样的呢?

我家有祖传三代的“烟枪”和“酒仙”男人，祖孙三人，一脉相承，实力相当，并奋发图强，将中国的烟酒文化发扬光大。

男人的习性，夫君一样也没落，吃喝之中，烟酒是少不了的，每日一包左右的烟，雷打不动。其父亲抽了几十年由自家种植并加工而成的叶子烟，后改为吸购买的香烟。其祖父，一辈子与叶子烟为伴，衔着烟杆，一口一口地慢慢吸，很享受的样子，定格了他老人家在我心目中的印象。

夫君上班写材料，时常烟不离手，写到思维凝滞处便抽上几口；骑车开车时，有时候也忍不住要来上一支。若是睡在床上，一时半会儿没能睡去，便要起床去抽上一支。饭后一支烟，那一定是三餐之后的“必修课”。记得我年轻时备孕那会儿，本是要求他戒烟的，但他没能控制住，便说：“等孩子生下来，我肯定戒烟，总不至于一手抱着孩子，一手抽烟吧。”可是如今孩子都已15周岁了，也没见他有过戒烟的意识和行动。随着年岁增长，生活与工作压力也增加了，他抽烟的数量反倒有增无减。

说起喝酒，他祖父与父亲一直喜欢喝烧酒，那酒用老家的玉米酿制而成，酒精度数为五十几度。用我公公的话说，度数低的喝起来太淡，没味。平日里纵是烧一桌子好菜给他吃，若少了酒，他便一副食之无味的样子。若能倒给他几两白酒，哪怕只是就着一碟花生米，待几口酒一下肚，他便喜形于色，眉飞色舞，精神抖擞起来。若逢亲朋好友聚餐之时，公公大人必定要热情地招呼大家喝酒，待酒过三巡，他的话便多起来，而至于满面红光，眼神灼灼，侃侃而谈。然后，他声音越来越大，情绪越发激动，有时说到动情处，还会流下泪来。这时，公公的脾气是最好的，无论婆婆怎么数落他，他都满脸嬉笑，温和应答。

酒在我公公那里，是佳肴之灵魂，是良药，可治病，可提神，还可舒缓心情。

我没见过夫君的祖父喝酒，若能亲见，想必他该是捻着白髯，一手端着酒杯，喝一口下去，便闭了眼，点头称赞：“好酒，好酒啊。”若在端杯饮酒之间拿起长烟杆来，吸上几口旱烟，顿时烟雾升腾，蹿至满头银发上，这样的景象，也算是一幅不错的生活图景了。

都说烟酒不分家，他们祖孙三代，果真是活出了烟酒人生，并“活色生香”。夫君抽烟时，我时常嫌弃之，要赶他去阳台抽，尤其对于他在卫生间留下浓重的烟味最是不满。他有时半夜醒来，烟瘾犯了，而手边恰好没有烟，便心如被猫爪抓，心神不定，浑身无劲。他的两位姐姐知道他的最爱是烟，在我们回老家或者她们来我们家玩的时候，总不忘了给他买上一条烟。受其影响，我有时也会在他生日时买一条烟作为礼物送给他。

夫君喝酒，喝到刚好的状态回来时，便一脸温和的笑，变得柔情蜜意起来，“老婆老婆”地喊，对我说尽了好话。若他喝高了回来，便要在回家和上楼的路程里磨去很多时间，一路上缠着与他同行的人，不停地讲话，或倾吐心声，或嬉笑怒骂；或慨叹人生，或抨击时弊。等他回到家里来，要么继续叨念，要么肚子里几阵翻江倒海，闹起“革命”来，要么倒头大睡，一会儿工夫便响起了鼾声。

我最怕的是他要缠着我说话。他会不停地说着，你得应和他，你得假装是在认真听，你得假装听懂了，并且承认他说的都是对的。这些其实都还能忍受，最不能忍受的是他会把那几句话翻来覆去地讲，就某个担心的问题三番五次地问。你不回答不行，回答了他瞬间又忘记了。

因而，有时，我会笑话他的酒量不如他父亲大人大，或是埋怨他：“你有本事就修得你爸爸那样的好酒量啊，千杯不醉。”依据青出于蓝而胜于蓝的遗传规则，大抵他的内心是不服气的，我也从未见过他们父子俩在家里拼过酒量，也不知道他们二人究竟谁的酒量更好。

总之，家里有了这二位与烟酒共生的男人，生活便过得热气腾腾的。我与婆婆的媳妇人生里，也多了一些欣赏精彩片段或者滑稽表演的机会。当然，他们上演的是悲剧还是喜剧，那得看具体情况了。

2018 年，我公公 68 岁，到现在少说也有 50 年的烟龄和酒龄了吧。

然而，他竟然在几年前查出来身体有病之后，自律自觉地戒了烟，态度坚决，行动果决。在这件事上，我是相当佩服他老人家的，时常拿他为榜样劝说夫君，期待有一天奇迹能出现：我这枕边人突然就戒了烟，牙齿净白，神清气爽，身上不再是浓浓的烟草味，而是淡淡的太阳香。

当然，他若能一并也戒了酒，或是不要痛饮，而是小酌，或者干脆在家中，陪他父亲喝上几口，即便是父子俩对决一番，想来也别有一番趣味，为家庭烟火气的生活增加勃勃生气。

或者，请允许我想象一下，在重要的节日时，他陪我在烛光中，红酒盈盈，我俩举杯对饮，双目有情，言谈切切，然后我俩去看个电影，或是去江边散个步，或是卧床早歇，相拥而眠，说说心里话，那该是多么美好的情景啊。

不过这个，终归只是想象而已。现实生活如何，不便细说。

呶，这就是现实主义色彩的烟、酒和男人。写自家的，显得真实，而且有利于捕捉到精彩的细节，写起来得心应手，生动形象。

我也习惯于观察生活，看外面人的烟酒人生。见过有男人在的聚餐场面：觥筹交错之间，香烟飞起来，大家互相抛着香烟，一支接一支地抽起烟来。这时，屋内烟雾缭绕，烟味弥漫，而桌上已是一片杯盘狼藉，有筷子掉到了地上，有酒杯歪了身子，酒水洒了出来，不小心又有碗碟被摔碎，勺子折了把……有了这些声响的配合，气氛越发热闹起来。待酒过三巡，烟已不是烟，只是一股气而已；酒也不是酒，成了水。这时，也有可能有女人接了香烟抽起来，或端起酒杯来，一仰头一杯酒就下了肚。此情此景，便是一般人难以想象的画面了。

这是21世纪新时代的场景，在生活“压力山大”与人心浮躁难宁的快节奏年代，于烟酒现形里，我们可以看到他们为了排遣压力而释放出来的豪情，可以窥见他们内心的焦灼不安，可以看见他们及时行乐的酣畅。他们的生活与人生，掩藏于烟酒之中，暴露出更真实的一面。

从现实主义风格中走出来，追溯至古代，我更喜欢这样的风格。李清照晨醒懒梳妆，落寞感伤不已，于是凄凄慨叹“三杯两盏淡酒，怎敌他、晚来风急”；王维叮嘱友人“劝君更尽一杯酒，西出阳关无故人”，道尽不舍与关心；陆游和唐婉和一曲《钗头凤》，以“红酥手，黄縢酒，满城春色宫墙柳”的回忆诉尽美好与凄婉；李白举杯狂饮，抒发“五花马，千金裘，呼儿将出换美酒，与尔同销万古愁”的万丈豪情；曹操一句“何以解忧？唯有杜康”表露了心忧社稷、求贤若渴的心迹；“竹林七贤”的领袖嵇康傲骨铮铮，微醺如“玉山倾倒”，尽显其俊逸倜傥与洒脱疏放……

古人酒事，或奏响心曲，或道尽人生，或慨叹命运，或关注社稷苍生，小我之外有大我，大我之中有小我，他们活得坦荡，活得酣畅，活出了真性情。他们于现世中留一半清醒，留一半醉，或于浊世中借酒浇愁，抒写悲喜人生，或在乱世里痛饮狂欢，保留文人风骨。

世事变幻，沧海桑田，时光穿梭，往事如烟，回到当代，我期望男人饮酒与抽烟，可以实现现实主义与浪漫主义的完美结合。让烟酒，赐予男人面对妻子时的温情与体谅，赐予男人面对家庭时的责任和担当，赐予男人应对生活时的信心和力量，赐予男人忙碌之余的悠闲，赐予男人应酬之中的自在，赐予男人释放压力之后的痛快，赐予男人修身、齐家、治国、平天下的能量。

如此，烟，酒与男人，当这三个词放在一起的时候，才是几个大写的汉语词汇。

芝芝“小姐”驾到

闺密爱猫，家里养了三只猫，其中两只青梅竹马长大，经自由恋爱坠入爱河之后便喜结良缘，得贵子五只。经过一番综合考量，我对其中一只毛色浅黄的情有独钟，其名曰“芝芝”，从此，它便落户我家，正式成为我家的“公主殿下”。

但见它体型娇小，眉眼温柔，毛发柔顺，黄白相杂，体态轻盈，千娇百媚的样子，我越发喜欢。闺密自幼把它当闺女养的，送给我时当然不舍，她为它简单置办了一些“嫁妆”，亲自送它上门，别时又是一番殷殷叮嘱，依依不舍。

这是我生平第一次养猫。依据先前养狗的经验教训，我作好了充分的思想准备：从此家里必定是气味独特、屎尿常见、物什凌乱的。自芝芝“小姐”入住以来，家里果然增添了一种独特的气息，我与夫君也新增一种名曰铲屎官的职务。加上投食备水、梳洗清理、逗弄陪伴等事，因为是我们自找，所以倒是乐此不疲，细心对待。

芝芝的到来，我自然视作己出，如同“亲生”的一般对待。在它到来之前，我便置办了各样物什以迎接它的到来。随后，又陆续增添了一些物品，以供芝芝玩耍嬉闹之用。这小东西也不认生，从它到来的第一个晚上起，很快便适应了在新家的生活。

芝芝“小姐”因出身于有教养的家庭，自幼便是“大家闺秀”，初来我家时显出端庄淑雅的气质来。平日我们上班去了，她便独自乖乖待在家，或躺于沙发贵妃椅上，或静坐阳台小沙发上，或卧于自己的小窝里，饿了吃食，渴了饮水，这里看看，那里遛遛，东嗅嗅，西抓抓，累了就睡觉。它安静睡觉的样子，简直萌化了，前肢弯曲，环抱住头，后腿伸直，呈放松状态，双目紧闭，胡须微动，尾巴偶摇，呼哧呼哧，呼吸有声，一副安闲自在的样子。每每见它如此好睡眠，我便好生羡慕，想做一只猫。有时故意打搅它，拉拉它的脚，它便微睁双眼，用爪子刨你一下，推开你，又继续睡觉。我又碰它，它又如此。再碰它，它也不恼怒，依旧如此。真是可爱极了！

每每我们下班回家，它总是蹲坐在家门口迎接，待打开门来，它看见了你，便立马躺到地上，打个滚，然后侧卧，等着你与它玩一会儿。然后跟屁虫一样，你走到哪里，它就跟到哪里。你往沙发上一坐，它便凑过来，紧挨着你躺下，或是直接爬到你身上来，蹭蹭你，抓抓你，亲亲你。有时，你午睡一下，它也跟着睡觉，睡姿与我们相似，又增添了一种无比销魂的感觉。嗨，真是可爱的小宝贝，暖心的小棉袄啊！难怪很多男人也喜欢养猫呢。

亲爱的读者朋友，当你看到这里，一定也想养一只猫了吧？那么，请听我继续讲述它的故事吧。

芝芝“小姐”绝对是只好奇心很强的猫。你正在厨房里忙活呢，鱼肉刚出锅，散发出阵阵诱人的香味，你一个不留神，发现它已经跳到灶台上在嗅那盘鱼了。它也喜欢跳到餐桌上，去观察那块蓝花桌布，或是用鼻子检验一番主人的“御膳”。你坐在书桌前写点东西，它偏要睡到键盘上去，或者把爪子搭在你的手背上，大尾巴还摇来摇去，一副存心捣乱的样子。要不就跳到窗沿上，细看外面的风景。它特喜欢瞅准一切机会，跳到每个房间的窗沿上，蹲坐在上面，昂着头，甩起尾巴，眺望窗外的世界，它的这个侧影和背影，具有一种天然的思想者与诗人的气质，每一次都能打动我。

平日里，我起床时，刚打开门，它便哧溜一下，跑到你跟前，在你脚跟前蹭来蹭去。我上厕所，它便蹲坐在马桶前，咬我的裙子，轻抓我的脚；我洗漱涂抹时，它便在我裙子下面钻来钻去，或者好奇地看着我，我一个不提防，它跳到洗漱台上，一阵乱响过后，洗漱用品和护肤品掉落一地。我作势要打它，它早已逃得不见了踪影。

通常，趁人不注意，它便溜进了房间，跳到被子上，陪我家先生小睡一会儿。你想赶它出去，它便嗖的一下钻到床底下，或是钻进衣柜里，躲到角落里去。我奈何它不得，只好动用撑衣杆，它便在床底下来回转悠，怎么也不肯出来。我只好作罢。它钻到衣柜里，大抵是睡在我干净柔软的衣服上的，我喊它出来，它偏往更里面钻，我只好拖住它的大尾巴往外拉。儿子每次周末返校时都要叮嘱我，千万不要让猫偷偷钻进他的房间，可总是防不胜防，它总能瞅准时机溜进去。有几次我还把它关在房间里了，直到下班回家没见到它的踪影，四处呼唤与寻找，才在儿子的房间里找到了。当然，也有被关在我们房间和客房、书房里的时候。哈哈，谁叫它自作孽呢？

养猫的人应该都知道，这猫嘛，其天性是要抓老鼠的，所以其爪子当然会经常发挥作用。所以除了你买给它的猫抓，一些家具自然会遭殃。自它到我家里以来，家里客厅里的沙发、另外两个小沙发已经被它占为己有，除了睡觉和玩耍外，也供它磨爪子用。一不小心，你的鞋子、衣服，家里的布娃娃、卫生纸等，也成了它磨爪子和玩耍的工具。还好，我家的桌子、柜子啥的，并没有被它看上，至今还是完好无损的。

我家的芝芝“小姐”，它饮水是有讲究的。自己水碗里的水不喝，偏要跳到我们的茶艺桌上，喝壶里的水，或是品一品我们茶杯里的水。可是它有时又特别不讲究，会把大半个身子探进马桶里去尝里面的水；有时又会伸出舌头去，舔一舔洗拖把的水。嗨，你个古灵精怪的猫！

自它进了我家门，怕是我儿子的地位也不及它了，我的地位就更是排到后面了。想我那夫君日日回家来，第一个要问候和轻抚的，必定是它。给它洗澡澡、喷香香、挠痒痒、举高高，给它剪指甲、梳毛发、擦眼屎、清屎尿，陪它聊天、玩耍，给它喂零食、买玩具……我的妈呀，难道仅仅因为它是一只妩媚动人的猫？

有时候我回家迟些，夫君便总要揶揄一番："芝芝，快快快，你姐姐回来了！"我便笑道："哈哈，原来你把它当你的小姨子了呀，难怪一天伺候得这么殷勤呐。"夫君立马更正："是一只男猫呃！"

好吧，我又忘了芝芝"小姐"其实是一只公猫的事实了。原本我们一直把它当作女孩子看待的，直到近期有一次我家夫君在给它洗澡时，才发现已长大成猫的芝芝其实是一只公猫。知道它的性别以后，再看我给它买的那粉色的窝和可爱的小娃娃时，才觉得有点对不住它。

管它性别如何，它的性情是已经决定了的。我倒愿意它是一位"姑娘"，一直宠她入骨。

想起一日，我家兄弟姐妹突然兴致大发集体"创作"起诗来，夫君也即兴写作一首："有时候很嫌猫 / 不喜欢它黏黏糊糊的 / 讨厌它乱蹦乱跳的 / 更恨它翻箱倒柜的 / 但多数时候一看到它的样子 / 又觉得很可爱……"

读到此处，我哑然失笑，这也算诗？没想到他的结句惊人："猫就是猫 / 猫又不是猫 / 像极了婆姨（他自从看了《平凡的世界》以后，便学孙少安那样称呼老婆为"婆姨"）"。

读罢，我忍俊不禁，竟笑出声来。原来我在夫君心中就像那只猫呀，别说，细品，还有几分像。嗨，好歹也算了却了我的心愿：愿做一只猫，每天，可以什么也不做，什么也不想，在有阳光的午后，慵懒地晒太阳睡着……

关键，还有人宠着。

当“乙”变为“甲”

盛夏，临近暑假，考试增多，这阵子监考了三场大型的考试：期末市统测、高考和学考。都说学生怕考试，其实老师更怕考试，因为一逢考试，便意味着监考工作的到来，而监考工作，它是一件多么无趣无聊的事情啊。

按照监考规则，同一考场的甲乙两位监考员，由不同学校的老师组合而成，所以在各种排列组合中，你会碰到不同的搭档，而你碰巧与谁被分到同一个考场，全靠天意，实属缘分。我所碰见的搭档老师，性别、年龄不一，性格、风格各异：有严谨型的，做事一丝不苟；有轻松型的，做事从容不迫。有急性子的，雷厉风行；有慢性子的，做事有条不紊。有严肃者，不苟言笑，一副公事公办的样子；有随和者，在进出考场和装订试卷时，与你攀谈几句，说笑一番。

监考这等大事，讲究分工明确、精诚合作。监考时，甲乙二人按照“一前一后、一动一静、一站一坐”的原则，默契配合，监考期间，一般以眉目示意，或用简单动作交流，无须语言，便完成所有的合作。

在之后两次由省高招委统一组织、全国各地同时进行的高考与学考监考工作中，我被派到另外一所高中去监考，身份由监考员乙变为监考员甲。按照惯例，一般在自己学校监考时，我会做监考员乙。当身份由监考员乙转换为甲，其中情况自然有了诸多变化。一来，职责与分工便不同：甲主要负责动口，在语言上发号施令，指点江山；乙则主要负责做事，在行动上检查督促、打杂干活。二来，地位也是不同的。如前面所说，二位责任分工不同，甲乙的关系，便犹如老板与助手，甲的位置在讲台上，而乙位于教室后面，一般是背墙壁而站或坐。

这是做甲乙监考员两种情况的不同，另外还有第三种情况的区别，那就是由于甲乙的身份不同，眼界与心境也是完全不同的。所谓眼界，作为监考员甲，你与考生面对面，可以观其容貌，察其神情，看其挥笔答题与苦思冥想。小小考场内，也是一个人生战场，是一个小的社会战场，众生百态，也可于此窥见一斑。而监考员乙就没这么幸运了，他（她）只能默默看着学生的背影，形影相吊。所谓心境，作为监考员甲，你站与坐，均在讲台上，看见一群考生正奋笔疾书，把决定命运与未来的东西写在纸上，他们比监考员更辛苦、更劳累，此刻他们肩上的担子更重，如此，甲会思考很多，也会感叹。若是乙，纵然是思想家，恐怕也难以从考生的后脑勺上思考出什么人生哲理来；即便是社会学家，怕也难从考生后背窥探出什么社会现象来，心境自然没法和甲相比。

上次高考监考，恰逢梅雨天气，做好监考工作之外，便只能听听雨声，偶尔瞥一眼窗外的风起云涌；这次学考监考，逢晴空艳阳，可听树上的鸣蝉声声热闹，看蓝天白云自在，看绿树葱茏、红瓦明艳。天气不同，外面的世界完全不一样。

监考时，一般做得最多的事，要么是让心安静下来，放空大脑，什么都不想，要么就是让思绪飞扬，纵横驰骋。当心灵自由，大脑里便有了各种内容：可以思接千载，穿越古今；可以神游各地，纵游千里；也可以回想过去、正视现在与畅想未来；还可以怀想亲友，梳理琐事与规划人生。这样的心境，很符合朱自清说过的一句话：什么都可以想，什么都可以不想，便觉得自己是个自由的人。

我在三尺讲台上，尽量减少走动，或坐或站，心理活动之外，还可以让目光纵游，观察学生在考场上的各种情状。静观考生做试卷，有凝神答题的，有俯首沉思的，有抓耳挠腮的，有眉间含愁的，有托起眼镜的，有挠头发、抓脸颊、晃双腿的，还有抠青春痘、捋发辫、摸鼻梁的。

我前天监考的第一场是历史学考试，与县第一中学的张老师搭档。见他形象，我猜不出他是什么学科的老师，只觉得他身强体健，肤黑貌酷，眼神冷厉，像个体育老师。做起事来，倒是不紧不慢、耐心细致的样子。考生进场时，他拿着金属探测仪站在门口，一一检查，仔细进行“三核对”。我担心不够时间来读《考场规则》了，便忍不住提醒他加快速度。他应我一声，可依然不急不慌。

监考第二场物理考试时，是另外一位男老师，他一脸严肃，缄默无语，自始至终都没开口跟我说过几句话。他发答题卷时，隔位呼名发放，好几次读错了人家的名字，害得考生笑起来。考试结束了收答题纸、试卷和草稿纸时，他慢条斯理，一张一张地慢慢收着，生怕弄错了顺序。我看着，都很想去帮他收一下，但我知道，不能破坏了规矩，只好耐心等待着。

到昨天第一场监考化学，遇见了一位女老师。我没有看清其面目，也没注意她穿怎样的衣服，等到监考老师直入考场时，走着走着，一不留神，我跟丢了，不知道是哪一位老师了。我便一直走着，估摸着考场大致楼层，到了二楼，伫立，寻找她，我左顾右盼，焦急不已。因为我想着反正跟着本校老师一起，当时就没有看考场在哪个教室。还好，正在焦急之时，我看见走廊尽头处一位穿黑裙子的女老师朝我招了招手，让我过去，我明白了，原来她是我的搭档。

昨天上午第二场监考时，又遇见一位男老师搭档。现在想来，已不记得他的容貌与考试时具体情景了，毕竟，每一场考试，无非就是按照要求做好那些规定动作而已。二位监考老师一前一后，虽然在一个狭小的空间里，为着共同的一件事在付出与合作，可当监考结束，二人便各自走散，从此或许再也不会碰见，更不用说做搭档了。人与人之间的关系，有时候就是这么奇怪，茫茫人海，擦肩而过，或是拥有短暂交集的人不计其数，可在以后的人生里，谁还会碰见谁，谁又还会记得谁呢？

在这一方小天地里，进进出出的一场又一场的考试中，不知道有多少个人，经历了不同的考验，开启了以后不同的人生路。

当铃声响起，监考工作暂告一段落。我回到正常轨道上来，顶着烈日，走路回家。一路上，车辆来往不息，耳畔蝉声不断，天上的云自在，过桥，看见江面泛波，粼粼一片……

酒场现形记

中国的酒文化，向来丰富。而今，到了物质富有的21世纪20年代，酒文化也越来越丰富。与其美其名曰酒文化，不如说是酒场“风云”，我今天就想记录一下酒场现形，记录生活，也记录一种人生状态，记录这个时代的一种现象。

包厢内，烟雾缭绕，弥漫着酒菜混合的气味，酒桌上，杯盘狼藉。一桌人酒兴正浓，觥筹交错，交谈甚欢。还有二人，正两两相向，“摩拳擦掌”，划着拳呢。其余人，或喝酒，或吃菜，或攀肩交谈，或隔空对话，但都不忘一起观望划拳的那二位，吆喝着，笑闹着，期待着输掉的那位被罚酒。

待酒过三巡，你大抵会看到这样的景象，这是喝酒到了高潮阶段的一种现象。

这样的场面，热闹欢腾，喝了酒的人，无论生活过得精彩还是糟糕，得意还是失意，其人生是飞黄腾达还是一地鸡毛，此时，无一例外的都兴奋、放松。

酒，有时真的是好东西。在酒桌上，可以不分社会地位，不论贫富差距，不论性别年龄，只要你端起了酒杯，便成了食客，眼前心里，只有美酒佳肴，烦恼不再，压力顿消。腹欲得到了满足，人便活泛起来，进入另外一种状态。

酒局分几种，一般为亲人局、朋友局和同事局，还有两种复杂一点的，带着利益关系的，姑且称其为“生意局”和“官场局”吧。我无缘参加那种复杂的利益局，便略之不予记录。一般亲人局多因家有喜事，或是出现在团聚之时，能饮酒者小酌一两杯，其余人则以饮料、茶水代之，因而呈现出热闹、温馨、和谐的画面。而同事局上，大家所谈大抵为工作之事，间杂生活琐事，饮酒者往往以男同事为主，偶有女同事能喝的，气氛渐渐于刻板中变得生动起来。

这是两种情况的酒局，简略记之。接下去，我想凭着我为数不多接触的机会，着重记录一下朋友局的情形。

周末了，放下沉重的生活担子或者烦琐无休止的工作，朋友间以各种理由聚起来。这聚餐的一桌人并不一定全都互相认识，往往是由做东的人喊来他的这个那个朋友，凑成一桌人。不过有了酒，认识与否倒没多大关系了，因为只要端起了酒杯，大家便逐一敬起酒来，询问一下，寒暄几句，也就算认识了。况且能够在同一座城市生活的人，彼此之间或多或少总能找到有关联的人事，这样，原本是两条平行线的人与人之间，便有了一点交集，有了交集，关系立马就拉近了。

于是乎，一桌人频频举杯，在酒精刺激之下，人的神经兴奋起来，包厢内气氛很快热闹起来。有善言者高谈阔论起来，有嗜酒者大口喝起来，还有豪饮者突然来个“一口闷”。这时，即便平时沉默寡言者、内敛低调者，话也渐渐多了起来，嗓门提高了，表情丰富起来。

中国人不仅酒文化丰富，烟文化也相当丰富，酒桌之上，烟酒向来不分家。席间，大家频频递烟，男人们抽起烟来，也并不回避女士，你若此时还算清醒，仔细观察他们，倒是很有趣的事情呢。你看到有人涨红了脸，微闭着眼，一个接一个的烟圈被他从嘴里吐出来，往上飘去，散开，混到空气中去了。紧接着，又一串烟圈飘出来，像醉了的小鬼一般，又如妖娆的舞女，又像开在树上的小棉花。这时，只要你愿意想象，你的眼前可以出现很多种画面。

当然，这样一种画面，是我以浪漫主义风格呈现的，若是从现实主义角度看，狭小的空间里弥漫着烟味，既熏眼，还呛喉，有时你都会忍不住咳嗽起来，还不好意思大声咳嗽，怕搅扰了“吞云吐雾”的那些食客的兴致。

酒过几巡，包厢内已是人声鼎沸，烟雾缭绕，杯盘狼藉，出现我在开头描述的那样的画面。

这时喝酒的人，便当真是好兄弟了，攀谈着，拍着胸，夸下海口，说着有啥事尽管找某某之类的话，似乎在场的都是各路神仙，没有他们解决不了的问题一样。

干着杯，交谈着，有人便定下了下一场酒局，并无比热情地邀约着在场的人，强调着下一场大家必须都到场。

此时，若有人提起彼此都认识的某人来，在场与之有交情的人便开始打起电话来，竭力邀请那人马上过来。对方接到这样的电话，知道打电话者一定是酒已经喝高了，便拒绝。可是此时若是拒绝的话，他便要担负起看不起兄弟、不够朋友之类的罪名。几番邀请，接电话者不得不以珍惜友情的名义赶过去。于是，酒局队伍越来越壮大，当然，也有喝到中途或尾声就告辞或者悄然撤退的朋友。或许有时，到了最后，原班人马已经所剩无几，换了另外一拨人呢。

当然，还有一种情形是，在兴致高涨之时，还有人觉得不够尽兴，便要换个场子去喝的，于是换个地方，去吃夜宵，去茶楼，去 KTV，去酒吧。总之，换了环境，却依然要喝酒，这样的局，没有酒，便缺少了灵魂呢。

到了这时，任由家里人打电话过来，喝酒的人要么不接，要么接到以后语气极好，说道：“马上，马上回来。”这一个“马上”，往往最快也要一个多小时，最慢则可能是三四个小时。家人着急了，再打电话，发微信，或是发起语音、视频通话，喝酒的人都没有反应了。家人虽然担忧焦急，但也无可奈何，只好耐着性子等着，不敢睡去。至半夜，终于传来了敲门声，好吧，人总算是回来了，但已酩酊大醉，倒在床上便不省人事了。当然，也有混至夜深回家，还依然神清气爽、思维清晰的，他们在酒桌上一定是懂得控制，喝得不多的人。

朋友相聚，本是高兴之事，但也有到后来转化成争吵，或者打斗局面的。喝了酒的人特别自尊、敏感，往往会因为当场的某句话，或是压抑在心的某种情绪、小积怨，便借着酒劲发起飙来。两个人彼此虎视眈眈，互不相让，对峙着，较量着，这时周围的人是很难把他们劝解开的。一不小心，兴许还会跟着挨打，受伤。于是，一次高兴的相聚，便变成闹剧，大家不欢而散。

见过喝高或者喝醉的人，若是女人，要么巧笑嫣然，发起嗲来；要么伶牙俐齿，开始滔滔不绝起来；要么化身为女汉子、女神经，粗声大语，行为奔放起来。若不论性别，醉酒情形大抵有如下一些情况。从语言角度来看，或哭或笑或闹或唱，或批评人，或发泄情绪，也有愤世嫉俗的。我还见过一位，喝高了就一定要说起英语来；还有一位画家，则要讲日语、韩语、泰语。从行为角度来看，有趴桌子上或跌落到桌子下去昏睡不醒的，有人打破了碗盘杯碟，弄落了筷子的，若起身去上厕所，走路时则脚下如踩棉花一般，走出一步三摇的步伐。我认识一位奇女子，她喝高兴了，则要纵情高歌，或是翩翩起舞，舞姿或曼妙妖娆，或动感野性，这时，她沉醉在自己的世界里，周围的一切在她心里便不复存在。

上述这些是醉酒者还在酒场上的情形。若是酒局结束，大家各自分散回家，在从餐馆到家的路程中，不知道又要生出多少情节生动的故事来。有的人，出了门便打车回了家；有的人，一路上摇摇晃晃，东倒西歪，跟随行者纠缠不清，似乎有讲不完的心里话；有的人在街上兜兜转转，竟至于忘了家的方向，走了很久才找到；也有人找不到家，便睡在街头某处，直至醒来，才回过神来，慌忙回家；也有人丢了手机、钥匙，或是拿错了手机，一路上与家人失联……

凡此种种，若是当事人，飘飘然昏昏然没有感觉，若是家属，则忧虑不已、担心至极，或是愤愤然恼火至极。依我看来，其实兄弟也好，朋友也罢，都无法关注你的身体健康和生命安全这两大问题，最关心与在乎你的，还是家人。朋友离了你，他的世界照样运转，你的家里没了你，天都要塌下来。所以，我要奉劝那些个好聚众喝酒的人和酗酒者，生命无常，人生短暂，当以珍爱身体为重，身体没有了，其余一切，都是空谈。

酒场现形，记于此。回归生活本身，我仿佛看到了那些白色黄色红色的液体，从一张张嘴里，欢快地流进一个个身体内，融进各色人的血液里，血液变成了说不出名的混合色……

人在囧途

我们是在正月初五晚上的八点半，驱车从故乡县城利川出发的，按照正常情况，最多 18 个小时是可以到达浙江龙游的。可这一次，我们经过了 40 多个小时，才终于抵达了在龙游的家。其间滋味，非常人能忍受，不堪回首却又不时想起，如今想来仍觉心有余悸。

刚出故土县城半个小时之后，高速路上便出现了拥堵情况。太多的人与那些大巴司机要赶路程，都跟我们的想法一样，想要赶在初六晚 12 点高速公路免费终止之前到达目的地。因而各种车辆便汇集到一块，形成了车流大军，浩浩荡荡，声势浩大，充分彰显着中国人口的众多、人民生活水平提高的快速，也冲击与考验着我国高速公路的质量与效率。

我们的车在众多车的夹缝里苟延残喘、艰难前行，蜗行一般，老公只能一直挂着一挡，踩着刹车和离合器，紧紧跟随前面车辆，体现着跟车的高超水平。不然，就会有车技高者冷不防地见缝插针，任你后悔莫及、恼怒无奈。几分钟挪动一下已算幸运，有时要原地不动等待多时，然后才能行进几步或是几分钟。

老公奋战在蜗行开车的战线上，精神高度集中和紧张，我们坐车的人却在这种或缓慢或停止的状态中疲惫不堪，以至昏昏入睡。我一直强撑着不敢睡去，担心老公没人陪着说话会犯困，可疲劳的袭击终是抵过了这种意志，我还是昏昏然，在似睡非睡、时睡时寐的状态中摇头晃脑，腰酸背痛，四肢乏力。

也不知过了几个小时，我们才终于从县城开到了恩施市区的服务区，原本这段路程只需要一个小时。那时家人发信息问我们到了哪里，当得知我们还没有出市区时，便感觉又好笑又心疼，叮嘱我们注意安全。

老公停车半躺着打了个盹，便又继续上路了。所幸的是从恩施一直到宜昌的路上，都没遭遇堵车。但是过了宜昌，一直到江西的九江，一直都处于堵车状态。到了九江时，似乎各处车辆突然从四面八方汇集到一块一样，成千上万辆车形成三条巨龙，在高速公路上演绎着巨龙摆尾大赛。那段高速路本来只是两车道的，一些心急的司机迅速将路肩开辟成车道，试图冲杀出一条捷径来，殊不知“聪明”的司机很多，很快超车道也堵了起来，于是三列车队都做蜗牛爬行、蚂蚁搬家状，车辆密密麻麻、首尾相接，气象蔚为大观！

一路堵一路行，叫天天不应，叫地地不灵，这时，你所产生的恼怒、烦躁、痛苦、疲惫与失望都只能化作无可奈何，然后以万分的耐心和毅力，顽强而执着地奋战。只要人家车动一步，你就必须紧跟上去，有时候，等几十分钟就是为了瞬间的前移；有时候，发动机一直响着，就只为了那几米的前行。

车辆怒吼着，驾驶员们强撑着，车里的其他人在疲惫不堪中睡去又醒来，醒来又睡去。也不知过了多久，当各种痛苦难耐的感觉变成失望，以至麻木以后，我们不再急躁，平静下来，要么安然入梦，要么听起歌来。要么找出零食来享用。儿子欢快地吃着零食，公公喝起了临走时我姐夫塞给他的“稻花香”酒，外甥女塞上耳机，悠然地听起了手机里的歌，我一边听着车里的歌，吃着薯片，一边给老公喂着。这时，车里俨然成了一个家，一家人在狭小的空间里，更有了温度，更紧密地团结在了一起，身体与心灵、生命与情感紧紧联系在一起。这种久违了的感觉，让我在突然间升起一些感动。好久没有这种感觉了！离开父母告别亲人的失落与惆怅，又似乎在此时此种状态中得到了弥补。

堵车的高潮是到了江西九江大桥前时，成千上万辆的车形成车山车海，先是等着出高速，然后是等着上九江大桥。在出了高速路口到九江大桥之间的那段距离，在等待了好久不被放行的情况下，有的司机急躁起来，直按喇叭，喇叭声此起彼伏，成为苍穹之下嘹亮的交响乐，穿越夜空，为正月尚浓的年味增加了气氛。

到后来，车辆终于被放行，可以缓慢前进时，因为那一段公路正在改建，中间的护栏不少地方被拆掉了，因而有性急的司机便急中生智，穿越护栏破损处，到对向车道上逆向行驶，很快，一些司机跟着效仿，形成一路车队，直到两路车队、三路车队，一路鸣着喇叭，飞奔向前，令这边车道上缓慢爬行的司机羡慕嫉妒恨。

可是好景不长，很快，那些车辆遭到了交警的拦截，对向车道也拥堵起来，直到车辆停滞不前。当交警试图将这些坏了规矩的车辆疏通回正规车道时，正向行驶的一些司机趁其不备，又飞快地从旁边开溜，甚至有一些司机把车开到了路边正在扩建的泥土路上去，不管不顾，“扬尘”而去。

老公情急之下不小心也卷入到不道德的行车大潮中去，在逆向行驶中怀着占了便宜的侥幸，在自我责怪与安慰的矛盾挣扎中，最终被交警疏导回原车道，终是超过了原来的速度往前赶了不少路程。

后来，当我们在正月初六夜间 12 点之前，在经历了 27 个多小时的疲惫行程之后，跟很多司机一样，老公选择就近高速出口下了高速，在路边停下来休息。当我们休息了一个多小时准备再上高速时，才发现入口被封了，问值班人员才得知因为雾大所以封闭高速。我们在百般无奈之下只得选择另外一条不知名的乡村公路前行，老公用的是手机上的导航，怎么也搜索不出那条道路，但车已开上那条道路了，即便错了，也只得硬着头皮往前开。

一路迟疑着、试探着往前开，开了大灯和防雾灯，仍只能看见几米开外的距离，一片浓雾弥漫，周围死一般的沉寂与黑暗，我们不知道自己正行进在一条怎样的道路上，不知道等待我们的前方将是什么，感觉车驶入了一片迷茫与虚无之中。

老公跟自己较着劲，手握方向盘，踩着油门，目不转睛地盯着前方，带着我们一家人往前而去。我在心里默念着：只要有路，大抵就有希望吧。我在忐忑不安与恐惧迷茫之中，睁大眼睛死盯着路面，生怕一不小心就掉入了无边的深渊。那种感觉，是从来没有经历过的，是一种行进在绝境边缘而又不得不冲杀出一条生路来的感觉，是一种似乎要走进黑暗与死亡的感觉。只觉得心底一股凉气升起来。

老公固执地往前开着，终于，路旁出现了零星的灯光、房子和人家，慢慢的，前面的道路越来越宽敞，导航提示朝左前方行驶 500 米，即将进入婺源高速入口。当前面一片灯光明亮时，我们看到了“婺源入口”几个大字，所有绝望、恐惧被希望、光明代替，绝境逢生的感觉在心里升腾，燃成一团火，亮成一束光。

可是，当老公欢天喜地地往前开去时，才发现依然是道路封闭的标志。无奈，我们只得停下车来，又开始了漫长而痛苦的等待。此时老公已精疲力尽，靠在座位上便响起了鼾声。他又不放心我开长途，一刻也不愿意把方向盘交给我。儿子、外甥女和公公早已睡着，我靠着副驾驶位的椅背，立马进入睡眠状态。

太困了！整个人都要虚脱了！我可以想象老公的感觉，若不是他承载着一家老小的安全，若不是他得支撑起我们的整片天，他怎么可以坚持独自开车长达几十个小时呢？

我们从夜里 12 点多，一直等到次日凌晨 9 点左右，婺源高速入口才终于放行。此时，浓雾已渐渐散去，阳光洒遍大地，我们振奋起精神，一路说笑。老公把油门踩到最底，驾车飞奔向前，我们朝着光明、幸福的康庄大道驶去。

驱车两个多小时后，我们终于看到了“衢州”的路标，再往前，看到了“龙游收费站”，家就在眼前，心中竟然百感交集，归家的幸福感那么强烈和深刻。

七零八落的叙述，犹如我七零八落的心情。若不是亲身经历，怎知道其间辛酸的滋味。而在这种患难与共的经历中，我更加体会到了一家人生死相依的感觉，懂得了真正的爱与幸福的真谛。

越是在囧途，人才越能体会得深刻，思考得透彻，这将是我人生难得的一笔财富，我坚信在以后的人生道路上，无论遭遇怎样的苦痛挫折、逆境囧途，我都可以昂首向前。因为我相信：我所遇见的人和事，都是命运最好的安排。

媒婆闲事

不知是从哪一年开始的，我是一个热心的媒婆的名声便享誉浙西龙游县城内外了，一些认识和不认识的人便专程找到我请我做媒。

找到我的人当中，有为自己子女的婚事操心的，也有好心要为自己的朋友、同事、家人、亲人牵线搭桥的。总之，他们既然找到我，便如我一般也是热心、善良的人，我便不得不用心成全。于是，我在做媒婆的道路上越走越远。

有人开玩笑说我可以兼职开一个婚介所了，也有人调侃："这下你再也不用担心被辞职了，完全可以开辟第二份事业。"

我笑，不语，仿佛看见一个头戴黑巾、叼个旱烟袋、嘴角上方一颗黑色大痣，双颊两片艳红的媒婆，正挤眉弄眼、左摇右摆地走过来。这样想的时候，我就忍不住笑出了声。看得对方莫名其妙的。

话说每一样成就的背后，必定有辛苦努力的付出。此话不假，要论及我媒婆"业绩"背后的付出，还真是不少。

我的媒婆"事业"的第一步，还得追溯到我的大学时期。

那时我正读大二，便把我的一位高中密友，介绍给了一位大学校友。他俩都是我的老乡。我那高中密友与我同读中文系，她温柔可爱，亲切和气，风趣开朗。那位大学校友就在我们中文楼旁的政法系就读，是一位和善诚恳、温和柔情、勤奋努力的男生。我带着她，与他一起在大学校门外的餐饮店里吃了一顿火锅，这算是安排好了他俩的初见。后来，我又陪着他们吃了几次饭，轧了几次操场旁的路，渐渐地，我这

“大灯泡”才彻底撤离出来。等我撤离时，他俩已经好得如胶似漆了，那时我的存在，已经完全是多余的了。我也识趣，从此不再打扰他俩。

他俩如今同在浙江的一所学校里教书，女儿已经上了高中，一家三口日子过得幸福美满，夫妻感情依然你侬我侬，恩爱有加。

他们是我做媒人介绍的第一对，也是成功结婚的第一对。在那以后，等我参加了工作，我又促成了一桩好姻缘，我把一位已经参加了工作的我曾经的男学生，介绍给了当时跟我同在一所学校里教书的女同事。那还是五六年前的事，这位男孩子，是我刚参加工作时的第一届学生，在我印象中属于当时调皮捣乱的“三大金刚”之一。他忆及自己当年的所作所为，对我表示歉意，但又夸起自己来，说虽然自己当时比较调皮，但是没有跟我对着干，虽然有一次我发火把他的书扔到教室外，但他还是亲自跑过去捡起来回到座位上继续听课，也没跟我顶嘴。彼时的他此时已经参加了工作，身材高大健壮，穿一件黑色风衣走进办公室来，潇洒倜傥。后来熟悉起来，发现他已经完全褪去了当年读书时的稚气与轻狂，谈吐不凡，做事有礼有节，待人接物成熟稳重。

看他如今“出落”得有模有样，我欣慰至极，他拜托我给介绍对象，念及我们的师生情，便欣然应承下来。

我按照他提出来的各方面要求，在脑海里认真地搜索了一番我校合适的人选，经过多方面综合考虑与衡量筛选，决定把我当时正在搭班的美女班主任介绍给他。

没想到他俩眼缘不错，差不多属于一见钟情的类型。而我只需要把彼此情况告知对方，把女孩的电话号码给了男孩子，我这牵线搭桥的事情便算完结了。

他俩的爱情进展得很顺利，处了一段时间以后就定了亲、结了婚，如今婚姻也很美满幸福，生了一个虎头虎脑、聪明可爱的儿子，现在儿子已经读幼儿园了。

我做媒成功的第三对，是把我前面所说的这位爱情顺利、婚姻美满的男学生的朋友，介绍给了我老公的一位同事。男孩子胖胖的，事业有成，踏实稳重，很温暖细心、真诚热情，对女孩子关心体贴、呵护有加。女孩聪慧有才，灵动文气，具有生活趣味，是位活得有品质、生活有格调的女孩。才女遇见暖男，不被打动才怪，二人牵手成功便是必然的事了。听说，他们已订婚，开始准备结婚的事宜。

有了这三对成功的案例，我在媒婆道路上便越发走得雄赳赳、气昂昂了。

我这人做事认真、用心，待人热情、真诚，做起媒人来当然也不例外。除了他们之外，我都记不清自己做了多少次媒了，差不多是人家有求必应的那种。一旦人家让我帮忙介绍，我便搜肠刮肚去寻找合适的对象，然后用心撮合。这样一来，找上门来让我帮忙做媒的人就更多啦。

印象最深的，要数给我的一位朋友做媒了。为了他们的第一次见面和加深印象的第二次接触，我陪游、陪吃、陪喝、陪唱，或者把“陪”字改为“蹭”也可以。那以后我又极力撮合成全，把他俩喊到我家里去吃夜宵，到外面组局为他们创造热闹融洽的氛围，可是非常遗憾，二人因有缘无分，最终还是以失败告终。

在我的做媒生涯中，最有趣的当属有一回我给一位文友的儿子介绍女朋友。我找我的一位闺密在她的单位物色了一位肤白貌美、温柔可爱的女老师，我们合计了一番，男女双方情况基本相配，便筹划了他俩的第一次见面。为了避免他俩单独见面尴尬，男孩的父亲、我和闺密都到场作陪。结果，竟然发生了比较狗血的剧情：那个男孩竟然相中了我的闺密，而且，认定就是喜欢她，根本不在乎我的闺密比她大几岁的事实。当然，因为我的闺密是理性的人，所以这个剧情并没有延续。

做媒多了，便什么情况都有，还会有给同一个人做多次媒的情况发生。比如我家的邻居，他们平日不在龙游居住，只有到春节时一家三口才回来，在我家对面的房子里过个年。彼此熟络了以后，邻居阿姨就委托我给她儿子寻找一位合适的女朋友。

我看她言之切切，数落着她儿子如何不着急，一晃就到了30岁还没找到女朋友，便心软了，很快就给他儿子“搜罗”到一位合适的女孩子。二人也很快见了面，可是他俩吃了一顿饭，看了一场电影，就没了下文。

等那以后的第二年春节，他们一家三口又回来过年，邻居阿姨又来敲我家门，给我端来了她拿手的牛肉青菜羹，寒暄了一会儿，又开始央求我给他儿子做媒。可怜天下父母心，我的心又被打动了，又给他“搜罗”了一位女朋友，这一次，二人没有着急见面，而是相互加了微信聊着。女孩子倒是对男孩子有感觉，无奈男孩子感觉不对，态度上便不够主动热情，但也一直与女孩子保持着联系。男孩子的父母都很喜欢这个女孩子，恨不得创造个机会，让他儿子能够与女孩子生米做成熟饭，促成这一桩姻缘。可是爱情这事，除了当事人自己，其他人还真的做不了主。二人最终还是没能走到一起。

转一年，他们一家三口再次回家来过年。我在楼梯口遇见他们，问男孩：“现在怎么样？有女朋友了吗？”那男孩笑笑，无奈地摇了摇头。他的母亲便长长地叹了口气，邀请我进他们家去坐一会儿。坐下来，他的母亲便又开始了一番数落和诉苦，他的父亲忍不住说了一句：“我看他找不到女朋友了，等着打光棍！”然后，这对父母又请求我给他们儿子再介绍一个女朋友。

哎，真的是可怜天下父母心啊，我于心不忍，又答应下来。于是又一番苦思冥想，“搜寻”一番，发现我认识的女孩子中并没有真正适合他的，也就不了了之了。

好吧，我承认，我是个热心、认真的媒婆。

跟我做其他事一样，我一旦要去做了，就一定会认真对待。作为“资深”媒婆，对于那些相亲条件不够的，我还要帮忙创造条件，有时候甚至会自己花钱出力去促成二人，为他们搭建见面、约会、增进感情的平台。有时候又要分别为双方出谋划策，解决恋爱过程中出现的各种隔阂、纠葛、恩怨，变身为情感咨询专家和心理咨询师。

这样一来，我便体会到了这媒婆可不是那么好当的，也确实花费精力、心力。实践出真知，经过十几年做媒的经验与教训，我便渐渐悟出了一些媒婆之道来，有了自己做媒的原则：只负责牵线搭桥，其余与我无关。也正如“师父引进门，修行靠个人”的道理一样，媒婆的职责，在于引荐，在于搭桥，其余，便应该放手让当事人双方去自由发挥。毕竟，爱情、婚姻这等大事，还必须得由他们自己掌控。

可说归说，实际操作起来，按照我这爱操心的性格和好心的人格，哪能做到那么洒脱呢？这不，此时，我心里正在计划着该给一位朋友的儿子介绍怎样的女朋友呢。还有闺密的外甥女、一位同事的女儿、一位报社朋友的亲戚，该给他们介绍谁呢？

这样思虑着，已是中午时光，看窗外，太阳火辣辣地悬在高空，白云停在小城最高的那栋楼的房顶上，打着盹呢。蝉却不疲倦，刺辣辣地叫着，一声接一声，似乎在跟这酷热的天气较着劲。

或许我这做媒的热情，就跟这酷暑里火辣辣的太阳一般，有光热，便要去释放。这样想的时候，便觉得此生做个媒婆，也未必不算是一件好事情。毕竟，成全他人，也算是一种行善吧。也有一种说法，认为人一辈子得做做媒，这样才能把自己身上的“霉运”去除，多得好运，人生也吉祥如意。

此时我在想，如果这篇文章一示众，是不是就意味着我得去开一家婚姻介绍所了？所以，我要特此声明一下：拜托拜托，本人以后不想再做媒婆了，以后只负责传道授业解惑，另加相夫教子。

女人开车

一日，与一大学同学在微信里聊起开车之事，他说一般情况下，他是不敢坐他老婆开的车的，因为坐在旁边实在是担惊受怕。我深表理解，因为我家那位也说坐在我旁边看我开车，担心自己心率不齐。

那同学讲起他夫人开车的“丰功伟绩”，最有成效的当属在几天之内，把车的右前方大灯撞了两次。我回过一句话：“居然有比我开车还厉害的人，佩服佩服！”那同学发来抓狂的表情。

讲起女人开车之事，还真的是险象环生而又趣味横生。且说拿到驾照的第一年时间里，一次我开车冒着大雨赶路，猛然间觉得车子似乎被碰了一下，探头看了看，只看见一辆停在路边的垃圾车。心里咕叽着自认倒霉算了，开了车继续往前驶去。待到了家中，交警电话便追了过来，是打到我老公那里，说我刮到一辆车以后不慌不忙绝尘而去，有肇事逃逸的嫌疑。老公听得事情原委，气得七窍生烟，对我的做法表示深恶痛绝：一则刮了别人的车居然还不知道，二则竟然堂而皇之肇事逃逸，三则开回家后竟然隐瞒实情。

在被他教育了一顿之后，我略有悔改之意，但也觉得很是委屈，毕竟不知者无罪嘛。后来开车便有了心理阴影，总担心旁边会有什么东西突然窜出来剐到车，有时又感觉车边似乎有东西一晃而过。总之，只要我跟老公同在车上，他基本不让我开车。

后来又有一次，我在经过小区大门时没瞄准位置，结果车的右后部被剐到，心里自是懊恼不已，又不敢向老公汇报，便赶紧开了车去补了漆，结果居然蒙混过关，老公虽然心生疑窦但还是没有查明真相。他曾经好几次弯下腰去查看那个位置，自言自语道："这个地方的油漆怎么感觉有点怪怪的啊？"我赶紧说道："哪有啊，不就是泥沙在上面吗？我觉得很正常啊。"从那以后，开车的心理阴影转变为经过小区大门时总担心瞄不准，于是每每到那个地方必定减速为几乎停止的状态。

有了这两次教训之后，我开车变得小心谨慎多了。可是在老公看来依然有诸多不放心之处。只要他坐在身边，便会叮嘱这、提醒那的，好像我从未单独开过车一样。

我心里有些不服气，便反驳道："我天天开车，你不都没坐在我身边吗？我不照样开来开去没出问题？"老公回答："那是我没坐在车上，也就眼不见心不怕了。"因此只要他在车上，我便自动退缩成开车新手，这里那里的感到紧张。也难怪人们说开车的人最忌讳边上的人说来说去的，乱了开车人的方寸。尤其不懂开车的人，或是老驾驶员坐在边上，前者口里要么叮嘱要么一惊一乍的，惊吓了开车的人；后者总觉得一招一式你应该按照他的要求来，一旦有不符合之处便忍不住要指出来。因而开车的人边上最好不要坐这两类人，省得干扰了心情。

话说见过很多女人开车，小心翼翼而又犹豫不决，尤其在变道、过红绿灯、超车、停车时。曾经有一次，我们三个女人去逛街，到了繁华街市边停车，只有一个车位了，我们两个女人下车来指挥，她七弄八弄却怎么也倒不进去，最后只好把车停到很远的地方去，再走路回到逛街的地点。又有一回，一个女同事在校园内停车，一个男同事忍不住停下来观看，见对方实在是畏缩迟疑，便走上前去好一番指挥，直到那车停得符合标准为止。

关于我的停车技术，那就更不用提了，一个字——差！刚开车那一年，我只会前进着侧方停车，因而至少需要一个半车位才能停进去。有时候下班回家，总是要进进退退好几回才能把车停好；有时候到了街上停车，也总要寻找一个足够长度的车位来停。有一回我在小区里想把车开进车库里去，迟疑着试来试去，却怎么也找不到一个最好的位置进去，对面楼上阳台上一个正在搞装潢的人实在看不下去了，大声喊起来，遥控着指挥我停车。还有一回，我好不容易把车停好了，等要走的时候却不敢退出来，感觉马上就要剐到边上的车了，在还剩下几厘米距离的时候我只好停了车，下车求助于一位陌生男子，让他帮我把车退了出来。

这些个开车囧事，如今提起来还真觉得是糗大了，但人总得有个成长过程嘛，不经历幼稚阶段怎么可以走向成熟呢?

随着开车的时间久了，技术也就渐渐提高，我早就学会倒退着停车了，在车水马龙的街上也可以开得从容不迫，我也能独自开高速和乡间崎岖狭窄的公路了，即便是那种上坡的盘山公路，也可以不熄火一直开到顶。我家的车是手动挡的，一般开陡坡路，不小心的话容易熄火。

我车技真正提高，要归功于儿子上小学。儿子上了小学，为了方便接送，大多时候车归我开。每天上下班赶着时间，要在车潮涌动中拼技术。这样，我的车技得到了严格的训练和考验，如今开车从容多了。老公偶尔坐在车里，不说其他的了，又开始数落我开车速度太快了。

据说女人开车如同女人喝酒一般，要么没上路，一旦上路了，往往比男人还猛。

这说法，我虽然不太苟同，倒是真见识过女人开车猛的情况。

有两次跟一同事老乡的老婆一起分别开车的经历，她开车在前，我开车紧跟其后，只觉得跟车还真是个技术活，又明显感觉她开车还真是猛啊。

第一次是我们三家人相约开车回老家，因为是在高速公路上，男人们便自动承担起开车的大任，到后来吃不消了便换我们女人上。那时刚好是深夜，天幕黢黑，加上淫雨霏霏，老公自然是好一番叮嘱提醒。因为没有导航，我们的车驶在后面，我全神贯注地跟车，开始车速是110迈左右，到后来便踩到120、130的速度了，车如离弦之箭，飞驰向前。大冬天的天气，我硬是开出了一身热汗，开了一段路程，又觉得眼睛酸胀、腰酸背痛。后来进入服务区休息，问前面两个女人怎么开得那么快，害我跟得那么辛苦。她们竟然一脸茫然："不快呀，也就110迈左右吧。"我也是服了！

第二次是我们两家同事一起出去游玩，回来的时候由我和那同事的老婆开车，在城乡公路上，她开得游刃有余而又霸气十足，超车、变道等坚决果断，龙蛇摆尾一般，在蜿蜒盘旋的公路上自在穿梭前行。我本是个老实本分的车民，但为了跟上车也不得不如出一辙，玩了一些惊险动作。老公依然会提醒我，但是话语少了很多，可也忍不住感慨："你们女人开车，还真是猛啊！我今天算是见识了。"

女人开车其实多属于两种类型，一种太慢，一种太快。慢者有时如蜗行，害得后面的人忍不住按喇叭而又无可奈何，只好毫不留情地超车；快者如我前面描述的女子，让男人也汗颜。当然，出于安全考虑，还是开慢车的好，虽然不见得车技有多高，但总是减少了出问题的几率。

从未单独开车出过县城的我，自从儿子今年8月去了衢州读书，老公上班忙，接送的事免不了要我多承担一些。我便只好硬着头皮，开了导航一遍又一遍地去往那更远的地方。去时一路上孤单一人，便常邀了蓝天白云、清风树影作伴；返程时有儿子作陪，一路聊些他在学校里的事情，聊着聊着就到家了。这样的路程，也算有趣，累是累了些，但车技得到了锻炼，心里又有所期盼、有所归依，便觉得值了。

如今女司机越来越多了，做新手的时候多有烦恼，当烦恼积累成一点点的教训和经验，而促成自己车技成长的时候，那些烦恼的事就变成了趣味之事。其实人生很多事都是如此，由陌生到熟悉，从慌乱到从容，从幼稚走向成熟，这都是一种过程，是人成长必需的。因而人活着应记住：不要因为现在的幼稚而看不到将来的可以成熟，也不要因为现在的成熟而否定过去的幼稚，幼稚与成熟，是人生的两种状态，不会孤立存在。

弟子散志

冬日，暖阳是顽皮的孩童，溜进走廊，越窗而过，跑到我的办公桌上睡觉。我倾注目光，思绪被抹上一层金黄，带着暖。

与他们的相逢、相识，在 2022 年的 8 月。

他们是以特长生身份被录取到我校的，一类为艺术特长生，另一类为体育特长生，被编排在两个班里，我做他们的语文老师。

初见的那堂课，我用心备了课作为见面礼。我介绍自己和二高，讲语文学科的规矩和原则，欢迎、赞赏与激励他们。我看见了他们的眼里，有星星之火蹿出了火苗。

体育班的孩子，大都晒得黑黑的，身体健康，心思单纯，心态阳光，另外，也精力旺盛。他们每天早晚都要进行体育训练，每每早训完毕，汗流浃背地跑往教室上早自修时，一天的体力已耗去一半，剩下的一半，大多数同学尚能支撑着完成一天的文化课学习，少数几位便在半睡半醒间度过，还有一些精力特别旺盛的，则喜欢讲话，做点小动作。

所以，老师们得尽量用不一样的教学方法，去唤醒与点燃他们：多提问，让他们多思考。提醒他们记笔记，让他们多动手。戴上“小蜜蜂”，让我本来温柔的声音响亮地回荡在他们耳畔。多到下面转圈圈，不给他们犯错的时机。冷不防走到某同学面前，突然停下讲课或者猛然提高声音……

总之，上一堂课要眼观六路耳听八方，做到目光如炬，明察秋毫，当机立断，防患于未然。

可是，还是状况不断。喜欢讲话、做小动作的，倒可以及时提醒制止。但班里有几位睡神，愣是令你防不胜防。譬如那位小胖吧，他是位篮球特长生，一米九的个子，站在我面前，我非得仰望才行。他坐在教室最后一排的位子上，他时常趴在桌子上，睡姿销魂，鼾声轻响。他是我的弟子，我得让他背书、听课、解题。于是，我时常在早自修、课堂上、晚自修时，轻拍他厚实的背，柔声唤醒他。

他被惊醒，抬起头来，面颊微红，皮肤白皙，睁大眼睛，用那种迷茫、无辜的眼神看向我，然后撑起身子，开始装样。可是等我刚一转身，踱回讲台，或是刚讲了几分钟，再一看他时，发现他又塌了下去。于是我又重复前面的动作，加大音量，警告他："坚持住，听课，啊！"只是，过了些时候，再看时，他又倒了下去。

有时，我产生一种冲动，想把他拎到讲台上来，让他坐在讲台上听课。想法涌动，深知唤醒是责任，我便鼓励他背书，他背书快呀。或者，叫他看教材上的小说，权当预习和提升文学素养了。又或者，叫他帮我批改默写吧，也是一种变相的学习。做起这些事来，他便有了精神。到了篮球场上，他就更加生龙活虎了。他是篮球队的中锋，防守、进攻、投篮，他跑起来，跳起来，迅猛如虎，灵活如山间野鹿，全然不见他在教室里萎靡酣睡的景况。那时看他，喜欢得不得了。

我们这些文化课老师，总在希望与失望之间荡秋千，多希望他们在我们的推动下，荡至高处，便越来越高，不要下来。跌下来的时候，他们不觉得痛，我们倒担心了。

这帮娃啊，心思单纯得很，因而心地更明亮与开阔，跟他们打交道，辛苦，但不累。虽然当论及学习成绩时，有时候也心累，但你只要换种眼光去看他们，便只剩下有趣了。

班里有位体育王子，瘦瘦高高的个子，修眉俊眼。他因为四项全能成绩优异，是学校破格录取的体育特招生。他不参加普通高考，到时可直接去参加省体考。大多时间，他都在外面体训，少数时间回到班里上课。他一旦回到班里，就得跟大家一样上课，我颇佩服他的坐功。他虽然不怎么需要听课，却能坚持一天坐到晚，还得在老师的监督之下，坐出个精神小伙的姿态来。

他还是个可爱的孩子。参加校运会时，他便央请我给他拍视频。还特意补一句："要给我发到网上去哈。"我也不管他是当真还是开玩笑的，便真的跑去运动场上拍了。他跑步时，迈开肌肉紧实的长腿，身姿矫健，如马奔驰，总是遥遥领先，轻松获胜。

有一回，他拿着几个红薯走到我面前，问我可否把它们种起来。我大加鼓励，他就真的去找了个塑料盆装了土，把三只红薯埋了进去，并日日关注，用心浇灌。很快，那红薯就发了芽，长出了新叶，没过多久就长成了繁茂的一盆。到放暑假时，我见那盆红薯依然留守在阳台围栏上，想着经过一个暑期，它肯定会被晒死，便把它带回了家，嘱咐闺密帮我种到她的院子里去。

我想着，等结了红薯，挖出来，煮熟，带到班里给全班同学品尝，一人一口也行。教育，不就是一项让"花儿们"长好，开出花来，并结出果实的事业吗？

特长生嘛，班里自然是人才济济，除了这位四项全能王子，前面讲的篮球王子，还有水漂王子、足球王子、跳高王子、跳远王子、举重王子、长跑公主、短跑公主，跳远公主、铅球公主等，他们奔跑在自己的人生赛道上，抬起头，不服输，往前冲。

其中的水漂王子，已经参加过多次赛事并获大奖，被多名记者采访，多次上过媒体报道了，他创造了单漂一发 403 跳和八石齐发的神话，是远近有名的水漂少年。

班里那位跳高王子，还是个背书达人。背起文言诗词来，既快又准，总能第一个完成默写。我便对他寄予了厚望，上课时常点他回答问题。有一回，他终于忍不住来问我：“老师，你为什么老喜欢点我回答问题啊？”“啊哈，因为喜欢你啊，因为你是语文学习的佼佼者啊。”他有些羞涩，笑了，低下头，继续背书。

班里的孩子个性迥异，形象鲜明。有位高冷女孩，平常总是默不作声，独来独往，从不跟人讲闲话，不肯轻易多说一句话。你即便找她谈话，她要么沉默地听着，要么简单地回答几个字。她总是一个人默默地坐在教室里，认真地听着课，安静地写作业。她总是一个人站在训练队伍中，跟着队伍安静地跑，静默地跳。

还有位男生，他擅长跳远和跨栏，他的脸黑黑的，眼睛小小的，鼻梁挺挺的。课堂上，他总是喊道：“等一下，老师，我还没写好。”或是问这样那样的问题。在走廊里遇见了，他总是朗声喊道：“老师好！”然后朝你笑，或是寒暄几句。

还有一位男生，浓眉大眼，憨憨的样子，因为一次助人为乐事件，在学校一举成名，从此以后，他顶着那“尚善少年”的光环，面带温暖自信的微笑，在学习路上渐入佳境。每每在走廊里遇见他，他也总是很恭敬地站着，笑容灿烂，用浑厚爽朗的声音跟老师打招呼。

在众多的孩子中，有一位男生一直打动着我，他是丛林中的一棵劲松，有一种不服输的坚韧和倔强。他的腰部，因为在初中时训练过度而致伤，到现在，他又得继续进行训练，时常会因疼痛难忍而不得不暂时中止体训。可是他总是咬紧牙关，坚持不懈，不肯轻易耽误训练课程。他是班里的纪律委员，工作起来认真负责，成为班主任的得力助手。不仅如此，他是正能量与正义的化身，他的学习态度一直是班里同学的榜样。上课时，他目光炯炯，专注听课，对老师提出的问题应答如流，语文成绩在班里一直名列前茅，还考过几次班里第一名。有他在的课堂，教室里更有了光亮，班里也增强了凝聚力。

面对这样一群孩子，我有时被他们气得暗自伤怀，有时被他们整得哭笑不得，有时又为他们感到骄傲和自豪。与他们在一起，确实能获得体验感很强的情绪价值。

他们经常要外出参加比赛，县里、市里，甚至去省里参加运动会，还有篮球比赛、足球比赛、铁人十项全能赛什么的，他们总能捧着大奖回来。在县里比赛时，经常力战群雄，获得冠军或一等奖归来；到了市里，也时常能够名列前茅。除了团体赛，也有一些单人比赛，他们抱着必胜的信念前去，捧着大奖回来，无比风光。

哎哟，一写起这些娃们的故事来，我便思如泉涌，滔滔不绝，絮絮叨叨，而至泼墨如水，停不下来呢。还有一个班的宝呢，我总该为他们留些笔墨吧。

体育特长班里男多女少，而艺术特长班正好相反。因为所学专业不同，两个班及其学生便呈现出不同的风格：一个班动，具有阳刚之气；一个班静，偏向阴柔之美。

艺术班里的孩子，在班主任用心用力的“打磨”下，变得乖巧懂事起来。上课时，看到他们齐刷刷地抬起头听课，眼里带着求知的渴望；下课时，大家各行其是，或休息，或做作业，或说笑逗闹；到了台上表演，他们化了妆穿了表演服，大家都漂漂亮亮的，一改平日着校服和素面朝天的灰头土脸，完全认不出来了。

班里总是干干净净、整整齐齐的，教室里的盆景也有专人负责，绿植笑盈盈地生长。文艺类的比赛、黑板报评比、寝室美化大赛等，他们总是拿第一名。不仅如此，由那么多女孩子组成的班级，连拔河比赛、篮球比赛，他们也能拿到奖呢。

看他们认真学习和表现优异的样子，我的眼里漾出欣慰满足的笑来，有时候忍不住拍了视频发到班级群里，与家长共享幸福时光。

班里有三位语文科代表，高一时两位，到高二时换了其中一位，由另一位新加入班级的姑娘替任。她们都是由我看过语文成绩以后，再经过“面试”挑选出来的姑娘，我希望我没有看走眼，果然，她们没有让我失望。一年半时间以来，她们开展工作积极主动，而且认真灵活，收发作业，督促重默，早自修提前布置好任务等，每一样工作都做得认真细致。她们是我称心如意的小助手。

很喜欢这三位小姑娘，不仅因为她们的工作态度，还因为她们的眼里有光。上课时，跟我交谈时，她们眼里散发出的光，把眼前的世界都照得明亮了。总能看到她们定定地坐着，安安静静的样子，看到她们很用心地背着书，因为她们想要提前完成默写，然后自己才有时间和精力去抓其他同学的重默。

这个班里也有位背书达人，名字很好听，叫蓝月儿，她跟体育班的那位不相上下，总是能提前完成默写，轻松过关。她不仅背书厉害，成绩也不错，每次考试，在班里总是名列前茅。相比之下，有的姑娘每次默写后，有不少错的地方，可以看出来她们已经背得很辛苦了，无奈背书不是她们的强项，可是她们的态度确实好啊，便一次又一次地重默，不厌其烦。

在这个班里，有位姑娘是跳拉丁舞的，学的是声乐舞蹈专业。她皮肤白皙，总是面带微笑，跳起拉丁舞来，灵动如蛇，火辣如吉普赛女郎，带着一种野性的美。跳舞如此，学起语文来也毫不费劲，考试也总能稳居班上前列。她喜欢笑，有时上课也偷笑，有时还开了小差，我看向她，她收敛了笑容，俯身，进入学习状态。

还有一位弹琵琶的姑娘，在舞台上时，她着盛装，抱琵琶，眉眼含情，温柔妩媚。可在平时，她风风火火、大大咧咧的，是个女汉子，是只小“社牛”。她是学校宣传部的部长，每日很忙，忙到没有足够的时间及时完成背诵。早自修时，我提醒她：“抓紧背诵哦！”她睁着大眼睛朝我笑，点头，然后卖力背诵。

在高一时，这个班总共才 24 个人，其中只有两位男生。那两位男生中有一位是台湾省，在家是懂事的娃，在班里做了班长，时时事事以班长的身份要求自己。另外一位男生本来有些叛逆的，但到了这个班里以后，逐渐成长为责任心强、具有担当精神的男子汉，后来，他接替了班长的工作。他们俩一起，为班里做了很多事，他们是班主任的左膀右臂，是班里扛重担的人。

到高二分班时，班里才增加了另外 3 位男生：一位学书法，一位学声乐，还有一位是学画画的。

既然是艺术特长班，那他们的优势就在于艺术才能。所以，每到学校里举办音乐节、文艺汇演、十佳歌手赛等活动时，他们便是舞台上闪耀的星辰，光芒四射。他们站直，挺胸，昂首，面带自信的微笑，开嗓：“五六年桃李待日开，七十年代青春飞纸鸢，最美是溪湖四月的天，瀫水盈盈正江南——”间奏时，琵琶姑娘开始弹奏，拉丁舞姑娘扭动身子。

台下掌声雷动，欢呼声响起。

做他们的老师，获得的体验感满满，要溢出心房来。我把他们看作自己的孩子，希望他们成长、成才，希望他们能够专业、文化成绩两不误，奔出一个不一样的未来。老师的心思和心意，不知他们可否懂？

收回思绪，此时下课铃声响起来，趴在我桌上睡觉的阳光已经醒过来，跑到走廊上去玩耍了，它追着在课间自由活动的几位弟子而去，我追着它，眼里倾尽温柔。

第四辑　疾走对月歌

打洞的诗人

打洞与诗人，这两个词联系到一起，有些别扭。可我们龙游作协里就有一位打洞的诗人，说得文雅一点，应该是钻孔的诗人吧。他靠钻孔谋生，靠写诗慰藉灵魂。嗯，他靠这两件事情活着。他的名字叫祝敏成，笔名岭后居士。

我们几位文友聚餐时，他通常不能准时到达，有时甚至要迟到一个小时。因为赶着时间忙完一天的活计以后，灰尘满身，浑身脏兮兮的，他需要回到家洗浴一番才能到场。所以，每次出现在大家面前时，他都是干净清爽的。

好不容易等到祝敏成来了，他坐下，身子坐成“撇折折钩”，有气无力地半躺着，斜靠在椅背上，头仰着，搁在搭脑上，双腿摊开，整个人软塌塌地歪在椅子上，似乎随时都会从椅子上滑下去一样。他实在是太疲惫了。白日里，他扛着沉重的钻孔机，对着坚硬的墙壁，瞄准，用力，坚持着，完成一个孔，再换第二个、第三个，一天下来，最多的时候他打过 214 个地板孔呢，那次，他没日没夜的持续干了 20 个小时。他的力气早已用尽了，他拖着疲惫不堪的身体，奔忙于各种建筑间，打洞的个数越多，一天挣的钱就越多，生活才能继续下去。

我好几次对祝敏成说，我要去你的打孔现场看看。他便多次在席间说起来，罗老师要是去了那里，根本就受不了。我不服气，终有一次，跟他去了施工现场。我们去的是正在修建中的湖镇白鸽湖商埠文化园。

我怀着一探究竟的好奇心和实践出真知的决心，有些喜悦地一路跟着他。一路上，他保持着惯有的讷言的风格，我问一句，他才回答一句，似乎爱理不理的样子。到了工地上，停好车，他兀自拎着工具往楼上走，我赶紧跟着。工具有些重，他歪斜着身子，有些吃力地爬楼梯。我试了一下，光是那个大手钻起码就有 20 来斤重。

到了需要打孔的地方，他观察了一番，拿出工具，摆好架势，便开始钻孔了。钻机刺耳的轰鸣声传来，祝敏成俯下身子，右腿后蹬，左脚踩在电钻上，双手用力地按紧电钻，把整个身体重心压在了电钻上。男人在钢筋水泥的建筑里，血性、力量与坚韧便体现出来，形成一股强力，足以对抗身体的羸弱与生活的苦难。

据此，我可以想象他在更艰苦的环境中，在恶劣的天气下，举着更重的电钻机打孔的情景。灰尘四溅，蒙住了他的双眼，汗流浃背，全身湿透，双臂酸痛，但他不能停下来，他必须坚持。直到全部完成，他的身体被掏空了一般，人虚脱了，有气无力。他回到出租房内，瘫倒在旧沙发上，不想再站起来。可是第二天，他还得继续，如此，日复一日、年复一年，不知要干到何时才能停下来。

在繁重的体力劳动之余，能够慰藉祝敏成的，恐怕只有诗了。他有时候钻着孔，突然想到一句诗，便趁着休息的间隙，赶紧掏出手机写下来："白天，顺时针的旋转的营生是只猛兽。"有时候他深夜辗转难眠，一颗心被诗句烧得滚烫："我时常在梁里，墙间或地板上 / 用你写下自己的名字 / 颜筋柳骨的血管中 / 涌动不屈的姓氏。"有时候他刚睁眼，饥肠辘辘的，顾不上吃早餐，却要迫不及待写几句："千亿个雨滴砸向彼此 / 湿了从孔先生处借来的长衫 / 那孪生的，躲在墙角窃喜。"

读着这些让人感到热烈的文字，再看一眼他瘦骨嶙峋的样子，不禁感慨：命运待他太不公了！所幸，他还能写诗，在这件事上，他是自由的、快乐的，没人能限制他。

有一回，他与诗友李好黑一起去宁波四明山的工地上干活。他俩白天一起卖力干活，收工之后，住在一个叫“半野堂”的民宿里，让老板娘简单炒几盘菜，二人对饮、谈诗，有时至夜深还不能入睡，便继续卧谈，直至鼾声响起，他们枕着诗入眠，又在梦里作诗，梦醒之后，回到现实，继续进行艰苦的劳动。

他们在那里干了7天的活，那几日里，祝敏成经过好一番琢磨，写了一首《与李好黑在四明山》，他写道：“四明湖下的水厂，焊花飞溅/尺子、扳手、锤子交响/我们举着落日，给自己加冕/将陷落的心绪远征黎明。”他用诗歌聊以自慰，舔舐身体和心灵伤口的血迹，是在望梅止渴，也是在画饼充饥。

半野堂民宿不大，但它像一个巨大的梦境，收纳了两位虔诚的诗人。他们的诗句，和着杯盏相碰的声音，连同他们的心跳声，与山里的虫鸣一起，形成孤单而热闹的协奏曲，惊呆了民宿的那位老板娘，也将四明山的黑夜唤醒。

祝敏成生病了，除了诗歌外，他的病无药可治。现实生活总是将他的心撕扯得支离破碎，足以让他倒下，匍匐在地，看不到前方的路。毕竟，他已经年过花甲了呀。

祝敏成没有妻子、房子，只有一辆破旧的教练车，还有儿子跟着他。曾经，他在一个驾校做教练，但因教练车太老旧，年纪又大了，驾校里生意清淡，靠当教练难以维持生计。苦思冥想多日后，他决定改行投身到钻孔的行业。出卖体力，纵然很辛苦，但是只要肯吃苦耐劳，便可以赚到钱。他需要钱养家糊口。

他的前妻，因为某种原因而负债累累，两人离了婚，卖掉两套房子还不够抵债。离婚后，祝敏成不忍心，还帮着她还了26万的欠款，又独自养着儿子。儿子大学毕业以后一直没找到合适的工作，祝敏成用三年钻孔积累下来的血汗钱资助儿子,让他在城市里拥有了一份稳当的工作。

祝敏成个子高,清瘦,肤色黝黑,带着劳动者的气质。他双眉如剑,双眼特别有神,他跟你说话的时候,要么他的眼睛盯着你看,要么你盯着他的眼睛看。总之,他的双眼,时常在说起打孔和写诗的事时放着光芒。

我们聚在一起时,一般情况下他总是沉默寡言,闷头吃着菜,大口地喝着酒,偶尔加入谈论中。但是等酒过三巡,酒精上了头,祝敏成的兴致高起来,他又完全变了一个人似的。他必定要背诗或者读诗给大家听,又或许是诵读给他自己听。“君不见,黄河之水天上来,奔流到海不复回……”只见他两眼炯炯有神,挥舞着手臂,声情并茂地朗诵起李白的诗来。你正听得入神,他又换了杜甫的、白居易的、陆游的、岳飞的……他的脑子里,装了太多的诗。除了背诗,他还会找出自己写的诗歌来,读上一两首,酒气吐出,文字一个一个地蹦出来,将祝诗人沉郁已久的心轻轻安抚。

席间,气氛越来越热烈。祝敏成开始谈诗,谈别人的诗,谈写诗,谈他自己写诗,不管你喜不喜欢听、懂不懂诗,他都自顾自地谈论着。他红光满面,眉目含情,双眼放光,侃侃而谈,大谈特谈,滔滔不绝,完全变了个人似的。这时的他实在是太健谈了,他的眼里只有酒和诗。这时,他沦陷在他的世界里不能自拔,你绝对不能打搅到他。

虽然已有几分醉意,但是他的大脑却异常清醒。诗歌成了他的酒、他的救命药,酒又成了他的诗歌。

他原本是衢州二中的高才生,但并未上过大学。他写得一手好字,硬笔软笔都擅长,又喜好古代文学,博闻强识,有深厚的古文功底。所以你读他的诗,会发现几乎字字珠玑,词句锤炼到无可挑剔,细读,又隽永深刻,饱满厚重。他剥开生活的表皮,深入灵魂,给你描述一个沉重、沧桑、幽暗、苦难的本质世界。在这样的世界里，有一个朝拜的人，踽踽独行，一步一叩首，坚定执着，朝他的圣地前行。诗里那个朝拜的圣徒，到了现实生活中，是拉纤的纤夫，他低着头颅，深深地俯下身子，纤绳勒进肩膀，他咬着牙，艰难迈步前行。他黝黑的皮肤泛着光，在太阳底下，汗珠顺着脸颊、脊背滑落，流向大地，渗入土壤的深处。

他是我们作协里具有硬汉精神的一位文人。他每日拖着日渐衰老的羸弱之躯，把太多的苦藏起来，不屈不挠，挣扎着，与苦难对抗。即便这样，他还牵挂着他的前妻和儿子，想着为他们多赚些钱，为前妻还债，帮助儿子买房，娶媳妇。

可是，他的躯体已经被榨干了，剩下一把老骨头，似乎一被撞就要散架。生活不怜悯他，命运要挤兑他，只有他自己，在风浪中，与巨鲨搏斗，明知前途渺茫，却又鼓起风帆，向未知的前方驶去。

苦难给予人的，从来都不是温柔，而是残酷。

“嗨，祝敏成，你下来，歇会儿！”我扬着手里的矿泉水，大声喊道，招呼他停下来喝口水。他从电钻机的轰鸣声中抬起头来，没听清，眼神迷茫地望向我。

我觉得，此刻他的形象，很适合拍成照片，或是画成一幅黑白油画，题目叫作“打洞的诗人”。

青衣

山中，竹簧涌动，阳光从树缝溜下，投下一地斑驳。他着一袭青衣，起步，飞奔，脚下生风，叶片乱舞，簌簌有声。至一棵高木下，他突然腾跃而起，右手高举，抓住高处的一根树枝，然后放开，落地。枝杈摇晃，残叶簌簌而下，贴着大地，坦然安卧。他站稳，拔剑而出，随着嗖的一声，剑光一闪，刺向苍穹。

我不是在写小说，在塑造武侠人物形象，我是在写散文，这是我亲眼见到的场景。他，叫罗青衣。

青衣是一位道士，“80后”，是衢州乌溪江举村乡人，平常，他喜欢穿麻布素衣，留着长发，头发高高盘起，有时也扎成马尾辫。他身材清瘦，脸也瘦，偏黑，眉眼灵动，鼻挺唇薄，身姿矫健，气质清癯。他见到人时，总是启唇一笑，带点羞涩，带点意味深长，温和而又有些神秘。

他自言：“有一只小兽，生于山野，鹿行山水。有一袭青衣，与百草相伴，安于贫贱。”

拜访他，需到山中去，他常年居于山野中。青衣和几位道友，在大洲的山里，择了一处有茂林修竹、清流急湍的隐蔽之地，在那里就地取材，靠手工打造，花了一年多时间，建起了竹楼。那段时间，叮叮当当的敲打声，是那山林里最动听的声音。

青山隐隐处，竹深有人家。他说：“山不就我，我来就山。”

一有时间，他就离开城里的家到山里去，吃住都在山间竹屋里。青衣会烧菜，厨艺很好。他颠勺时动作娴熟，左手执锅，用力往上一扬，菜就玩起了蹦蹦床，右手执锅铲，轻快翻炒。菜香飘散，水汽轻笼他的脸，从侧面看，他面目清秀，带着微笑，显得格外亲切。人间烟火气中的他，活像个小丈夫。

餐厅设在悬空的竹楼里，人走进去，用竹子拼缀而成的楼板嘎吱作响；窗户是空的，阳光风雨来去自由。呼吸着新鲜的山里空气，吃着山野鲜珍，果真人间有味是清欢。

睡觉、修道和饮茶在另一栋地势更高的竹楼里。山里潮湿，所以竹楼凌空而建，要上去，得爬梯子。梯子笔直且陡，呈约莫60度角向上，前后几人尾随前行，前面人的脚就像踩在后面人的头上。爬上梯子，是一个宽阔的木板平台，平台中间一棵翠竹穿过楼板，兀自挺立，耸入天际，真是好景天成。越过门槛，正中间是堂屋，供着道家神像；左边两间房做卧室，右边的一间房做茶室。茶室有顶无墙，以米色布幔和竹席围住，微风来时，帷幔飘摇，阳光透过帷幔和竹席缝隙照进来，室内光影斑驳。茶室中间放一张大木桌，是他们自己用几块实木板拼钉而成的，上面摆了茶具、经书和笔墨纸砚等，是他们平常阅读、练字和饮茶的休闲处。

有客人来了，在此喝茶，晒太阳，看风景，闲聊，做一回山中的活神仙。坐在茶室里，举目可见蓝天如洗，白云朵朵；眼前翠竹青青，随风摇曳；耳畔鸟啼声声，悦耳怡心。这时候，感觉自己是个自由的人，杂尘全无，身心自由。

白天，青衣背上背包，拿上锄头，翻山越岭，攀岩爬壁，去山林中寻药采药；也在屋旁辟地，围上竹篱笆，除掉杂草，种上中草药，前后一共种植了三百多种中草药，有石斛、金线莲、虾脊考、带唇兰、石橄榄、石吊兰、南沙参等。他们在那里种药制药，打造野生药植基地。

他养了一匹马，名为金刚，棕褐色的，高大健硕，眼神清澈，好似蓄了一汪水，马鬃和马尾长长的，是一匹十分帅气的公马。青衣视它为朋友，精心照料，细心陪伴，时间久了，他俩就像兄弟一样了。青衣实现了海子的愿望，在山中喂马、劈柴，关心粮食和蔬菜，就差去周游世界了。有时，他俩一起去山里遛遛，青衣坐在马背上，马尾辫甩动起来，金刚一步一步地慢慢走着，马尾摇晃起来。有时，到了平坦宽阔的地方，青衣喊一声“驾——”金刚奔跑起来，奋蹄疾驰，青衣紧握缰绳，俯身，贴近马背，头发往后飞扬，哒哒的马蹄声响在浙西的山乡里，融进山光水色中。有时，金刚发了脾气，成了杠精，青衣也来了劲，成了倔驴，他俩憋足劲，对抗着，僵持着，谁也不让谁。后来，青衣终于跨了上去，勒紧缰绳，金刚不甘，一边乱跑，一边挣扎，抬高前蹄，拼命甩头，要把青衣扔下去。青衣偏不肯，越要金刚带他奔跑，活像个驰骋疆场的小将，年轻气盛。最后，他俩和好，共赴山河。

如有可能，我想青衣适合骑一匹马，仗剑走天涯，逍遥天地间。

他在山里的生活，既像是在隐逸修行，又像是在躬耕一个梦，那个梦是儒释道三种思想的结合。梦里梦外，他按照自己喜欢的样子去活着。他将梦埋在大山的土壤里，让它生根、发芽。

看过青衣在大殿前练剑的视频，只见他身穿深蓝色道服，发髻高高挽于头顶，脚穿十方鞋，用云袜裹住小腿。冷殿外，月色中，风轻拂，他右手握剑，挥舞自如，左腿拉直，右腿弓起，起跳，再轻盈落下；左腿再突然跃起，右腿同时上提，做了一个优美的白鹤亮翅的动作；再一个旋转，双手推出，上扬，朝向明月。他变换着动作，时而身姿轻盈如燕、灵动自如，时而骤如闪电、剑光闪烁。剑在他手中，时而如白蛇吐信，嘶嘶破风；时而如游龙穿梭，行走云间。

此时的他，与天地同在，与日月同辉，达到忘我的境界。这时的他，是个道人，也是个武士。

他说自己："一拳一剑皆修行，半是神仙半俗人。"

也看过青衣打鼓。他挥动鼓槌，左右摆臂，上上下下，轻轻重重，变化自如。咚咚咚的鼓声响起，在山谷里形成回音，惊飞了林中的栖鸟。掌握了技法与力道，青衣打鼓时，身心得到释放，激情得以挥洒，生命获得一种自在感。他们一群打鼓爱好者成立了立春鼓社，于打鼓中融入一些舞蹈、武术动作，精彩绝伦。衢州九华乡的立春祭，他们每年都要去参加，鼓声阵阵，震天动地，迎神祈福，彼时万物春生。他们还会被邀请到各地去参加其他庆典活动。

青衣在山里，山里有青衣，天人合一，物我相融。

青衣的生活充实而又精彩，他要做的事太多了：采药、种药、制药，喂马、劈柴、骑马，习武、修道、练剑，读书、写字、喝茶。他会做的事太多了，家里、山里的活，男人、女人的活，他全会做；他会烧菜，会酿酒，会做精致的簪子，会养花种地造房子……他是山里的活神仙，又是山里的耕耘者。

在他们的努力下，野生药植基地已经初具规模，吸引不少远近的朋友和客人前来观赏或购买。每有朋友来，他必定亲自掌勺，为大家张罗一桌好饭菜。

他为人热情，性情耿直、豪爽，喜交朋友，爱好广泛，且凡事只要不做，一旦去做一定要做好、做精。骨子里的他，一定是不服从于命运的安排，有一股倔劲和坚毅、执着的精神，就像他手里的那把剑，举止端正、剑气如虹，又像那匹马，血性与温情并存、激情与冷峻同在。

他说："喜欢或深爱，都是基于情怀。"

青衣是大家平时对他的称呼，他还有个名字叫罗行，是他原来的师父取的。那位师父是北方人，属全真龙门派，教他武术和药理。他现在的师父主科仪，是龙游三门源三门道院的，道号为三贤。青衣的真名叫罗贤金，是他父亲取的。

他那几位伙伴的名字叫高成祥、何樟渭、陈建卫、俞雪峰、叶龙华，听说个个都身怀绝技，同为奇绝之人。他们当中最小的是“90后”，最大的为“70后”，三个年代的人汇集在一起，于俗世烟火中志同道合，共同耕耘一个属于他们自己的梦。

写好此文过了半载时间，到了2024年6月，青衣与高成祥、何樟渭两位道友一起，已至大洲乡深山里的坪坑村，重建了禹王殿，青衣任道长，主事禹王殿的一切工作。后又择殿附近的一处民房，打造了清居民宿。民宿面朝水库，背倚竹山，不远处还有一条瀑布飞泻而下，汇成一汪清潭，形成溪流，涓涓向前。至此，访青衣，便可得山水之乐与人间清闲，与青衣一道，法自然，天人合一。

为了弄清禹王殿的来龙去脉和了解他们的现状，我曾四访禹王殿，遗憾的是每次都是疾疾而去、匆匆离开。青衣朋友很多，殿内烟火旺盛，如是心中便有了数，不再为他们是否衣食无忧而担心。

增补此文时，是2024年的9月25日，此时，青衣与他的鼓友一行，正赴马来西亚，去参加击鼓表演和鼓文化的交流活动。

女王在此

“只要皱纹不长到心里去，你就是女王！”

我站在走廊上，举着手机，对着天空的那轮圆月，看它发出明亮的光，耳畔传来她的那句话，顿感气壮山河，充满力量。

明天就是“女神节”了，她今夜约我，说要把为我准备好的节日礼物拿过来。我因在学校里上班不能赴约。这已是她跟我说的第三次了。我曾在微信里拒绝她：“不用的，你那么日理万机的，不要这么操心费神，心意我已经收到啦！”我是真的觉得像她那样干着大事业的女人，每日要操心的人和事太多了，是完全可以忽略我这个小凡人的存在的。

可是她都记着呢，一定是结束了一天忙碌的工作，吃过晚饭，趁着出来散步可以喘口气的机会就约了我。我再次惊讶于她的细心和用心。她是经营着几家医院的老总，每天要操持各项事务，管理着百余位员工，这背后就牵涉到百余个家庭。可她竟然能牵挂着我，这又是她异于常人的一种特质。

她走着路，有些气喘，继续跟我聊着：“亲爱的，你知道吗？我是真的喜欢你的，你知道原因吗？就因为你做人很真实，又纯粹。你不会巴结讨好人，也不会恭维人，跟你在一起，我觉得特别放松。”

我是第一次听到一个人对我如此深情地“表白”，而且，是女人的“表白”，是一个把事业做得风生水起的老总对一个普通得不能再普通的女人的“表白”，且有月光，在有春风骀荡的夜。

我注视着月光，感觉特别温柔。我的心，被风拂过，是温热的、激动的。我承认，我被她的话语感动到了。她的话语，像满树的紫叶李花开，你光是听着，就感受到了生命蓬勃的力量；又像一棵芽，正冲破坚硬的土地，一个劲地往上蹿，然后破土而出，向上生长，长成一棵树。

跟她在一起，你可以听她说，或是默默地看着她做事，你便可以获得奋斗的力量。你的心底会响起一个声音：到了中年，你也不能躺平呀！女人，也可以很强大！

我被她的话语鼓舞着，为自己躺平式的活着的状态感到羞愧。

她是谁呀？40年前的她还只是一个穿着破旧的衣服，在大冬天光着脚去割草喂牛的小女孩。因为那时的她只有一双鞋子，她舍不得穿上它去山坳里割草，怕把鞋子弄脏和弄坏了。那时的她，因为营养不良，身体瘦小，脸色青黄。在学校里，她看见老师啃肉骨头，便吞咽着唾液，很想吃。

她是谁呢？20年前的她，在一所公立医院里上班，每天按部就班，生活过得很安逸。但她后来辞了职，抱着破釜沉舟的决心，找人帮忙向银行贷了款，便开始创业。她真是胆大啊！她开眼镜店，既做老板又当员工，每天像一只拉磨的驴，负重前行，无休无止。初涉社会，人心叵测，人性复杂，她跌倒了，爬起来；受伤了，自抚伤口，再愤然前行，像个倔强勇毅冲锋的战士。后来，苍天眷顾，她的事业终于有了起色，经过不断地积累，她开起了眼科医院，又成功地走进了上市公司爱尔眼科医院，并于2018年成为浙西地区衢州爱尔眼科医院的首席执行官。

可她并没有停下脚步，相反，她走得更加铿锵有力。她是风中的竹，挺拔、向上、虚心、坚持，因而，她越走越坚定，也越来越高。她为当地白内障患者治疗疾病，让他们重获光明。渐渐地，作为院长的她成为患者心中的“光明天使”。眼科医院稳步发展，她本可以“坐享其成”，放缓脚步，可是她竟然转行开起了牙科诊所，还拓展市场，把牙科诊所开到了市级城市，经过不懈努力，发展为牙科医院。

嗨，她可真会折腾啊！这是怎样的女人啊？她用了 20 多年的时间，写出一部创业史，而这部书，真的是一部血泪史。

如今的她事业做得风生水起，走路脚下带风。我见到她时，她总是昂着头，挺着胸，步伐坚定，目光灼灼，眼里闪着智慧和自信的光芒。如果她披上一身铠甲，就像是一个获胜归来的将军；如果给她穿一袭龙袍，她便是君王，威风凛凛，气宇非凡。

她是雄心勃勃、坚韧不拔、奋斗不止的新时代事业女强人，可她也有柔情的一面，她把一颗温热的心给了更多的人。她资助和关爱着需要帮助的老人和孩子，做那些老人的女儿，也做那些孩子的妈妈。她递给他们一双手，这双手软软的、热热的，传达着温暖和力量。她的笑容像一缕春风，抵达人心，抚慰心灵，把一个生机勃勃的春天都给了你。

明天就是 3 月 8 日了，那是属于妇女的节日，当下，我们更喜欢称它为“女神节”，也有人称它为“女王节”。封自己为“女神”或是“女王”，其实代表一种心境，代表你想活成什么样，或者期待活成怎样。

我又想起她对我说的那句话:“只要皱纹不长到心里去，你就是女王！”

一语既出，我看见天上的月亮突然蒙上了一层金光，像一轮太阳了。我的心，如平静的湖水，被投进了一块石头，泛起涟漪，荡漾开去。我真的被她的这句话感动和触动到了。

这个女人，到底是谁呢?

哦，她是陈默，龙游爱仁和衢州爱瑞口腔医院的陈总，那个可以坚强也可以温柔，可以优雅也可以霸气，可以可爱也可以耍帅，人格独立，思想独立，工作独立，情感独立，没有公主的命，但有一颗女王的心的女人!

送鸡人

昨日傍晚，当我站在阳台上，视线如风，拂过江南这座花园一般的小城的楼房，凝眸而望，沉醉于天边那片绯红的晚霞的时候，我的手机响了起来。

我一看，是佳瑶妈妈，赶紧接起。

“罗老师，我有件事情想麻烦你帮忙一下，说起来又很不好意思。”她用带着安徽方言的、比较拗口的普通话，有些迟疑地说道。

“没事，有什么事你尽管说就是了。”我瞥了一眼天边的云霞，看到对面楼房褐色的墙砖上正映照着一片夕阳的光辉，金灿灿的一个四边形，煞是好看。

“罗老师，是这样的，我有一些鸡卖不掉，已经亏了很多钱了，继续养下去又要喂粮食，会亏更多的钱。你能不能帮我发一下朋友圈，帮我卖一卖？”她的语气怯怯的，又带着一些急切。

“好啊！我这就发。你发我一些鸡的照片，视频也可以。”在那一瞬间，夕阳隐退，墙上那抹余晖也隐了去，我听到了小区里树荫间清脆的鸟啼，啁啾悦耳。

挂了电话，我保存了她发过来的照片，迅速编辑好文字：学生家长，单亲妈妈，独自一人带着三个孩子，喂养的鸡，受大环境影响不好卖，继续喂养下去亏本更多，因而亏本卖 30 元一只，城区送货，有需要的留言哦。发了朋友圈。然后，凭借第一反应，我将相应的信息发到了与我密切相关的四个群（闺密群、“三人帮”群、快乐二高群与龙游作协群）。

随后，一直到今天上午，我陆续收到了一些“订单”。最后统计出来的订单居然有几十个，出乎我的意料。想必，大家都如我一般，心存善念，乐于助人，便下单了吧。

我将“订单”发给佳瑶妈妈，让她今天中午前将鸡杀好了送过来。没想到今天一大早，我才刚起床在吃早餐呢，她便把杀好的鸡送了过来。她说抓鸡要趁天黑才好抓，所以凌晨四点她就起来抓鸡了。

于是我的这一半天，便变身为“专业”的送鸡人，开启了我生平第一次的“送鸡”生活。

芒种已过，端午将至，外面烈日炎炎，天气闷热，我稍微“武装”了一下自己，带上“订单”和笔，骑上我的“小毛驴”，出发了。

我满载着鸡，于街道上穿行，看街道两旁的行道树快速后退，任风吹乱我的头发。我的第一趟行程，是从御园小区出发，由龙翔路至博园小区，到北门农贸市场，去了世纪花园，再骑到荣昌路，返回自己的小区。这样一趟下来，到达 5 处，送了 5 只鸡。

这一趟很顺利，要送的人家，要么居家等待，要么到楼下等我。

第二趟送货之旅，我从自己的小区出发，经过彩虹桥，去碧桂园，然后到金利花园、灵江花园，再到东华社区。

经过小区门卫处，保安大爷见我带着那么些鸡，问我干什么去。我答：“我卖鸡，给人家送去。”“哪里来的啊？这么多。”大爷追问一句。我笑了，回答道：“自家姐姐养的，您要不要啊？”大爷连忙摇头，说：“我不要，家里自己养着呢。”“那我去了！”我加了油门，出了小区。

此时，路上出行的人很少。我快速骑行，一不留神，一袋鸡掉了下去，我赶紧刹车，掉头，回去捡起鸡，继续前行。来到了碧桂园，等美女诗人下来拿鸡。

趁这个空当，我打开手机朋友圈，顺便拜读了一下一位诗人发在朋友圈里的组诗，这期间又接到几个“订单”。我还在家庭群里留言，呼叫我姐姐，叫她赶紧去帮与她住同一小区的母亲大人的天然气卡充一下值。我这母亲大人，时常舍近求远，从千山万水之外给她的小女儿（我）打来电话，让我喊与她近在咫尺的大女儿（我姐）做这事那事。要不就是打我哥哥、弟弟的手机，他们兄弟俩一个在江苏，一个在四川呢，而我父母在我的老家湖北。哎，谁叫我姐的电话老是打不通呢！

等美女诗人的老公下楼来拿走了鸡，我便骑着“小毛驴”，一路送货上门。原本说好想顺便去“叶校”家里看看他那蓬勃葳蕤的多肉园的，因为时间关系，只好作罢。

等我骑过了东阁桥，经过平政路，到达北门农贸市场对面，联系“一二先生”的时候，我猛然想起来：完蛋了，金利花园一同事的鸡忘送了！我的天，我这记性！返回去吗？有点绕啊。只好作罢，想着等送完了下一趟远处的，回家后再去送也不迟。

就这样，我骑车回了家，装好余下的鸡，开始了第三趟送货之旅。这一趟，我将去荣昌路的金矿宿舍，然后去往龙翔路，去阳光水岸和观澜壹号，再转到太平路西路的华西园，最后到达太平东路我朋友的工作室。这样，我的“小毛驴”便一路招摇过市，嘚瑟着，驮着我从城东到城西，到龙游县最繁华的太平路上去凑热闹。

到阳光水岸的时候，我们学校的体育老师徐老师与他的夫人夫唱妇随，去菜市场买菜去了，叫我把鸡放到门卫室里。紧接着，我直驱观澜壹号，一溜烟骑过头了，便折回，至其大门口，等待化学老师叶老师下来拿。这时，在华西园居住的地理老师徐老师已经到了街头准备“接驾”了。

过了一会儿，叶老师怀抱他的二胎儿子走了出来。父子俩一个模子里刻出来的一样，都穿着白色T恤，迎着阳光走过来，那场面温馨和谐极了。有了二娃的周末，叶老师迅速转型为“奶爸”，很专业的样子呃。

告别叶老师，我便火急火燎地驱车赶往太平路西路，与地理老师徐老师碰面。待我到达，将鸡交予徐老师，便匆匆作别，想着还要去送最后一只鸡，然后回家做中饭。

过了一会儿，我便到达了送鸡之旅的最后一站——太平东路的“天歌广告公司”。来到朋友的工作室里，我摘了帽子，脱了防晒衣，坐下来，准备歇一会儿，跟她喝喝茶。

在她优雅、幽静、清凉的茶室里，我坐定，杨岭小姐为我打开电扇，沏好了茶，丹唇微启，笑意盈盈，给我送过茉莉花红茶来。几杯茶下肚，与她摆拍一番，闲聊几句。

待茶水喝饱，我该回家了，家里还有两个男人等着吃中餐呢。

我再次穿戴好“装备”，骑上“小毛驴”，一路风驰电掣，回家了。

此次送鸡之旅，一切还算顺利，唯一遗憾的是，由于鸡不够了，还有金利花园的同事的鸡没能送去，她还等着我送鸡去做中饭呢。对此，我深表歉意。她也很好，对此也深表理解，说定明日再买也一样。

我停了电瓶车，拎起顺路买好的菜，蹬蹬蹬上楼，腾出一只手来翻看手机，看见群里又有几个同事要追加“订单”，看见群里徐立奎老师@我的信息：“罗俊霞，辛苦了。顶着燥热，骑着电瓶车，面记（地方方言，面颊之意）绯红，几近非洲佬，为哪般！”

我不知道我这样做是为了哪般，但其实徐老师懂，所有买鸡的人都懂。

回到家里，系上围裙，正在锅碗瓢盆之间忙碌时，接到衢州汪老师打来的电话：“俊霞，我需要十几只鸡，拿来送人，找个地方喂养起来都可以，想麻烦你明天送孩子时给我送来一下，可以吗？”

心，便在这一刻，觉得更加热了。我想，连同温热的，还有佳瑶妈妈的心。她与我一样，背井离乡，带着对生活的期盼而来，居住他乡，时常得到这里当地人的帮助、关心和支持，心早就在生活的磨炼中变得温软，同时又强大起来。

不过，我比她幸运多了，我工作稳定，生活安稳，不必为生计发愁；我丈夫健在，天地方圆，无论遇到什么事，有男人撑起这个家。而她呢？在几年前便病逝、先她而去的老公，留给她一个尚在腹中的孩子，还有两个只有4岁和9岁的女孩。这样的女人，独自带着孩子，在异地他乡顽强求生，不屈服于生活，与命运抗争，把生活的苦和累全咽进了肚子里，养育孩子，培养她们长大成人……

我，还有什么理由不给她送去一杯温热的茶呢？而我身边，为我，也为她送来温热的茶的人，有很多啊！

你好，罗永树

罗永树是我的父亲，他出生于1949年，奔着新中国的成立，他急切地降临人世。

据父亲说爷爷给他取这个名字，寓意在于永远树立党的信念，活成一棵树的姿态：扎根大地，也耸入天际。可是我的父亲在活到66岁的那年却患了重病，那棵苍劲的大树变得枯朽衰颓。只维持着生命的吃喝拉撒睡的状态，佝偻着背，反应迟钝，不再对外界事物感兴趣。唯有谈起时局的变化，或是与国家相关的事情时，长期萎靡不振、沉默寡言的他突然来了兴致，变得精神抖擞起来，跟我们一阵大谈特谈。

我们兄妹三人都在外省工作，平日里靠家里安装的摄像头观察独居在老家的父母的生活起居情况。昨日，我看见父亲正在给母亲和保姆说着建党一百周年的事，我赶紧到微信群里召集另外的三兄妹，让他们去听父亲的“演讲”。我们对着摄像头，与父亲一起交谈，听他讲抗日战争，讲开国大典。父亲讲到激动之时，还模仿着毛主席的腔调，再现毛主席站在天安门城楼上说的那句话：“中华——人民——共和国——成立了！”

难得见到父亲如此，感觉他的病好像突然奇迹般地好了一样，父亲还是那个乐观开朗、身强体健的父亲。我听着，心潮起伏，思绪万千，自此，关于父亲作为共产党员的一些生活片段浮现在我的眼前……

父亲是一位党员，从我记事时起他就是了。我不知道他是在怎样的情况下入党的，但我从小就知道父亲的身份不一般。

父亲是我们村里的小组长，在村里实行家庭联产承包责任制时，他让组内的所有村民挑选完了田地以后，才把那些剩下的没人要的贫瘠土地收为己有。为此，母亲没少怨责他。所以，在我的记忆中，我家的庄稼总是不如别人家的长势好，加上家里又缺乏劳动力，我家的庄稼收成总是不够填饱一家人的肚子。

不过没事啊，父亲是头脑聪明灵活的人，他善于开拓创新。他把我家房子后面的那一大块薄田挖成了鱼塘，在村里率先养起了鱼。这不仅为我们家增加了一定的经济收入，还带动了村里几户村民跟着养起了鱼。每到放水抓鱼时，村里有小孩子来抓鱼，父亲任由他们抓回家去。村里有孤寡老人或者生病的人，父亲会抓了鱼给他们送去。父亲这样做，完全是一种发自内心的自愿行为，以至于在多年以后，当我从外省的工作地回到故乡时，一些老人还和我念叨起父亲的好来。

我家田地很少，一家六口人只有不到 3 亩的田，所以每年粮食都不够吃。穷则思变，父亲想到了河岸边那些多年以前被洪水冲毁因而废弃了的田地，于是他领着母亲，开始开荒造田。由于被弃置多年，所以那些地荒草丛生，土质流失严重，锄头挖下去，都是大大小小的石块。功夫不负有心人，他们费了九牛二虎之力，终于开垦出两三块地来，其中两块，父亲种上了一些树，一块拿来种庄稼。当时母亲不同意种树，可是父亲认为那两块地在河堤边上，毗邻河床，所以种树有利于防止水土流失，也是防洪之需。父亲做事，在不自觉间便会考虑到别人的利益，而不单单是为了自己。我想，这也是党员的一种素质与精神吧。

作为我们村第八组的组长，父亲总是主动挑起一些担子来，为村民办实事。记得 20 世纪 90 年代初期，村里刚开始实行大棚秧苗培育时，父亲便主动应承下来，在我家边上搭建起实验“基地”。一切事务都由父亲全权负责，进行技术把关和培育管理。为了保证实验成功，对各家的秧苗负责，那段时间，父亲总是起早贪黑，有时甚至通宵达旦地守在大棚里。他要掌握好火候，控制好棚内气温，还要负责观察与记录谷粒的出芽、生长情况。在父亲的精心管理和呵护下，实验成功了，村里各家的秧苗被培育出来，大家喜滋滋地来到我家领取秧苗，对父亲连连道谢。

“作为一名共产党员，就是要全心全意地为人民服务。”这是父亲时常对我们说起的一句话。那时的我们，还不怎么理解这句话的真正含义，也不理解父亲说这话时的复杂感情，那是一种身为共产党员而产生的责任感和骄傲，是作为人民公仆对党的热爱和忠诚。父亲按照党员的要求，满怀赤诚，一心向党，在生活中身体力行，尽力帮助他人，乐于奉献。

我的父亲，他真的就是这样一位共产党员。即便在农忙时节，他也会挤出时间去帮助劳动力缺乏的家庭干活。有时候在干完活回家的路上，他还会顺路帮助妇女和孩童背重物回家。因而在我的记忆里，一直有这样一幅生动的画面：傍晚时分，天边被夕阳染红，连绵的群山之上，一半还是金辉铺洒，一半已染上墨色。山坡上草木葱茏，蜿蜒的乡间小路上，父亲挑着担子，或是背着背篓急急地赶路……

父亲身材瘦小，但在夕阳金辉的照射下，他的身影与天地山川和谐相融，是一幅绝美的乡间意境画。父亲沿路走着，如果哪里杂草丛生、荆棘挡路，他会把它们除掉；如果哪里路坏了，他会修整一番。父亲尽自己所能，默默为村民付出，也为我们幼小的心灵铺了一条路，这条路引领着我们心怀纯善，乐于助人，对生活充满热情，以昂扬积极的姿态行进在人生路途上。

父亲是那种典型的温和慈祥而又吃苦耐劳的父亲和农民，但他又不是传统意义上的父亲和农民，他看问题，从来都能够高瞻远瞩，他热爱党和国家，他相信知识改变命运。科学技术是第一生产力，所以他一直很注重对我们的教育。他说过，即使砸锅卖铁甚至是卖房子也要送我们读书，他想把我们培养成品学兼优的好孩子，为国家建设添砖加瓦。他为我哥哥和弟弟分别取名为“罗建新”“罗洋”，希望哥哥能学有所成，致力于建设新中国；希望弟弟所学知识浩瀚如海洋，希望他的人生之路宽阔如海洋。

虽然父亲只是一个拥有小学文凭的人，但是他自有他的大智慧和大见识。对于教育培养儿女的事情，他一点也不含糊。在那样艰苦的环境之下，他硬是把我和哥哥都培养成了大学生，哥哥也沿着父亲的道路，加入了共产党，跟父亲一样乐于助人、无私奉献。我哥在他工作的地方被评为劳模，他利用休息时间，自愿为学校种花护草。他花钱费力，为校园打造出花海，为学校种下一棵棵树。他兢兢业业对待工作，热心帮助同事。他传道授业，做好人类灵魂的工程师。

哥哥所坚守的，既发自本心，又来自父亲的言传身教。耳濡目染之下，我哥哥真正成为共产主义的接班人。

父亲秉承中华儿女的优良传统，拥有老一辈共产党人的精神。他时时给我们煨一些心灵鸡汤，为我们的心灵拂去杂尘。他喜欢看书，喜欢和我们谈论马列主义、毛泽东思想和邓小平理论。他感恩党感恩国家，他关注家乡的发展和社会、时局的变化，他总是给我们讲一些大道理，也喜欢结合生活细节给我们讲一些人生哲理。比如在烧柴火时，他会告诉我们：“人要虚心，火要空心。”在炒菜时他会讲，“油多火大盐均匀，凡事要掌握好方法，把握好度。”

记得2016年我的散文集《心河》出版以后，暑假时我把书带回去给父亲看。因病重住院的父亲要我把他扶起来。他强撑着身子半躺着，手捧着书，拿出老花镜认真地读，还骄傲地告诉临床的病人及其家属：

“这是我幺姑娘写的书，她在浙江一所高中教书。”可是父亲读着，没翻几页，竟睡去了。我守在病床前，眼泪忍不住在眼眶里打转。父亲曾经那么喜欢看书啊，他曾经一个晚上就可以读完一本书的。父亲还是坚持在住院期间翻阅完了我的书，读罢，他用含糊不清的话语告诉我：“写作时，眼界要开阔一些，心里要装着一个‘大我’，装着家国……”天啊，这样的写作要义，仿佛是一位高深的学者所说的呢。

我的父亲，就是这样一位了不起的人。作为父亲，他绝对是一位优秀的父亲；作为一名普通党员，他合格吗？

你好，罗永树！您知道吗，天底下有多少跟您一样的共产党员，他们正迈步在新的人生征程上，进行着他们这一代人的长征！

表叔

我的表叔，是我们村的村主任。

说来惭愧，平常我一般不会想到表叔，可是当我家有事情或者近几年我回到老家的时候，我就会想到他。他是目前我在老家的村子里唯一最亲近和信任的乡邻。

一晃，我离开家乡到外省工作生活已经19个年头了，当我与那个生我养我的村庄和那些乡邻渐行渐远、印象渐模糊的时候，表叔的存在，着实加深了我对村庄和乡邻的印象。

在我们老家，表叔、表伯一般是对与父亲同辈的男性乡邻的称呼，并不一定与父亲有血缘关系。至于乡邻之间的辈分是怎么区分出来的，我想，大凡一个村子的人，或多或少都是些沾亲带故之人。要论我们家与表叔家之沾亲带故，我得这样说，我的表叔是我初中好友的堂姐夫，是我姐姐小学时的同学。不管怎么说，就现在而言，表叔是我们几兄妹的朋友，有时他就像是我的亲人。

每逢暑假或是寒假，当我回到故乡小镇时，我的生活就与表叔有了关联。起先是我家的老房子拆了，要另建新房，由于父母已经年老体弱，我们家四兄妹又都在外面工作，缺乏人手来做这样一件大事，所以我们决定让表叔帮我们家造房子。虽然那时表叔就是干这个行当的，但是我们交给他做感到放心。等房子造好以后，我和哥哥暑假回到老家，想着怎么装潢的时候，表叔说道："如果你们放心，交给我来给你们装潢，只需要10万元，我保证把你们三层楼都装潢好，材料由你们自己选。”我当时听了，觉得有些不可思议，当真这么大的房子装修只需要10万元？表叔一再表示没有问题之后，我们便把装潢的事全权委托给了他。

表叔手下有一拨建筑工人，各路工人分工合作，没多久，我家的房子便装潢好了。当然，10万元的装潢不可能有多好，但我单数了一下家里所需的门，除去三层楼的客厅所用的铝合金或玻璃大门，就还需要18扇木门，如果我们自己去店里购买那样的木门，需要500元一扇，单是买这些门，我们就得花9000元。所以至今，我依然觉得表叔作为生意人，是凭着力气、智慧和良心在赚钱的。我们村里的很多楼房，都是交由他去打造而成的。

所以，表叔是我们村的包工头，不，应该是建筑师。现在，我们暗地里称他为我们主坝村的“首富”。

作为村里“首富”的表叔有钱，但他不张扬。他没有像农村里有的暴发户那样，一旦有了钱，便各处显摆起来。表叔开着十几万元的越野车，穿着朴素，住着跟大家差不多的楼房，村民有事相求，他必定热心相助；村里人有些隔阂矛盾什么的，他都能帮忙化解。这样，他得到了村民的信任，不知从何时起，他成了村委会成员。

近几年里，我的村庄发生了翻天覆地的变化，整个村子变成了镇里的新街区，原本的田园上很多新楼房建起来，沿河修了河堤和步行道，我们村与另外两个村连成了一片。政府又在环境美化和文化建设上下了功夫，使得我们村成为全国的美丽乡村之一。

每当我回到故土，看着这些变化，便欣然感慨：我的家乡真是建设得越来越好了！这，除了要感谢党和国家，就得感谢我们村的村干部了。我向来不关心政事，可我跟表叔在一起的时候，我会问他一些村里的规划、发展情况，他会告诉我村里正在做什么、将要做什么。几年前我所渴望的河边游步道今年已经修好，我憧憬着以后河边别墅或是庭院式的楼房可以修起来，希望我们村在绿化、美化等环境建设上有更大的改观，期待孤寡、空巢老人老有所养，那么多身强力壮的年轻人不再背井离乡，只有出去打工才是出路。我想我的家乡有产业，至少，足够养活村里人。

表叔作为村委会的得力成员，我想我们村的现在，包括未来，应该都掌握在他和另外几位村干部手里。他们是我们村发展的领头人，是在我们村的建设发展中具有承前启后作用的中流砥柱。我把我热切的希望寄托在他们身上，也寄托在我的父老乡亲身上。

今年暑假回家，表叔在做我们的司机兼导游的时候，和我谈了一些关于加强村子建设的想法，说到农家乐的建设、天然游泳池的打造和茶叶生产的发展，谈到街道的整体美化和沿河游步道的完善。我跟他说起我所在的工作地浙西地区城乡的发展和打造情况，他谈到政府财政实力和村里精壮劳动力只能出去打工才有出路的问题，说起自己与村干部外出考察学习时所见的“盛景”……

虑及乡镇发展，表叔的眉头皱了起来。但我看见，表叔的眼里分明闪着光。我有理由相信，如果表叔做村干部，我们村会越来越好。

表叔带着我们在乡镇各处兜兜转转，说我们想去哪里，他就带我们去哪里。他一边开车，一边跟我交谈，叫我以后每年多回家乡看看玩玩，多带朋友回家乡玩，为家乡作一下宣传。他说如果能够引荐人到我们小镇去投资办产业，那就好了。他对我说道：“你看，我们这里山清水秀，地理环境这么好，物产也丰富，可是为什么留不住人呢？也有人曾到我们这里考察，然后投资办厂，可是办不起来啊！一是劳动力都流向了大城市，二是在我们这里办厂，因为地处偏僻的鄂西南地区，交通运输不是很方便，投资成本就会增加……”

哎，我听着，一声叹息，默想：我这弱小无能的游子，怎能承担起如此重负？可是我真的希望我那千山万水之外的故乡小镇，能够发展得更快、更好。

表叔在一天时间里，带我们去了5个地方。那天天气炎热，他不辞辛劳地开车，给我们准备好了矿泉水，在一农户家里给我们安排好了午餐。每到一个地方，他都做向导，要么介绍，要么为我们在荒草丛中开辟道路。表叔乐此不疲，带着我们观看了杨家坡的万亩茶园、乌泥河的峡谷、小河乡的水杉树群与“水杉王”、黄桶岩的悬崖绝壁。在那户农户家里，我们到溪水里洗衣服、洗头，我们吃到了柴火灶里的烧苞谷、正宗的土家腊肉枞树菌火锅、肥肉炒渣海椒（老家特色菜），还有从菜地里刚采摘回来的各样菜蔬。随行的一朋友，还买了一件“古董”——手工编制的小竹筛。

表叔带我们走过的地方，基本上都是我们小镇有代表性的天然景观，既让我们真正地走进了自然，真切地领略了小镇的自然风光，也让我们感受到了民风民俗和饮食文化，让我和随行的朋友加深了对我们小镇的了解。说实话，作为小镇里长大的人，我还是第一次这么深度游玩和了解我的小镇。

最要紧的事是，一路游玩下来，表叔给我们拍了很多令我们满意的照片，还有视频。要说给我们这样要求高的“作女人”拍照，那是难度很大的事情。平常我们几个女人凑一起拍照时，时常开玩笑要求我们的“摄影师”：“你只需要把矮的拍高一点，胖的拍瘦一点，黑的拍白一点，脸大的拍小一点就行了。”你可以想象，表叔给我们拍了将近一百张照片，需要费多少心力。记得走在黄桶岩的绝壁凿道上时，我要求表叔为我拍一段贴着悬崖绝壁小心行走的视频，需要拍出惊险的感觉，最后还需要扫一下全景，以凸显黄桶岩壁立千仞、雄奇险峻的特点。另外还有一个视频是我和女友从陡峭狭窄的石阶上沿着崖壁向下走，走到平坦处对着深谷唱山歌的情景。两个视频各自都拍了三四遍吧，最后的效果当然都是令我们满意的。我不知道当时表叔是怎样想我们这些“城会玩”的，但我可以根据一般的中国男人的心理来猜想，他的内心应该是崩溃的。可是表叔不厌其烦地为我们拍，脸上带着笑，他那山里人特有的小麦色皮肤泛着光。

表叔确实是一个好向导、一位热心的乡邻，一位以热忱态度欢迎游子返乡的村干部。

其实，表叔还是一位帅气的土家族汉子。

表叔年至50岁，眉浓，双眼有神，鼻梁挺直，皮肤小麦黄、偏黑，身材笔挺，胖瘦适中，没有一般中年男人标配的大腹便便与发福后的臃肿身材，也没有秃顶和白发，看上去仍是一头浓黑的头发，加上理着平头，看起来显得更精神、干练。当我们在杨家坡山顶上的亭子里小憩的时候，表叔俯身仔细地给我们擦座椅上的灰尘，那时，我看见一束金色的阳光照射在他的身上，向上延伸到鼻梁、发梢，在那一瞬间，我觉得表叔好帅！

我是来自大山深处的鄂西山区的孩子，那里是土家、苗族儿女的聚居地，我们小镇的人，以土家族为主。因为早已汉化了，所以以前我并未发觉我们少数民族与其他地区人的区别，直到近几年我返乡，当我仔细去观察故土的山里人的时候，我才发现迥异的地方。在肤色上，土家族汉子以被太阳晒过以后的黄黑色居多，看起来健康、阳刚；性情上，大多热情、率直、豪爽。除此以外，他们身上所拥有的吃苦耐劳、敢拼敢闯，与命运对抗的坚毅、执着的精神，还有山里人特有的那种干劲与豪情，体现得尤为明显。我知道作为我的乡邻的青壮年人，甚至一些老年人，他们都奔波在外出打工的汹涌大潮之中，背井离乡，离开父母和孩子，到大城市里去打拼。这成为他们养家糊口或是致富奔小康的主要方式。而像我表叔那样因为各种原因停留于家中求生立业的男人是很少的。表叔以他特有的智慧、才干与识见，在老家发现了生存、致富之道，扎根乡土，为老百姓解决实际问题。

所以，每当我的父母有什么事的时候，比如我们给父母寄包裹、生活费，甚至是父母忘了带钥匙，水龙头、灯泡坏了等小事情，都得麻烦表叔去帮忙。这时候，表叔更像是我们的亲人，若不论辈分，他更像是我们的大哥一样。

有这样的表叔，是一种幸运吧。

写到这里，我突然想起《红灯记》里的那段歌词来："我家的表叔数不清，没有大事不登门。虽说是亲眷又不相认，可他们比亲眷还要亲……"

有这样的表叔，真是一种幸运啊！

阵亡

当我四仰八叉地躺在墙角，做着无谓的垂死挣扎的时候，我知道我的命数将尽了，我的背部被一股强力吸附着，嘴角淌出一滩血来。

此时，我已精疲力竭。我闭上眼，想我这一生，也算戎马疆场，征战无数，风光无限。年轻时，我曾带领家族老小迁徙各地，住过村寨农舍，也住过城市豪宅，享尽人间美味，也尝尽了世态炎凉。

我与兄妹几人都出生在乡下一间黄泥屋里。这黄泥屋内独居着一位80多岁高龄的老奶奶，她原本与4个儿女一起生活，但孩子们长大以后各自离家就业，到不同的城市立了足，因此家里只剩下了她。她虽然年事已高，但身体健康，耳聪目明，干起活来连她那城里回来的儿子都比不过，走起山路来更是脚下生风，令儿孙辈自叹弗如。

她自种庄稼，收成丰富。于是我们一家子就跟着她过上了殷实的生活：大米、玉米、红薯、花生等是我们的主食，橘子、柿子、板栗等山野果实是我们的零食。我们最喜之物还是花生，母亲惯着我们，便时常去老奶奶存放花生的蛇皮袋里掏出一些来给我们吃。那位老奶奶把装花生的蛇皮袋放在电视柜里，想着等过年时儿孙回来了炒给他们吃。到了年底，等她去打开袋子时，才发现袋子已经瘪了不少，口袋上还有一些破洞。她骂了几句，也并不生气，她心里一定明白，她孤单的生活是因为有了我们的陪伴才有了一些生气。那以后，她在装食物时甚至会刻意留一小袋不扎带子，以方便我们享用。我们窃喜不已，得寸进尺地把她老人家收藏的东西吃了个遍。

我们在绿水青山的环境中，吹着山风，呼吸着新鲜空气，过着自由自在的幸福生活，被这些生态食物滋养着而茁壮成长。

可是好景不长，后来，这位老奶奶终究还是被儿女接进城里去住了，人去屋空，一夜之间，我们成了无食可觅、四处流浪的乞儿。父母只能带着我们东奔西突，辗转于村舍的其余家庭乞食。可是我们再也遇不到像那位老奶奶那样善良慈祥的主人了，我们时常处于被驱逐和被捕杀的命运之中。

我们的命运从此发生了改变，不仅居无定所，食难果腹，连生命安全也受到了威胁，实在是惶惶不可终日，狼狈不堪。

这样的日子持续了半年左右，我们迎来了生命里程碑上另一件重大的事情。我每天在村子里东游西逛，发现了一件很奇怪的事情，似乎只是在一个月时间内，整个村子的人都搬走了。后来，我看见村干部、县领导不断前来，不久他们又带来一位从上海来的投资商，他们在村子里四处察看，讨论和规划着什么。后来我们打听到，原来这个村庄的人被整体迁移了，他们计划在这里打造山间民宿。没过几天，施工队来了，他们开始挖土、修路、拆墙、改建，我们再无栖身之地，陷入绝境。

无奈，我们只得举家迁徙。那时我已经长得身强力壮了，父母已至风烛残年，他们便将家里大小事务交给我做主。我愁眉不展，茶饭不思，经过几天几夜的深思熟虑，决定带领家族成员迁到城里去居住。做出如此重大决策，我是基于如下几点考虑：一是城市楼房多，能保证有住处；二是城市人多，能保证有吃的；三是城市人素质高，或许能与我们和平共处。

家族存亡，在此一举，说走就走，我一声令下，率领着家族老小，组成一支浩浩荡荡的队伍，连夜赶路。我们风雨兼程，风餐露宿，经过几天几夜的跋山涉水，在体力耗尽之时终于到达了县城。经过“创文”“创卫”评比过后的城市干净清爽，果真是美丽宜居之城。

经过一番仔细挑选，我们选定了一个楼房林立、环境优美的高档住宅小区。再经过好一番思量抉择，出于对保全家族势力的考虑，我决定将家族成员兵分三路，各自择主入户。我带领着母亲妻儿入住了一户顶楼的大套房。

这套房子装修一新，一年到头门窗紧闭，并无人居住。我们顺着烟道爬进了那户人家，在沙发底下安置了窝。这里只是我们的住宿和休闲区，我将饮食区设在这户人的邻居家里。两家客厅的空调口，便是我们自由出入的通道。那邻居家有个小孩喜欢吃零食，而小孩的妈妈是位能干贤惠的家庭主妇，她时常会搬运回一些食品，又喜欢烹饪，所以他家的茶几上、厨房里和储物间内时常堆满了好吃的东西，这不仅保证了我们的一日三餐，还给我们提供了五花八门的休闲零食。

白日里，那一家三口上班的上班、上学的上学，我们便自由出入他家客厅、厨房、书房以及其他房间，总能找到各种食品。虽说是自由出入，可是我们总得长个心眼多加提防，所以每次出动，我总是走在最前面，先探头探脑侦察一番，待确定绝对安全以后再示意妻儿一起出动，来到邻居家。

我们找到喜欢吃的东西，便拖进他家沙发底下，等积累得差不多了，再尽情享受，并把当时吃不完的存放起来，有的东西吃多了就吃腻了，我们便想着寻觅一些新鲜品种来尝一下。有一阵子，我甚至对女主人晒在阳台上的红红尖尖的东西产生了兴趣，一口咬下去，感觉它辣辣的，刺激着舌头，别有一番味道，便把这个推荐给妻儿吃，它们吃了也一致认为这味道不错。可是当我把它带给老母亲吃的时候，母亲把我骂了，说我连辣椒也敢吃，会遭报应的。不听老人言，吃亏在眼前，吃了几次以后，果真我身体的局部就遭受了惩罚，我在“大厕”的时候感到好一阵火烧火燎，疼痛不已。有一次，我还品尝了榴梿、巧克力和咖啡，甚至偷饮了一小口女主人没有喝完的红酒。各种美食、美酒一一尝过，我咂吧着嘴，羡慕人类饮食的丰富美味。

有时，我也组织一场小型的“Party”，邀请亲朋好友过来欢聚一下。我们喝着小酒，吃着美食，唱着歌，跳着舞，好不嗨皮。不过，这样的“Party”我是放在我建造的会所里举行的，我的会所设在邻居家一间房的床下面，那间屋子为杂物间，主要用于堆放食品和女主人冬天穿的衣服。一般情况下，这间屋子很少有人光顾。

就这样，我们在城市楼房里过上了吃住无忧的富足生活。可是幸福的时光总是短暂的，没过多久，女主人在打扫卫生时发现了沙发底下我们留下的粪便。还有一次，当我们正在举行宴会时，女主人突然推门而入，她听到了我们在床下面制造出来的吱吱呜呜的声音，吓得一声尖叫跑了出去，然后锁了门。这一次，她准确地知道了我们的存在，便迅速地报告给了她的老公，并督促他立马采取清除行动。

男主人得命，立即执行任务，他为了查清我们的踪迹和数量，便在一些主要过道上撒上了面粉。我们不知主人阴谋，还傻傻地以为是主人好心给我们投放了新鲜食物，便乐滋滋地舔上几口，当然，也留下了我们深深浅浅、大小不一的脚印。男主人下班回到家，俯身细看，推断出我们的大致数量，便上网买了奇效药来，投放到了屋子的各个角落。他不知道，我们是经久沙场之聪明物类，嗅着那些粉末散发出来的异香，我们就是不靠近。可是母亲大人老眼昏花，竟然误食而亡。全家人沉浸在悲伤之中，也为未来发着愁。

几日下来，男主人只收获了一个战利品，有些失望，便改变了策略，对沙发底下、床底下和阳台角落等各处我们可能藏身的地方进行了一次大扫除，捣毁了我们的安乐窝，并堵住了空调口和网线口。我们只好灰溜溜地撤回隔壁无人居住的房子里，顺着烟道和下水道，到同单元其他人家里去寻找食物。

这样一来，食物来源不再那么稳定了，但所幸我们还算居有定所。可是不久又有坏消息传来，出去侦查的小弟回来报告，说小区物业要采取大扫荡行动，打算彻底消灭我们。这不，春节将至，逢举国阖家团圆之时，我们将何去何从？我不禁陷入了深深的忧虑之中。

三天三夜，我辗转难眠，苦思冥想，也无心出去觅食。小年夜那晚，这江南小县城终于下了今年的第一场雪，我听到人们的欢呼声和外面孩子打雪仗的声音，就在那时，我突然冒出一个妙计来：三十六计，走为上策。

于是，趁着那个天地之间飘着纷纷扬扬大雪的夜晚，我召集所有家族成员，当然，此时的家族成员数量已有明显减少，虽然有新生代增加，但有不少前辈已死于非命。

我把家族新的居住地选在郊区的一所学校里，食堂、办公室和宿舍楼都是我们可以安身的地方。我领着妻儿，经过仔细的侦查和筛选，住进了一楼的一间办公室里。那时正值寒假期间，全校师生放假，办公室正是无人区。

这间办公室我非常满意，墙上贴着字画，桌上整齐地摆放着各种书籍，老师们还养了花草，整个环境舒适典雅，具有浓厚的书香气息和文化氛围。当然，我们选择栖身在这里的原因不在于此，而是我发现这间办公室的老师们将一些食物留了下来。经过一一巡查，我发现老师的办公桌上几乎都留下了一些未吃完的食品，比如右边第一位老师的办公桌上有没吃完的面包 3 片、红薯片小半包、瓜子半袋；左边第一位老师桌旁水果箱里有橘子、猕猴桃、橙子等；第三位老师的办公桌上有一袋礼盒没有拎回家，里面有各样干果。

于是，我们一家几口在这里度过了一个美好而幸福的春节。除夕那天，我们饱食了美味大餐，夜晚，我们还举办了一场小型的“春晚”，各自表演了节目，相互赠送了礼品，然后美美地睡了个觉，睡到自然醒。一直到正月十四，我们都还沉浸在春节吉祥热闹的气氛里，与人类同欢。

谁知到了正月十五那天，师生返校，我们的好日子也就到头了。元宵节那天，返校的老师们开始打扫办公室卫生，整理办公桌，我们的行踪不可避免地被发现了。都怪我那懒散的妹妹和年幼不懂事的儿子，他们把嗑过的瓜子壳扔在了第一位老师的办公桌里，害得那位女老师好一阵打扫，还洗洗刷刷，喷酒精消毒。可是在那以后的几天时间里，我们依然心存侥幸，白天藏在洞里，等夜晚他们离校回家后，我们又钻出来满足口腹之需，并不可避免地留下了一些痕迹。

这样，我们招来了杀身之祸。正月十八那晚，一位老师去学校总务处找来两张“强力胶”，放在了办公室角落里，并且在上面撒上了一些瓜子。

是夜，我依然按照固定的时间，于夜间 10 点 30 分，沿着门缝顺利地溜进了这间办公室。进得室内，我捋着触须，睁大眼睛，时而前进，时而匍匐着观察，一切都悄无声息。到了角落里，我瞥见了那些瓜子，我吃过这样的瓜子，皮薄、颗粒大，再香脆不过，我的嘴里唾液涌动，跃了过去……

是的，我是一只老鼠，正当壮年，阵亡于此。阵亡时间：2024 年 2 月 28 日，正月十九，8 点 14 分。

生孩子那点事

儿子作为一粒小种子，扎根于我的土壤的时间，是在我和他爸爸的新婚之夜。儿子的性子比较烈，我怀疑跟他爸爸那时喝了太多的烧酒有关。

那粒小种子偷偷潜入我的地盘，攫取营养，自在生长。可是它能吸取到的营养也不多，因为它寄生的母体是个偏食严重的女人，她能吃的荤食，只有猪肉、鸡肉、鸭肉三种。而且她一直忙于上班，担任着两个班的教学工作，并无多少精力用在它身上。小种子尽管有些不满，但也无可奈何，它饥一顿饱一顿地长大了，决定提前两个星期溜出去看世界。那位小个子的女人成天带着它，挺着圆滚滚的肚子奔忙，它也有些于心不忍。

在它准备溜出去的前一天，那位女教师在上午上课时就感到肚子隐隐作痛，可她并没当回事，继续上班。到了下午疼痛感更加明显了，办公室同事提醒她去医院检查一下，她这才去了医院做了检查。结果医生告诉她：赶紧住院，估计宝宝要提前出生了。她这才忙不迭地回学校请了假，给班主任和科代表交代清楚了工作，然后回家收拾东西，在丈夫的陪同下去了医院。

到医院住了一夜，她肚子的疼痛不断加剧，可是宝宝反倒安静得很，不像以往那样手舞脚踢地打闹了。直到第二天上午，阵痛袭来，揪扯着她不放手。她忍住痛，尽量不发出声音。跟她同病房的孕妇痛得龇牙咧嘴的，不断叫喊着，先她一个小时进了产房，她听见产房内传来那位孕妇更加痛苦的哭喊声，不禁有点纳闷：有这么痛吗？这时她想起一位女同事说起自己生产时，把老公骂了个痛快，说骂他的声音都从龙游传到溪口了。这样想着，她不禁笑了。可是疼痛感依然一阵紧似一阵袭来，像海潮的涨与落，不停歇。

终于，她被转移到了产房里。小种子用尽全力撑开厚实的土层，探头探脑地钻了出来。嗨，那时的他像只大老鼠，全身红红的，四只爪子上蒙着一层皮，手指尖尖的，脑袋尖尖的，头发倒是浓密漆黑。

当终于卸了重负，听到他哇的一声脆响，他的妈妈笑了。虚弱的她侧脸看了一眼他，第一感觉是：怎么这么丑？然后，她流下了包含复杂心情的泪水。这时，只听助产医生说道："是个小鬼头，49 厘米，5 斤 7 两。"

那是 2005 年 10 月 14 日 14 点 40 分。我的儿子降临人间，与我正式确立了母子关系。

那时，产房外站着我的母亲，她伸手接过小外孙，乐得合不拢嘴。我被护士从产房推回病房，那时我的老公因为太过疲惫，居然躺在我的病床上睡着了。由此可以推知，我儿子淡定从容的性格，一定来自他爸爸的基因。护士让我自己挪到病床上去，力气已经耗尽的我再无半点力气做这样一件简单的事，只好由老公把我抱到了病床上。

我躺在病床上，闭上眼休息，身份由孕妇转为产妇和妈妈。可是我还没有找到当妈妈的感觉。那小家伙躺在我的胳肢窝里，安静地睡着，并不理我，也还不需要我喂奶。那时，我也还没有乳汁。

到第三天，等我乳汁丰盈的时候，他才与我建立了肌肤相亲的感情，像个小猪崽一样日里夜里在我的怀里拱来拱去，可我的伤口还疼着，我被迫地，无师自通地当起了妈妈。

我真羡慕小生命的状态啊，吃喝拉撒睡便是他每天的职责，除此以外，他还喜欢练嗓子，每到夜深人静的时候，整个医院上空就回荡着他尖利响亮的乐音，他“弹奏”的音乐，比其他孩子的都要激越。我想，等他长大以后一定适合弹奏《加勒比海盗》钢琴曲。不承想，等他长大以后，他喜欢上了弹吉他。

当他在尽情地“弹奏”曲子的时候，一家人便收到了信号，立马行动起来。他这时就获得了从婴儿床上躺到我身边的资格，我以一种别扭的姿势，有些害羞，又有些自豪地给他提供生命的源泉。

在住院的那几天时间里，我每天的主要职责便是喂奶和忍受伤口的疼痛。束缚在床上的日子，我眼巴巴地盼望着出院。到第五天时，我觉得自己身体已无大恙，孩子也一切正常，便申请提前出了院。

回到家里以后，我继续担负着母亲的使命：喂奶、陪睡、换尿布和哄逗，一天到晚下来，累得腰酸背痛。这小家伙胃口好，消化系统也好，一天里换尿布的次数都记不清有多少次。孩子的奶奶也从老家赶过来了，和孩子的外婆分担着家务。孩子的爸爸下班回家也帮衬着，一家人为这小生命的到来忙得团团转。

到出生后十几天的时候，儿子黄疸严重起来，不得已，他被送进了医院的保温箱里，过了 7 天，黄疸才消退了。那几日的白天，我不得不接受母子分离的事实，一个人待在家里，躺在床上做着各种猜想，担心不已。胸部又发胀，我拿了个脸盆接着，挤奶，一天至少要三次。喷泻而出的细线，流淌成一汪乳白的泉，铺满了盆底。这是多么神奇的事情啊，一个新生命的到来，要让女人的身体发生那么多奇怪的变化。有很多妈妈，还得留下蚯蚓乱爬般的妊娠纹、皮肤被撑大又缩小后造成的松弛，还有一道因剖腹产留下的疤痕。

到了傍晚，儿子被抱了回来，由吃奶粉改为吃母乳。他像是饿坏了似的，吃奶时一点都不婉约，制造出吧唧吧唧的吮吸声和大口吞食的喉音，多余的乳汁顺着他的嘴角流出来。回到妈妈的身边，他像受尽了委屈一样，紧挨着我，小手搭到我身上，生怕再分开。我稍微离开一下，他就要哭起来。

那次住院期间，孩子的外婆与奶奶，在医院因为一块肥皂被泡在水里的小事而发生了争吵，并且吵闹从医院持续到家里。据说在医院时，两位长辈因为各自觉得自己有理，吵架水平又不分上下，所以吵起来以后医生、护士拦都拦不住。等回到家里以后，她们又因各自想要得到我和我老公公正的评判，争吵便继续，并有了升级，最终，难断家务事的我们只好把孩子的外婆关在房间里，让孩子的奶奶留在客厅里。可是，她们隔着门板继续吵。中老年女人吵架的事，绝对可以作为一个课题来作专门的研究。

这样，孩子的外婆便赌气回老家了，换了孩子的大姨过来帮着照顾我们母子俩。她们忙于在医院管孩子，在家里的我便没人照顾了。

到孩子 20 多天的时候，医院检测出孩子血液感染，需要住院。这一去就又住了 8 天。那时，他已经有了自己的思维意识，不愿意待在保温箱里，所以一被放进去，便四肢乱踢，哭得稀里哗啦的，奶奶在旁边看着心疼得要命。

而我一个人在家里，时常处于无人照顾的境地，不得已有时得自己做饭吃和洗衣服。中国式坐月子的各种讲究，我是无福享受了。

等孩子回到家里来，他的生物钟与我们大人通常是相反的。夜里十点多，他爸爸下班回来时，正是孩子玩兴高的时候。已经疲惫不堪的我就把哄孩子的事交给他爸爸了。他爸爸不得不陪孩子玩上好久，等好不容易把孩子哄睡着了以后，孩子又三番五次地惊醒过来，便要吃奶，或是尿尿、拉臭臭，我们不得不起身一一料理好。

有了这个小生命以后，我吃饭时的动作通常是左脚蹬着一只凳子，把宝宝放在左膝盖上，用左手抱着，右手拿着筷子吃饭。有时吃着吃着，突然感到膝盖上一热，或是有特殊气味传来，我便放下碗筷，赶紧解开尿布，处理那些黄色的液体或固体。对此，我已司空见惯，毫不嫌弃。等处理好以后，手一洗，照常吃饭。等宝宝大一些会自己蹲着拉臭臭时，有时我们正吃着饭呢，突然看见他为地面点缀了一朵一朵黄色的“棉花”，便用卫生纸包裹住，一朵一朵捡起来扔到马桶里去。那东西手感柔软，冒着热气，用他奶奶的话说：像刚出炉的包子。

到孩子满月那天，我如释重负，心情大好，觉得迎来了生命里的艳阳天。那时，儿子已长成了小胖墩，手腕处和大腿上都有了“藕节”。我感觉一身轻松，便着急洗了头，要去屋外溜达一下。其实吧，中途我也洗过一次头的，我实在忍受不了自己每天顶着一头又脏又乱的头发，身上散发出由奶腥味、尿骚味、便便味混合而成的酸臭味了。我换了外套，下了楼，走到门外，想要走到街边去买点想吃的菜回来。没想到迈开步子时，才感觉到身上乏力，头重脚轻的，像踩在棉花上走路一样。我就那样迈着奇怪的步子，坚持走了一段距离，买了菜再走回家。我要向外面的空气和阳光宣告：从此我是正常人了。

那一粒小种子既然发了芽，我就得陪着他一起长，直到根深叶茂，长成参天大树。

我想到我的母亲生育我们四个孩子时，家里条件不好，母亲吃不饱穿不暖，依然把我们生下来并尽全力哺育我们，让我们健康成长。母亲说，快生我的时候，她正在溪水边洗粽叶，准备回家包粽子时，突然肚子痛了起来，于是赶紧走回家躺到床上。等父亲去请来镇上的接生婆赶到时，我已经迫不及待地降生了。

我婆婆说她生我老公时，自己拎了个大脚盆，拿了把点燃白酒消了毒的剪刀，到卧房里做了自己的接生婆。她说，叫我公公剪脐带时，公公因为害怕而迟疑着不敢动手，她便一把抢过剪刀，咔嚓一声剪断了脐带，打了个结……

我大姑子怀第三胎时，在异地他乡的出租屋里，带着两岁的二女儿，每天干着各种家务活，还要帮忙照顾我的儿子。到临盆时，刚走进产房孩子就出生了，要是晚几分钟，孩子恐怕要掉落在走廊上了。

我姐姐生第二胎时，是37岁的高龄产妇，而且前一年做过子宫肌瘤手术，还血糖偏高。整个人全身都是肿胀的，身高一米五的人，体重达到160多斤，走路都艰难。生孩子前一夜，医生把姐夫叫去签了协议，预估了各种可能。所以当小外甥被抱出产房送到门口时，我们的第一反应便是赶紧看看他是否畸形，发现一切都正常，这才舒了一口气。没想到被转移到病房里后，姐姐很快出现了供血不足的问题，必须输血和补充蛋白质；孩子也因缺氧导致面部发紫，必须送往保温箱进行紧急抢救。所幸后来一切都转危为安。

人的出生，历来都是一件大事。当生育这件事来临时，再柔弱的女子，也会展现出为母则刚的特性，为生命的代代相传而坚忍面对。而养育孩子，则是需要付出一辈子心血的事情。天下的母亲，一直在书写着一部厚重的书。这本书，或许父亲们并不全懂。

越过万水千山

那一年，我拖着行囊，告别父母和家乡，踏上东去的列车，一去不回头。彼时，我踌躇满志，意气风发，没有离家的不舍，以为此一别，便越过万水千山，从此开始了自由翱翔的人生。

倒是门口的那两篷胭脂花开得热火朝天，顶着无数细密的小喇叭，红的、白的，热热闹闹地挤在枝头，为我吹奏着送别的歌谣。

2003 年，我大学毕业以后，应聘到浙江省西部龙游县一所高中任教。我的他，先于我两年到这所学校工作，我们以双向奔赴的形式，选定龙游二高作为据点，在龙游县成家立业、安身立命。一晃已是 20 年时光了。

我们与家乡隔着 1000 多公里的路程，隔着万水千山，隔着曲曲弯弯的漫长铁轨与公路，列车载着我们，或离乡，或归乡，在一次又一次的出发与到达之中，父母老去，乡亲疏离，家乡变成故乡，他乡变成了第二故乡。

那时，交通工具是大巴和绿皮火车。那是我第一次离开家乡远涉省外之地，也是我生平第一次乘坐火车。我的家在一个小镇上，要坐火车，得先坐城乡汽车到达利川县城，再从县城乘坐长途汽车到达武汉，这期间大概需要 12 个小时。然后再到武昌或是汉口火车站乘坐绿皮火车，经过 12 个多小时，到达衢州火车站，再乘汽车至龙游县汽车站，然后再换乘城乡汽车，到溪口镇的溪口中学（龙游二高由湖镇中学和溪口中学两所高中合并而成）。

这样一次出行，长途车程时间超过24个小时，再加上候车、转车的时间，大概30个小时。一路停靠不同的站台，离家越来越远，此一去，不知前途如何，不知会是怎样的生活在等着我。从鄂西到浙西，从一个小镇到达另一个小镇，其中有宿命的味道。火车做了媒，在千山万壑之间拉起一根长线，把我和未知的远方连接起来。

还清楚地记得我在武昌火车站候车时的情景。到了火车站，得先去售票口买火车票，侯票厅里挤满了人，闹哄哄的，几条长龙摇摆着，缓慢前进。大家随身携带着行李，每前进一步，得把行李挪一步，每个人都盼望着能早点轮到自己买上票。我的行囊是一个大箱子、一个背包，还有一袋零食和一个斜挎着的包。我把大箱子放在身边的地上，零食袋放在箱子上，身上则背着两个包，小小的我与行囊对抗着，一步一步往前挪动。武汉是火炉城市，那时又正值8月，酷暑难当，等我好不容易买到票时，早已汗流浃背、精疲力尽了。

拖着行囊，通过安检，终于挤进了候车大厅，大厅里的景象更加吵闹，拥挤不堪，还混杂着各种气味。座位上、地上，都是一些疲惫不堪的候车人。

最后，终于踏上了火车，在哐当哐当的声音中，房屋、山峦、田野、路边的树不断向后倒退，火车如醉汉，东倒西歪，跌跌撞撞地驶向远方。经过江汉平原时，视野变得开阔起来，良田万亩，一望无际，荷塘、稻田，一个接一个扑面而来，似乎没有尽头。驶过湖北省，经江西九江，过南昌，再到上饶，就离衢州很近了。我将脸贴在车窗上，望着窗外变换的风景，憧憬着未来的工作和生活。

到上饶火车站停靠时，有端着山鸡腿的本地人叫卖着招揽生意，烤山鸡腿的香味传过来，很多旅客都忍不住要买来尝一尝。我被香味诱惑着，也忍不住买了一只来吃。那烤山鸡腿果然名不虚传，一口咬下去，外皮焦香酥脆，里面的肉嫩滑爽口，那是我记忆中吃过的最好吃的烤山鸡腿了。以至于后来，别人对我提起上饶来，我第一反应便是说起那里的山鸡腿，食物一旦打开了味蕾，便历久弥香。

那个时候，火车每停靠一站，便有一些当地的百姓准备了各样好吃的，趁着火车停靠的几分钟时间招揽生意。那时火车的车窗玻璃是可以打开和关上的，火车每到一站，车窗外便人影晃动，而车内的人也都尽量挤靠到窗户边，去寻觅自己喜欢的东西。一个站台，就是快节奏的交易市场。而车内也有专门的列车员进行售卖，所以只要带着钱坐火车，是不会挨饿的。

坐在火车上，就像在住宾馆一样，饿了有吃的，渴了有开水供应，困了可以打瞌睡，还可以上厕所。若买的是卧铺票，还可以躺着睡觉，等你醒来，或许就到达目的地了，一路上还可以免费欣赏风景。只不过那时的绿皮火车条件一般，住宿人员又特别多。那时流行站票，所以过道里、车厢连接处的位置都是人，或站或蹲，有的席地而坐，或者坐在行李上。一节车厢就是一个小社会，各色人等汇聚于此，操着不同的方言，因为各种原因，奔往各自不同的目的地。

我听我老公讲过一段他坐火车的经历，那场面之拥挤与混乱，不仅令他刻骨铭心，心有余悸，还让我如同亲历其境一般，将那画面复原，被列车载着，陷入一种焦急不安而又无可奈何的境地。

那是2001年寒假，正值春运，那时他刚到龙游参加工作半年，他归家心切，可是怎么也买不到票。那个年代，火车票供不应求，加上遇到了寒假、春运，想要乘坐火车返乡，那是难上加难。后来，他费了九牛二虎之力，终于在一位家长朋友的帮助下购得一张站票，他如获至宝，紧紧地攥着票，踏上了归乡的列车。

因为站票过多，车上可以说是人挨人、人挤人，摩肩接踵，几乎不能动弹。用他的话形容就是，你如果抬起一只脚想再放下去，可能就没有空间了。过道上挤着人不说，连厕所门口，甚至厕所里面都挤满了人。偶尔有乘客站立太久，实在吃不消了，只好爬到行李架上躺下来。人的智慧和灵巧，总在遭遇困境时显现出来。

站得久了，他的双腿发软，身体变得麻木起来。这都不打紧，他被一泡尿憋得很难受。实在憋不住了，只好带着歉意求着身边的人，挤着别人的身体，朝厕所的方向艰难地开辟出一条小道来。终于靠近了厕所，可是到了厕所门口他才发现，不仅门口堵着人，厕所里面竟然也堵着几个人。他求了半天，人家才艰难地腾挪出地方，让他上了一下厕所。

不仅如此，列车到达某些站点，因为上下车的人太多，有的心急难耐的男乘客怕误车，便一不做二不休，急急地从车窗爬进车厢内。人群如潮，向前涌动，形形色色的乘客拖着大包小袋，车门处拥挤不堪。趁列车员没注意，车窗被打开，只见他们先扔进行李，然后纵身一跃，攀住窗沿，再往里爬进去。有时候，里面会有好心的乘客帮忙拖拽一把。此情此景，我脑补了一下这个画面，觉得应该载入中国铁路发展史册。

经过十几个小时的站立，终于到达武汉，他下了火车，才发现四肢僵硬酸痛，双腿已经肿了。这一次乘车苦旅，成为他终生难忘的记忆。

那时的铁路交通情况就是这样的，购票难，拥挤不堪，是两大特点。火车像疲惫的老牛，载着满满当当的乘客，哐当哐当，翻山越岭，吐着浓烟，咳嗽着，考验着它自身，也考验着乘客的耐心和毅力。

似乎是弹指一挥间，20 年过去了，铁路事业迅速发展，到现在，早已有了动车、高铁，时速提高了很多，车况、路况得到了很大的改变，我们与故乡的距离越来越近了。现在我们回老家，可以选择乘坐高铁或动车，到达县城的车程时间缩短为 10 个多小时。坐在列车上，车内环境干净舒适，大家按票就座，井然有序。乘务员年轻漂亮，着装整齐，美丽大方，言谈举止彬彬有礼，服务周到细致。

坐车的过程中，也不会再像以前那样，会看见负责售卖的乘务员推着小车，来来回回，不停地叫卖。更不会出现一些推销稀奇玩意的乘务员或者“江湖贩子”，让乘客在不知不觉中上当受骗，防不胜防。

列车载着乘客，一路飞驰，窗外景物变换着，倏忽而逝。坐在车内，可以看看窗外的风景，也可以与邻座闲聊，或是安静地读书，打开电脑办公等。一节车厢就像一个温馨的大家庭，大家其乐融融，各行其是，自得其乐。

现在回老家，我最喜欢的一趟列车是Z257，返回浙江时则乘坐Z258。这两趟直快列车，它们往返于上海南与重庆北两站之间，途经上海、浙江、江西、湖北、重庆三省两市，总共只停靠9站。它们的特点是运行速度快，站点少，最高可达到160公里每小时，是目前除了高铁外最快的列车。

以前回家乘坐Z257时，我通常是到金华或义乌上车，现在增设了衢州停车站，我便可以直接去衢州上车了。而且整车都是卧铺，乘坐时间又在夜晚，所以我们上车以后刚好可以睡一觉，等一觉醒来，就到老家的恩施站了。我们可以在龙游吃晚饭，到恩施吃早餐，在利川县城吃中饭，再回到小镇上吃晚饭。一夜之间，我们回到了万水千山之外的家。从自己的小家，到达小时候自己的家，只是睡一觉的事情，这是多么幸福的事啊。

如此，独守空房的老母亲的等待，变成了月月可期的事情。清明假期，弟弟一家人从成都坐动车D634回家了，4小时36分钟后到达县城；“五一”假期，外甥女从重庆北站乘坐动车D354回老家，只需要2小时4分钟，给了外婆一个惊喜；暑假里，哥哥从江苏镇江出发，乘坐动车D3022，到汉口站中转，不出站换乘动车D2277回家，全程只要8小时43分；春节到了，姐姐从北京西站乘坐高铁G73至武汉，换乘动车D2367到利川，全程9小时4分钟。我也总在暑假时乘坐高铁或是动车回老家。

铁路的发展，缩短了异乡与故乡的距离，亲人的团聚不再是难事。轰隆隆的列车声响，穿透时空，是这世间最美妙最壮丽的乐音；坚硬悠长的铁轨，绵延不绝，翻山越岭，爬上高架桥，穿过隧道，跨过江河、海洋，体现着人的伟力，谱写着宏伟的诗篇；一趟趟列车，碾压过平地、山岭、高原、雪海，奏响尘世间动人心魄的绝唱。

20年间，恍若一瞬，我从那个大学刚毕业的青涩女孩，为人师，为人妻，为人母，变成中年妇女。在异地他乡跋涉，每走一步，便越接近梦想，也越接近现实。来人间一趟，且把这种迁徙当作长途旅行，行走在天地之间，山长水阔，风光无限。火车的存在，使得家与家的距离变得越来越近，在奔忙的大时代，所谓漂泊，不过是换了一个地方工作与生活而已。如此想来，心里便觉得温暖了很多。

“水漂王子”沈丹瑶

春三月，浙西乡村的油菜田里一片花枝招展，殷勤的蜜蜂扇动着清亮的翅膀，比耕种的人还忙。一场雨后，天朗气清，微风轻吻大地，水面波光粼粼、碎银闪闪，像无数跳跃着的小精灵。

他站在水边，右腿向后跨出一步，身子右倾，弯腰，向下，与地面形成约 75° 角，同时左腿拉直，右腿屈膝，右手放低，后移，屈肘，再迅速向前，在那一瞬间把手臂的力量运送到手腕处，以食指拨动水漂石，用力掷出。只听嗖的一声长音响起，似子弹射出枪膛，犹如疾风呼啸而过，水漂石如离弦之箭迅速前移，在几秒钟之内，连跳数十下，向前窜出几十米远。水面形成无数个圆圈，一圈接着一圈，由大至小，由疏而密，荡漾开去，浪花轻盈，跳着欢快的舞蹈，远看似一条闪烁的银河，亮闪闪的，如梦似幻。

这是用一个水漂石打出来的场景。接着，他又分别打了双漂、四漂，一直到八漂。一只细瘦而有力的手里，紧捏着八块叠起来的水漂石。他眼神笃定自信，屈身，用力，水漂石飞了出去，如轰然惊飞的雀群，又如八艘小舰艇，快速驶离，各自形成航迹，并驾齐驱，井然有序，在马格努斯效应下形成八条美丽的弧线，水花无数，波纹彼此干涉，出现了晶莹闪烁的摩尔干涉条纹，涟漪粼粼，好一阵才慢慢消退。

我看呆了，恍惚间，觉得那是八只小天鹅的水上芭蕾，它们尽情地陶醉在自己的世界里，进行着精彩绝伦的表演。回到家里，我的耳畔还回响着那八漂齐发的声音，和着初春布谷鸟的啼叫声，如呼啸的疾风穿堂而过，又似泉水叮咚，奔泻于幽谷，发出声声脆响。彼时，山光水色，天人合一；此时，声色俱清，物我两忘。

在这样的时节，我驾车去龙游县横山镇龙门桥村郑岗邬水库，亲临现场观看打水漂表演，被这样的镜头惊呆了。打水漂的人是“水漂王子”沈丹瑶，他是我的学生，现在就读于龙游县第二高级中学高一（1）班，是体育特长班的孩子，我是他的语文老师。

他出生在2008年，今年才16岁，可是他的名气在“圈内”却早已很大了，说到“水漂少年”，几乎无人不知。

他被多家媒体、平台采访报道过，上过中央三台、《人民日报》，也上过《家庭》杂志，他的视频播放量最多时达到过7000多万人次。他凭借过硬的技能，参加过多次打水漂比赛和表演活动。2022年，他在贵州举行的水漂石挑战赛上，从来自全国各地的300余名选手中脱颖而出，凭借一发20多跳的成绩一举夺冠。如果采用自制的水漂石，他最高的水平是单漂403跳；多漂的话，可以八石齐发，同时形成八条弧线。

沈丹瑶身材清瘦，眼神清澈，是清秀内敛的孩子。在班级，他从不违反纪律，总是默默无闻的，做事不张扬，面带微笑。我是在教这个班两个多月以后才知道他就是传说中的“水漂少年”的。那是在学校于10月中旬组织运动会时，他的爸爸加了我的微信，嘱托我为他的儿子沈丹瑶拍摄一下运动会上1500米长跑的视频，我顺便问起沈丹瑶的体育特长，他的爸爸才跟我谈起他的一些辉煌经历来。

我恍然大悟，感慨道：“哦，原来他就是‘水漂少年’。真了不起，培养出了这么优秀的孩子！”随后，我又问了一些详细的情况。他的父亲为我一一道来。

听说这个体育特长班里藏龙卧虎，孩子们各有特长，也早听说过模环初中有一位“水漂少年”考进了我校，他身怀绝技，声名远扬。到那时，我才把人物与事件对上号来。

从那以后，我就格外关注这个孩子。我在想，在这个孩子身上，一定有着与众不同的东西；在那光环的背后，一定得下“十年磨一剑”的苦功夫。

在那次运动会上，沈丹瑶参加1500米长跑和跳高比赛，分别获得了年级第二名和第四名的好成绩。他跑起来时，步伐矫健，健步如飞，像一头鹿奔跑在草原上，阳光打在他身上，头发上闪着金光。我给他拍摄视频时，完全跟不上他的速度，感觉只是在一瞬间，他便从我眼前飞过去了，待我再跟镜头，才发现他已经离开我几十米远了。他跳高时，迈开大长腿，一阵疾跑，然后起跳，在空中划过一道美丽的弧线，以背越式动作轻松越过了横杆。

他的父亲沈全军告诉我，这孩子从小就上天入地，非常好动，在他上小学三年级参加运动会时，就被体育老师发现了长跑潜力，所以从那以后学校便着意栽培他，让他进行体育训练，一直到初中，他一直坚持不懈，最终，他凭借这一优势，顺利考取了我们学校，成为体育特长班的学生。

一个拥有卓异才能的孩子成长的背后，一定有父母用心的陪伴和培养。沈丹瑶能在打水漂石上玩出高度，与他的父亲有着密切的关联。

沈全军自己就是个打水漂爱好者，他从小就喜欢打水漂，他的弟弟沈志毅也是。他们弟兄俩从小到大时常去家附近的水库边打水漂，用瓦片或薄的石头，这项运动给他们带来快乐和成就感，也给他们的童年和青年时代留下了美好的记忆。

当沈丹瑶还只有三四岁的时候，沈全军就带上儿子，教他打水漂，也让他给自己拍照、拍视频。丹瑶从小就耳濡目染，也对打水漂产生了浓厚的兴趣。沈全军发现这小家伙天赋异禀，聪慧灵敏，感到格外欣慰。沈丹瑶在8岁时，打出了一个水漂，石头在水面上跳了20多下，他非常兴奋，从此越发爱上了打水漂。12岁时，他打水漂的水平已经超过了爸爸，从此他成了打水漂的主角，爸爸沈全军退居幕后。

沈全军最开始在网上发自己打水漂的视频，后来开始发儿子的视频，这一发，他发现浏览量猛增，从几万，到十几万，再到几百万、上千万，最高时达到了7000多万。沈全军知道，这说明有很多人喜欢这一项运动，儿子沈丹瑶的这项技能必须发展下去，他开始用心指导儿子，并琢磨着怎样实现技术上的突破。

这时的他已经不满足于打水漂只是玩玩了，他想让儿子去参加正规的水上项目比赛，甚至，在他的内心深处，他种下了一颗令自己都觉得不可思议的梦想的种子：打破吉尼斯世界纪录。他知道，目前的吉尼斯世界纪录是单发88跳。

沈全军从小物理就学得好，喜欢思考和创新，擅长搞一些小的发明创造。他利用所学物理知识，结合实践，经过多次试验，终于发明了水漂石。水漂石以红泥为土坯烧制而成，做成8瓣花朵的形状，正面的中心部位凹进去，背面相应部分则外凸，这样，当水漂石在水面运动的时候，便旋转起来，像一朵盛开的小花，又像跳着“国标快三”的女人的裙摆，旋转着，跳跃着，飞速前移，由近而远，直至消失在视野中。

沈全军最开始发明的水漂石，只供儿子专用。儿子得了父亲亲自为他打造的水漂神器的助力，从此在打水漂的道路上取得了突飞猛进的成绩。每到周末和寒暑假的时候，沈丹瑶的功课里比别的孩子多了一样，那就是到水库边上训练打水漂。无论风雪雨晴或寒冬酷暑，沈丹瑶雷打不动地每次都要去练上一两个小时。

有一次周末，父子俩又像往常一样去水库边进行训练，沈丹瑶扔出去一块水漂石，水漂石呼啸而出，在高速旋转的离心力作用下，在行进途中裂开成了两半并继续前行，形成两条平行且优美的弧线。这让他们突然产生了灵感：完全可以打一发双漂啊！从那以后，他们开始练习一发双漂，在此基础上，他们又继续加大难度，发展到一发多漂，到现在，沈丹瑶已经能够达到一发八漂的高度了。

功夫不负有心人，在父亲的引领下，沈丹瑶走了一条常人不走或者说走不好的路，路上既有荆棘，又有山花烂漫。

随着沈丹瑶打水漂的视频在网上走红，沈丹瑶的知名度也越来越大，吸引了不少慕名前来的“粉丝”和打水漂爱好者，也吸引来了多家媒体记者和其他的一些人前来采访。沈全军制造的水漂石也获得了发明专利，成为网上的一款虽然冷门却又热销的产品。沈全军买来设备，开始在家里进行小规模的生产制作。

到现在，沈丹瑶用过的水漂石已经有 7000 来个了，这每一块水漂石上，都记录着他的辛苦训练，也凝结着他父亲的智慧和殷切期盼。

我看见，沈丹瑶手里紧紧攥着的，是一朵红砖色的花，坚韧、纯正而又明媚，8 个花瓣散开，托起希望。

第五辑　倚门听心曲

父亲病了

半夜，我们一家人正在老房子里睡觉，我听见爸爸一直在喊：“罗杨——罗杨——罗杨——”一声接着一声，有些急切。

我仔细听，发现声音好像是从幺叔的老房子里传来的，于是我打着手电筒去查看。走进幺叔的屋里，只见这里俨然鬼屋一般，破烂不堪，蜘蛛网遍布，恐怖极了！我屏住呼吸，猫着腰，在屋内找了个遍也没找到爸爸。我折回我们自己的屋子里来，这时又听到爸爸的呼喊声传来，焦急，微弱，似乎在无助地哀求，又似乎在进行着无奈的挣扎。这时，爸爸的声音好像又是在我们以前的老屋内，从父母住的那间卧室传出来，于是我赶紧推开门，发现妈、二姐和哥哥正在给爸爸打针——溶血栓的针……

这是我清晨醒来，看见弟弟发在家庭群里的一个消息。他讲述了他半夜做的一个噩梦，发信息的时间是凌晨 1：53。这时，我正从一个噩梦中惊醒过来，心窝一阵收紧，全身是汗，再也睡不下去了，闭眼便全是弟弟描述的梦中情景。

我知道，一定是父亲的身体又让弟弟担心了。自从父亲的帕金森综合症严重起来以后，他的身体和精神状况，一直是我们一家人的心头之忧。一方面，我们无力帮助父亲替代他承受与减轻他的痛苦；另一方面，我们又无力改变现实，不能辞掉工作回家去服侍父母。除了内疚、自责与担忧，剩下的，似乎就只好是尽量顺从父母，尽量抽出空闲时间回家陪伴父母了。

在近几年的假期里，我们都是因了父亲的病情加重，才着急赶回老家去的。还记得2017年的国庆节假期，刚好又是重阳节将至之时，在县城医院住院的父亲拒绝吃药，母亲喂他药他不吃，说是毒药；护士给他输液，他吵着要把管子拔了，说医生要害他。他用这种方式“闹”着，想要我们回去看望他。

等了几天，见我们依然没有回家，他失望极了，到了情绪崩溃的边缘。某一天，他叫来姐姐，给姐姐郑重其事地交代了“遗言”，并说道：“你让他们几兄妹赶快回来，再不回来就看不到我了！”于是我们请了假，呼天抢地地急急赶回家去。

我第一个赶回家，到达县城，直奔医院。父亲见到我，挤出了笑容，说道：“俊霞回来哒呀！”我给父亲梳头、洗头、洗脸，喂他吃饭，给他看我带回去的我出版的散文集。父亲拿着书翻了几页，并不看，对同病房的人说道：“这是我幺姑娘，在浙江一所高中里教书，这是她自己写的书……”别人就夸我能干，父亲便满足地笑。

我妈说：“你没回来时，他硬像不行了，起身、吃东西、穿衣服，什么都不行，你一回来，他就好了一样！”同病房的人也笑道：“是啊，看来女儿回来就是良药哟，医生都不管用。”

父亲把我盼回来以后，就期盼着哥哥回来。他一天里要好几次迈着颤巍巍的步子，走到住院部大楼的大厅里去，站在玻璃窗前向外张望。他说他喜欢看前方铁轨上来往的火车，我知道他是在盼他的儿子归来。

瘦小的父亲伫立于窗前，凝神远望。我拍下他的背影，定格了这一幕景象，后来每每想起，心中便泛起一阵酸楚。

我回家后的第二天，哥哥也赶到了。他每天细心地伺候着父亲，给父亲洗脸、刷牙、洗脚、剪指甲、喂药，给他翻身、擦洗身子，把父亲抱上抱下，陪他讲话。

父亲就像个幸福而满足的小孩子，吃药乖了，好好吃饭了，还跟同病房的人开起了玩笑。

在父亲那里，儿女的陪伴就是最好的药方。

我弟弟在成都工作，离家比较近。他时常会抽空闲回家去看望、照顾父母。对于父母的要求，他都尽量满足。父亲的床硬了，给他买新床；父母的棉絮旧了，赶紧叫弟媳弹了四床新棉絮寄回去。见他们舍不得铺上，我弟弟回去时便给他们一一铺上。回到家里，弟弟跟哥哥一样，总是很细致耐心地照顾父母，总是自己动手做饭给父母吃，总是楼上楼下地收拾整理屋子，把家里的电线排查一遍，把被老鼠咬坏的摄像头线路修好，把有线电视调整好。家里的水费、电费和母亲的手机话费，都是他们默默地充进去……

我家的两个男孩子，像女孩子一样细心，比我和姐姐更细致，更有耐心，他们照顾父母从不抱怨，只是用行动默默地表达着他们内心丰富的感情，回报着父母的养育之恩。

去年冬天，父亲又一次病情加重，临近期末的我和哥哥实在没法请假回家，于是弟弟又请了几天假回去照顾父亲。那几天时间里，不知是什么原因，父亲又开始拉肚子了，整宿地不睡觉，不断地喊着弟弟的名字，要翻身了，要喝水了，要起床上厕所了。有时候弟弟刚躺下想打个盹，父亲又喊了："罗杨——罗杨——"弟弟又爬起来，扶着父亲去上厕所。

有一次，弟弟还没来得及起身去扶起父亲上厕所，父亲便拉到裤子里了，弟弟赶紧把父亲抱到卫生间里给他清洗。秽物冲到地面上，臭气熏天，母亲嫌弃得很，抱怨着父亲。弟弟一句话不说，快速地给父亲清洗好，换上干净的裤子，扶父亲回房间躺下。过了没多久，父亲又拉了，弟弟又重复前面的动作，不厌其烦。

这些，我还是从母亲那里听来的。母亲给我打电话，一边数落着父亲，一边夸赞着我弟弟。我对母亲说道："所以啊，你看你们多有福气啊，儿子这么孝顺。我和姐嘛，脾气差了一点，也算有孝心的人了。少来夫妻老来伴，父亲也不情愿生病，你要好好照顾他，你们要长命百岁，等着我们退休回来……"

说到这里，我声音哽咽起来，说不下去了。

电话那头，母亲接话道："哎，看我们这身体，还能活几年？哪里等得到你们退休啊！"

是哦，等到我们退休，父母还在吗？

我责问着自己：以父母的身体状况，已过古稀之年的他们还能活多少年？

趁父母还健在，一定要常回家看看。我给自己做了规定：每年暑假，必须回老家去陪伴、照顾父母。可是，一年的 365 天里，父母要忍受多少天的孤单冷清，才能换来我回去的那十几天呢？

今年暑假里，因为各种家庭琐事要忙，加上孩子要上培训班，所以我买了 8 月 1 日才回去的高铁票。哥哥也因为家有高中生，没打算这个暑假回老家去。父亲久等我们，不见我们回家去，便日日念叨着，问母亲我们怎么还没回去。后来，父亲在外面走路时摔倒了，脸朝下，摔在凹凸不平的石子路上，被路人和乡邻看见，把他送进了镇里的医院。医生见父亲呆滞、迟缓的样子，以为他摔坏了，不敢接收，打电话来让我们直接把父亲送到县城医院里去。

我们知道，父亲因为长年被帕金森病折磨，所以四肢僵直，行动不便，走路时呈现出奇怪的企鹅状，动作迟缓，起步、转向困难，一旦起步，则前倾着身子，以小碎步快速迈步向前，步子不稳，止步困难。医生叮嘱过我们家属，父亲的病是不能摔跤的。

我们得知消息后，心急如焚，恨不得马上能够飞到父亲的身旁。我们各自向单位请假，从不同的地方，在不同的时间赶回了老家。到了老家小镇，我们立刻扑向医院，直奔病房而去。

一晃又是一年没有见父亲了，见到父亲的那一刻，我心里一酸，眼泪快要掉下来。躺在病床上的父亲显得越发瘦小，他僵直着身子，躺在病床上，脸色憔悴，眉头紧皱，额头、鼻子上都是摔伤后留下的血痂。

我们喊道："爸爸——"他睁开眼，见到是我们，眼睛亮了一下，启动嘴唇应了一声。然后，我们轮番给他喂饭、喂药，伺候他喝水、吃水果，给他洗了脸。

父亲的裤子上、脚上都是脏的，病房里散发着一股臭味。因为当时父亲突然摔倒被紧急送往医院，所以连基本的生活用品都没带到医院里去。我们分头去买了一些住院必需品来，弟弟又带着母亲回家去，收拾了一些父亲的生活用品过来。然后姐姐去打来热水，弟弟给父亲擦洗身子，洗了脚，给他换上干净的衣服、袜子……

父亲很安然地享受着这一切，从萎靡不振中舒缓过来，对我们讲起自己摔跤时的情景。父亲讲话捋不直舌头，发音比较困难，因而口齿不清，我们听了个大概，安慰他说，还好，没什么大问题，让他尽管安心养病就是。见我们都回到了他的身边，父亲睡了一会儿，醒来，见护士又要给他挂药水，就吵着要回家。

我们见父亲并无大碍，就告诉他，先把药水挂完，然后我们就带他回家去。父亲听了，不再吵闹，安静地躺着，等着药水挂完。

药水挂完以后，我们带着父亲回了家。回到家里的父亲还是虚弱得很，不吃也不睡，坐立不安。到了夜里，我们都睡下了，我不时被父亲呼喊弟弟的声音惊醒。寂静的深夜，空旷的屋子里，只听见父亲微弱的声音时而响起："罗杨——罗杨——"如果我弟弟没反应，他便一声接一声，持续喊着。

听到呼喊声，沉入睡眠的弟弟便猛然惊醒，从客厅沙发上一跃而起，走到父亲身旁，按照父亲的需求伺候父亲。父亲病重时就越发像一个任性的孩子一般，时而要翻身，时而要喝水，时而要上厕所，时而要起床站着，时而要调一下电扇的风向。一个晚上下来，父亲几乎没睡，我弟弟，当然也几乎没睡。弟弟本来平日里就工作压力大、节奏快，加上往家赶时持续开车，本已困乏不已，父亲这一夜折腾下来，弟弟更加疲惫不堪了。

于是我们决定，还是赶紧带父亲去县城医院里住院。

第二天一大早，我们起床吃了个早餐，就收拾起父亲的东西，带他去县城的医院。父亲住进了县城医院，我跟弟弟陪护在床前，细心地照料着他。到了夜晚，我回姐姐家里去睡觉，弟弟守在医院里。吃了安眠药的父亲稍微安静了一点，但一个晚上依然要醒好几次，醒来便喊着弟弟的名字，要这样，要那样。我和姐姐都心疼弟弟，叫他白天回去稍微休息一下。早上起床，姐姐做好早餐，让我给父亲和弟弟带过去。等我去了医院，弟弟就可以回去休息一下了。

白天，父亲精神状态很不好，几乎不言语，基本上都是躺在病床上，睡睡醒醒。他睡着时，我便玩玩手机、看看书；他醒过来了，就叫着我们的名字，要这样、那样，我们一一照做。在父亲清醒的时候，我试图让一直喜欢读书的父亲看点书，把我刚拿到的一本书给他看。他拿起书，翻动一下，就又放下了，说没戴眼镜，看不见。

有一天，父亲似乎心情突然好起来，跟同病房的人说起话来。他那天讲了很多话，讲他的过去，讲人生的大道理，讲他的几个孩子。我趁着他有兴致，提议他唱歌，他又唱起了几首老歌。我给他按摩手，给他洗头，给他做面膜，父亲都欣然接受。

那天的父亲让我突然产生了一种幻觉：我们的父亲是不是突然奇迹

般地康复了，身体恢复到了过去的年代！我当然知道这是不可能的，可有时候我多么渴望会有奇迹发生啊：突然有那么一天，我的父亲就痊愈了，活得跟他年轻的时候一样，勤劳慈善、乐观坚强、积极向上、幽默风趣、吃苦耐劳，扛起整个家庭的重担，是我们的保护伞，时不时要给我们讲大道理，教我们如何做人，对我们讲毛泽东思想、邓小平理论；告诉我们，党员要为人民服务，要乐于帮助他人……

那时的父亲，是疼爱我们的慈祥的父亲，是具有远见卓识的聪慧的父亲，是无所不能的强大的父亲，他是我们的精神风向标，是喜欢读书和唱歌的有情怀的农民；那时的父亲，肩挑着六口之家的生活重担，却乐观昂扬，将我们的居住环境打造成世外桃源，让我们清贫的生活充满欢声笑语和歌声；那时的父亲，忍受着生活的艰难，却目光长远，坚信读书才是最好的出路，所以铆足了劲要送我们读书；那时的父亲，承受着长年劳作的辛苦，却舍不得让我们孩子吃苦，不曾让我们干过多的家务活，还想方设法满足我们儿时的那些小愿望……

我们是贫穷人家的孩子，却过得很富足。父亲用他满满的爱，把我们的生活装点成简单、轻松的模样，让我们在金色的孩童世界里品尝到生活的甜，过得快乐而知足。

可父亲终究是老了。时光这把锋利无情的刀，也毫不留情地刺向父亲。父亲说病就病了，一病就不能再康复。父亲累了，他终于活成了孩子的样子。

假期有限，弟弟的年休假时间很快到了，他不得不离开。他走的那天跟父亲告别，父亲还开了句玩笑："但愿你又是假装走！明天又出现在病房里了。"

弟弟离开的第二天晚上，哥哥悄无声息地突然回家来了。原本没打算回老家的哥哥，见我们每天在群里播报父亲的情况，自是很牵挂和担心，于是买了火车票，偷偷地赶回来了。

他突然出现在病房里，给了我们很大的惊喜。父亲又笑了，艰难地吐出一句话："我就在等你回来呢，你终于回来了！"

刚下火车直奔病房的哥哥，都没有喘一口气呢，就立刻进入到照顾父亲的角色中去了。那时的父亲刚做了疝气手术，虚弱得很，生活完全不能自理。哥哥知道，刚做过手术的父亲没法行动，上厕所都要有人伺候，仅凭我和外甥女（我大姐的孩子，大三学生）照顾，是有些难度的。照顾父亲，耗精力，也是个体力活，哥哥到来，一个顶俩，他让我和外甥女回家休息休息。

大儿子回来了，父亲安心了些，白天里不言不语，躺着打点滴，到了夜晚仍然没法睡去，便又喊着哥哥的名字："罗建新——建新——"于是哥哥跟弟弟一样，一遍又一遍地起身，满足着父亲的各种要求。诚如他喊我和喊外甥女那样，他似乎要用这样的方式来增强存在感，让我们弥补平日里陪伴的缺失。

父亲动手术的那夜，弟弟已经离开，回了成都去上班，哥哥还未赶回家，母亲、外甥女和我三个女眷守候在手术室门外。在空旷寂静的大厅里，我们焦急地等待着。有那么一刻，我竟然躺在椅子上打了个盹，然后快速惊醒过来，产生恍若隔世之感，不知自己身处何时何地，我使劲甩了甩头，才明白，不禁暗自感慨：还好，父亲还在，母亲也在身边。

我暑假里回老家一共 20 天，父亲有 16 天时间住在医院里。我们全家人的生活就被父亲住院这件事牵扯着，在医院里度过大半时光。其间，我回过老家小镇一趟，跟母亲去地里掰玉米和扯花生，去看望我的两个姑姑和被我"扔"在她们家的我的儿子。在县城医院里照料父亲的同时，我与姐姐、弟弟、哥哥跟着中介到处看房子，给父母买下一套小居室。很快办好手续以后，我们完成了搬家工作，为父母的新家中置好一切。那时，已去成都上班的弟弟又驱车赶了回来，他是回来搬家的，他知道，搬家需要他的车。

在我们离开前的三天，父亲出了院，我们直接把他带到新居住下来。临走前的一天，我们一大家子人一起吃了一顿团圆饭。

我们赶在离家前安排好了一切，然后出发。我不敢去想，当生活突然又从热热闹闹的一大家人在一起的状态，变回只剩父母二人在家的冷冷清清的状态，父母，尤其是父亲，该有多失落与孤寂。没有办法，我们必须离开，工作等着我们，另外的小家庭需要我们。

我们走了以后，父亲有一天猛然问我姐姐："我还没搞明白，这个房子是怎么回事？是你们租的吗？"姐姐哑然失笑，大声地告诉父亲："是他们三兄妹给你们买的新房子，你们以后就住在县城里了。"父亲似乎听清楚了，又似乎没搞明白，面无表情地怔了半晌，挪动着步子，走到阳台上去了。

父亲听力不好，加上患病了以后精神沮丧抑郁，他便时常闷在自己的世界里，不参与我们的闲谈，也不爱主动说话，总是神情呆滞、怔怔愣愣的样子。他的记性也变得很差，时常忘了自己的东西放在哪里。他还性情大变，变得自我、任性、固执，抱怨母亲对他照顾不周，还不时发脾气。父亲头晕头痛，行动不便，走路不稳，因为肢体僵直、动作不灵活，丧失了劳动能力和基本的生活能力，没法完成诸如系鞋带、扣扣子、解裤子等细小的动作。病情严重时，他还会产生幻觉，出现幻听，他说有一次他回到家，看见堂屋里都是村里死去的那些人，他们在我家堂屋里烧纸、放鞭炮、大声说话。邻居还说，有一天早上，看见父亲拿了竹扫帚在我家楼前拼命地扫着什么，口里念念有词……

我的父亲，当他的生命只剩下吃喝拉撒睡的基本功能时，我没法想象他是怎么熬过每一个漫长的白天和那些失眠痛苦的每一个黑夜的。在没有儿女陪伴和照顾的每一个日子里，他是多么孤寂无依，又是怎样的百无聊赖啊！哦，我的父亲，若是您的病痛，我们可以为您分担一点，若是您的老年，我们可以陪伴在旁，那么，我的父亲，您会不会还是过去的那个父亲呢？

我们都走了以后，剩下父母留在新居里生活。父母与姐姐住在同一个小区里，平日里照顾父母的重任便落在了母亲和姐姐身上。我们开始了新的一轮工作，投入到小家庭的生活中去。

姐姐叫我们不要担心，安心在外面工作，说有她和姐夫在家呢，所有问题都不是问题。姐姐有时做了好吃的，叫父母过去吃；母亲做了好吃的，又喊姐姐他们过去吃。姐夫每次跑长途货运归来，就会买些吃的去看望父母，陪他们说说话、吃吃饭。小外甥（姐姐的小儿子）放学以后，也会到他外婆家里去做作业、看电视。

这样一来，父母的生活，就有了子孙的陪伴，有了亲人去串门，有了烟火气，变得热闹和精彩一些。

还好，姐姐住得近啊！

“父母在，不远游。”古人的话，都是从实践中总结出来的。

云心与罗俊霞

云心，是她的网名。在浙西的这个县城里，知道这个名字的，不会比知道她真名的少。

“云心，云心”，当她听到有人这样叫她的时候，便觉得自己的心是长了翅膀的，像盛夏的嫩蜻蜓那样，在挂了稻花的郁郁葱葱的稻田上飞翔。她与这样叫她的人之间的关系，轻轻淡淡，不远不近，刚刚好。这时，她们之间交谈的内容，与生活无关，与工作无关，这时的她，便又换了一个身份。她是笔耕不辍地写点小文章的人，是与书法、绘画沾点边的人，是会煮茶品茗、养花弄草的人，是喜欢花鸟虫鱼、山水星月的人。

她以“云心”的符号存在于他人的记忆里，或模糊或清晰。她更适合这样一种人际关系状态，彼此之间不计较，不在意，不算计，无纷争，无烦忧，无挂念，若即若离，可有可无。

这样，她便可以没心没肺地做自己了。傻傻的样子，率真地活着，开心时傻笑，悲伤时落泪，赶着一季一季的花开，逐梦山水，陶醉在鸟鸣虫唱、风声雨声里。有时，她会从噩梦中惊醒过来，她便蓬乱着头发，去阳台上看城市的早晨，看远山，看近前的楼房、楼房间的树木、树上停歇着的鸟，很认真地听鸟啼……

她痴迷于这些，有点傻了，不像是一位已至中年的母亲。

所以，她其实更喜欢别人叫她“云心”这个名字。

而当别人喊她的真名罗俊霞的时候，她便立刻坠入现实的生活中去，在家与单位的两点一线上奔忙着。她已至不惑之年，正处于上有老下有小的年纪，以各种身份认真而热切地活着，忙碌，充实，操劳又操心，可她不把疲惫和劳累写在脸上，她把它们扔在风里，抛到沙滩上。

她上有公婆和父母，后两者都已年过古稀。公公腰椎间盘突出，走路时只能弓着身子；他还双手痛风，指关节肿得老大，干活不灵便，还时常痛。婆婆的腿一直有问题，随着年纪增长越发严重了，走路时一瘸一拐。可公婆都是勤快人，吃苦耐劳做了一辈子，现在依然不肯停歇下来。她的父母在遥远的老家，身边无儿女照顾，二老孤苦伶仃，孤单相守，靠儿女四兄妹共同赡养，聊度风烛残年。她的父亲患帕金森综合症多年，衰颓痴呆，以生命体征还存在的状态活着。她的母亲也是常年多病，身子没有一天是舒服的；她自己不舒服，还得照顾老伴。

这四位老人，她都得赡养；大家庭、小家庭的各样事情，她都得操持着。给公婆、父母买房买药，照顾他们住院，安排好他们的日常生活，逢节日、生日给他们买礼物、送祝福等，她似乎觉得，离了她，这个大家庭就不能运转了。自己父母那边，有四兄妹帮衬着，有事情一起商量一起解决。而公婆这边，凡事都得靠他们夫妻二人解决。

她与丈夫出生在鄂西的一个乡镇，大学毕业以后被招聘到浙西一县城的单位工作。他们从少数民族自治地区的山里来，从农村家庭走出来，带着土家族儿女不服输的韧劲和山里孩子的纯朴憨厚，在异地他乡认真勤劳地工作与生活。因为他们知道，背井离乡去异地求生这件事，不是一种豪情，而是一种考验。

时至今日，他们终究是经受住了考验，有稳定的收入，有了房子车子孩子，有了自己安稳的生活。

在现实重压下，她不仅没有被压倒，反而越活越有劲了呢。工作之余，她相夫教子，写文章，学画画，养花弄草，学做各种美食，与闺密种菜……她喜欢把生活过得热腾腾、多姿多彩的，就像夏日傍晚天边绚丽热烈的彩霞那样。

云心的父亲给她取了个那个年代好听的名字——罗俊霞。父亲希望小女儿可以长得俊俏，如天边的彩霞，人生也如彩霞那般绚烂多姿。可是事与愿违，这个女儿长得并不俊俏，刚出生的时候，脸又黑又圆，脑袋很大，还喜欢歪着脑袋，时常哭鼻子。都说女大十八变，可她并没有变得漂亮起来，倒是带上了一些少数民族女孩子的特点：皮肤黑黑的，高额头、高鼻梁，脸颊泛红。

所以，罗俊霞终究是没长成她父母期待的那个样子。如今年过40岁，她的额头越发突出、光亮，颧骨突起来，脸被岁月拉长，头发自来卷，呈乱草状；近几年身子还发了福，腰粗起来，股肱浑圆。不仅如此，脸上还长出斑来，细纹也与日俱增，停留眼角，并出现蔓延之势。

“俊霞，俊霞”，当她听到别人这样叫她的时候，她知道，一定是她被需要了。于是，她到这里，去那里，在必须去和不一定必须去的地方停留，为这个人、那件事操着心。等她满身疲惫地回到家里时，发现还有一大一小俩男人需要他。她立马又满血复活，骨碌碌运转起来。家里的活是永远也干不完的，还好老公心疼她，会替她分担一些。等她终于忙完躺到床上时，再翻翻书，或是听听“心灵鸡汤”，然后睡去。

第二天一大早她便醒来，新的一天又开始了。她又满血复活，喜滋滋地起床去做早餐，去上班。

俊霞活得简单而又快乐，她不喜欢复杂，害怕悲伤，云心尤其不喜欢。她俩都不喜欢谈政治，从不看宫廷剧、谍战片，也不喜欢看武侠剧、玄幻片，她们只喜欢看生活剧，看那些普通人的喜怒哀乐，看他们接地气的生活，看他们平凡的幸福。

有时，她们被生活欺骗了，被别人“算计”了，人还在办公室里呢，眼泪就忍不住啪嗒啪嗒掉下来，从眼角滑落，顺着脸颊掉到书上。她们看着自己掉落的眼泪，突然觉得它们像一颗颗晶莹的露珠；以手拭泪，觉得真的就是露珠，便拿了手机拍下来，留作纪念。这时，心还难受着，魂却去了另外的地方。

突然，有人喊“走，吃饭去”，她便偷偷擦了眼泪，擤了鼻涕，站起来，跟她们一起走，有说有笑，好像什么事都没有发生一样。

俊霞的老公害怕她流眼泪，觉得她心眼太细，情感太脆弱，为人太实诚、太善良，总是容易受伤，便耐心劝慰她：“不要总是以自己对待别人的标准来要求别人如何对自己，每个人有每个人为人处世的原则，都是正常的。”这一席话，俊霞奉为真理，便不断地反省自己，觉得确实是自己矫情和看重了，便自我疏通一番，心情便敞亮与舒畅了不少。

继而想着自己既非林黛玉之质，也无林徽因之貌，又无张爱玲之才，有什么资格要做一个矫情而任性的女子呢？可她偏就喜欢极了钱锺书评价他妻子杨绛的那句话“最贤的妻，最才的女”。

于是，以后继续不长心眼，继续被生活欺骗，被他人“亏待”。

狗日的中年

曾在网上看到一篇闲文，题目为“狗日的中年”，观此文后，觉得以“狗日的”这个词来形容中年，虽然显得粗俗，却无比精准，无其他词可以替代。不过那时自己才30岁出头，对中年之“狗日的”情状，难以深切领会。等我到了四五十岁的中年时期，对此词包含的复杂情感才有了深切的体会。

拿本人来说，正值中年的黄金时期45周岁，正处于上有夫妻双方老人要赡养，下有一小要养育，中间还有很多鸡零狗碎的事情要操持的年龄。还好夫妻工作稳定，生活还算和谐，婚姻没出岔子，不然，这人到中年的日子还真够难的。

我上有四老，年龄皆在古稀以上，都为病痛之躯，且无社保，是纯正的农民身份。父亲在与帕金森综合症斗争了7年之后撒手人寰，魂归大地，他算是彻底摆脱了病魔的纠缠。父亲最后几年病重期间各种复杂情况，不想再去回忆，有时如乱麻纠结，理也理不清。有时一家人如热锅上的蚂蚁，焦急忧虑。他老人家受的苦越多，母亲和我们跟着受的苦也就越多。但我们兄妹三人终究不在父母身边，不能一直侍父在侧，又得增添一些内疚、自责之情，而又无力解决问题，无法替父亲分担一丝苦痛，所以内心总不得安宁。

父亲73岁就走了，母亲却因此得到解脱，她不需要再照顾父亲，只需要照顾好自己即可，可是她的身体状况已经变得很糟糕，老年人容易患上的病她似乎一样也没落下。前年我哥带母亲去大医院做了彻底的检查，发现有 12 种病，其中最严重的竟然也是帕金森。母亲的身体早就被长年患病需要照顾的父亲拖垮了，所幸母亲尚能勉强照顾自己，不像父亲生前那样丧失了生活自理能力。所以，我们现在不用再给家里请保姆了，父亲去世以后，我们兄妹三人的负担轻了一点。我们兄妹三人均摊各种费用，只需要每个月给母亲转生活费和买药，按时还父母住房的房贷，逢年过节给母亲转钱和买礼物即可。这是我自己父母那边的情况。

公婆这边，从我和老公谈恋爱开始，我们就把他们从老家接了过来与我们一起生活。后来，我们凑钱付了首付，给他们买了房子，我们两代人才分开住。这样，我们就得还两套房子的贷款，成了“房奴”。目前，二老身体还勉强可以支撑着干一些力所能及的活，他们平日的生活费用不用我们管，但他们需要长期吃药，有时还要住院，这些都需要我们承担。

上有四老，情况如此，当四老变成三老，于我而言，经济负担减轻了些许，但从情感角度，那就是我的天塌了。父亲不在了，这是个冰冷的事实，从此我的生命中，“父亲”这个词被抹掉了。

我的儿子年方 18，他在市里读高中，正处在学业与成长的关键时期，从初二开始叛逆，至今，仍在给我们制造各种担忧。从小到大，用在他身上的读书、培训的费用和其余各种花销，少说也够一套房子的首付款了。而在其成长过程中我们付出的心力，怕是比一般的男孩子的父母要多。他着实不是一个循规蹈矩、懂事进取的孩子，他惹出来的麻烦事，不适合写在日记里，更适合写在沙滩上，等浪来了抚平之。我和他爸爸学习阿 Q 似的精神胜利法，用忘却来获得自我安慰。而对于他的未来如何，我已无力去设想。

自己所迷茫的，除了孩子的前途，还有自己的前路。一眼望得到尽头的工作和改变不了的生活状态，幸福感在哪里，价值感如何？生活没有起色，人生早已定型，这一切，又令自己陷入了一种欲躺平又不甘，不甘心又能怎样的迷茫与焦灼之中。

除此以外，身体也随着年纪的增长而发出一些警示信号来，每年体检报告里的事实提醒着我，某些器官已经在病变，某些功能并不健全。“革命的本钱”如果不在了，还能有什么？这又催促着你要改变心态，要多为自己着想，少为别人他事操心，可是，身边的老的小的、大事小事，都得你去操心呀。

另外，身为中年人，日常生活开销之大、经济负担之重，仅靠固定工资肯定是不够的。还好这是一个借贷便捷的时代，我们可以预支银行的钱，不然，怕是难以生存。

我所言，全为实情，没有半句夸张。有时身心俱疲之时，还真想骂一句这“狗日的中年”！

我身边的朋友大多为比我年长几岁或者十几岁的人，他们也差不多面临着与我相似或是更糟糕的情况。与之相较，我倒显得幸福一些。

有一朋友，还有几年就退休了，父母均已处于耄耋之年，母亲身体还算勉强，生活可以自理。父亲则常年遭受病痛折磨，时常要去医院住院，到后来，他的父亲丧失了行动能力，只能卧床休息或坐轮椅。那位朋友平日里工作繁忙，人生境遇又不佳，时常处于身心疲惫不堪的状态，可还得忙里挤时间照顾自己的父母。

而他妻子那边的父母也是差不多的情况，需要他们夫妻去照管。除此以外，他那大龄的儿子终于找到了女朋友，又得凑钱给儿子在大城市买房。不得已，他们只能卖掉自己的住房，搬去老父母的小房子里住。又逢单位经济不景气，裁员和减工资，即将退休的他自然要被归为此类人员……

每日，他像个陀螺一样不停地旋转，糟糕的现实如魔咒一般紧紧地箍住他，有时逼得他喘不过气来。生活的重压，扼住了他命运的咽喉，让他看不到转机。

还有一位朋友，50多岁的人了，突然遭遇了老婆欠下高额赌债的残酷事实，夫妻离了婚，从此，他不得不孤单度日，聊度残年。还得走上打工之路，从事非常辛苦的体力劳动来赚钱，要替前妻还部分债务，要助力大学毕业后处于待业状态的儿子，为其筹集资金以谋出路。

老家有一文友，满腹经纶，笔耕不辍，借钱出版了几本书却卖不出去。又因心怀梦想，总想着要靠创业走上发家致富之路，干过很多事，都因各种原因以失败告终，还负债累累，房子卖掉也无济于事。妻子在他们女儿很小的时候便嫌他无用而离家出走了，嫁给了别人。他独自一人带着女儿，租房，洗衣做饭，写作换稿费，又尝试做各种生意以养家糊口和供女儿上学。但即便如此，父女俩的日子仍过得捉襟见肘，有时甚至没钱买菜和缴电费，生活陷入困顿之中。说来怕是有人不信，在全民共富的今天，还有人处在水深火热之中吗?

可这就是事实啊。你读他的诗与小说，欣赏他的剧本，听他讲创业故事和奋斗历程，你会感觉到他其实是那么聪慧多才、有想法、有胆识的人，可是上苍就是不愿意善待他。

我还听我姐姐讲到她的一个女友，本来他们夫妻俩同心协力，敢拼敢闯，丈夫在外承包工程，妻子带着儿子一起在县城开米厂和超市，十几年下来，积累了至少千万资产。可是后来，市场不好，导致严重亏损，欠下了银行巨款而无力偿还，夫妻债台高筑，被银行拉入了黑名单，要债的人又纷纷上门来逼债，还有债主把他们告上了法庭。从此，他们跌入深渊，处于万劫不复的境地。据说，后来他们不得不出门去打工，靠做家政服务维持生存。

如是总总，虽不能代表全部中年人的生存现状，但为数不少，并不算是偶然现象。当下多少中年人，他们待生活以歌，世界却以痛吻之，是年龄段使然？还是现世使然？在物价飞涨、房价居高不下的今天，在五花八门的各种收费和消费陷阱面前，有多少人的收入可以从容应对支出？在线上经济冲击线下实体经济之时，有多少实体店倒闭？在机器智能代替人工的新科技时代，有多少人刚大学毕业就面临着失业？在全民共富的今天，到底还有多少人富不起来，还越活越穷呢？

我以此文，叹一声这尴尬的中年。

我的兄弟姐妹

我家有四个孩子，我在家里排行老三，有姐姐、哥哥和弟弟。除了弟弟是“80后”以外，我们另外的三位都是“70后”。

时常听妈妈讲起我们四兄妹小时候的故事，她总是说我和哥哥最老实温和，姐姐小时候嘴巴很甜，逢人便叫，人见人爱；而弟弟则性格刚强，是一头小犟牛。

在那个信奉多子多福的年代里，我们兄弟姐妹四个的降生、两儿两女的比率，令父母感到十分幸福和满足。可这无疑也加重了农民出身的他们养育我们的负担，他们必须卖力地干活，想方设法赚钱，以满足我们各方面的需要。因此，他们根本就没有时间和精力来带孩子。我们家与其他很多乡邻的家庭一样，采用的是以大带小的模式，我出生以后，理所当然的，主要由哥哥姐姐带我。

我姐姐比我大5岁，我哥哥比我大3岁，你可以想象，两个孩子带着另外一个孩子是怎样的景象。关于他们带我的具体情景，我全无印象。只是长大后听姐姐、哥哥讲起来，才有了一些零星的印象。我只觉得，自己似乎是在生活的泥潭里“幸存”下来的孩子。

我的头部左侧有一块食指大小的伤疤，那地方一直没长头发，就是我哥哥和姐姐带我留下的最鲜明的证据。不止一次听他们讲起那段往事，说是有一次他们在一个大木盆里放上一把椅子，让我坐在椅子上，而木盆放在家门口的土坝边沿处，我家的房子因为地势较高，因而垒砌起来的土坝其实就是一个高坎。

我陡然被安置到一个令我新奇的地方，便玩得很开心，时而站起来，时而坐下去，时而又爬到椅子上向土坎下面看。就是那个动作，使我摔了下去，那个坎有七八米高吧。结果，我的头被一块尖锐的石头撞了个窟窿，鲜血直流，哥哥姐姐被吓得手足无措，也跟着大声哭起来。等他们反应过来，姐姐便差遣哥哥去叫在附近地里干活的父母回来。父亲飞奔回家，抱着我就往村卫生院跑，血终是被止住了，我才幸免于“难”，可那里的伤疤，便成了永恒。

每当听他们讲起，我们一家人都心有余悸，我想想心跳都加快起来。如今时常摸到这一块地方，便忆起那一幕往事，然后在头脑里绘出那一幅虽然惊险却又温馨的画面，这是那个年代赐给我的特别礼物，手足情深，以这样的方式存留了下来。

我妈常说“先出的笋子先遭难”，以此来表达对姐姐的愧疚之情。姐姐天资聪颖，伶俐精灵，但性格有些乖戾，脾气是火暴型的。她初中毕业以后便不再读书，在家替父母分担家务活，负责为我们三个小的洗衣做饭和管教我们。那时我们都在上学，都是走读的，所以一日三餐都要回家来吃，姐姐会变着花样给我们做好吃的。但是，那时才十四五岁的姐姐为我们做饭的时间久了，加之我们每次回家吃饭像日本鬼子进村一样，一阵狼吞虎咽过后，桌上、灶上碗盘狼藉，抹抹嘴便走人了，姐姐便生出一些怨气来。她那怨气憋久了，便变成了怒气，那怒气发出的直接后果，便是我们遭殃。

记得有一次，姐姐正在给我们盛面条，我不知道说了一句什么话触怒了她，她便就着手里的那碗热面条，直接扔过来扣到了我的脸上。还有一次，她手里正拿着锅铲在搅拌猪食，我不知怎么惹到了她，她挥舞着锅铲便打到了我的鼻梁上。烫吗？痛吗？当时应该是有强烈感觉的吧，可是在我的记忆仓库里，丝毫没有存放它们，如今想来，那是我们姐妹亲密相处的见证啊!

记忆中，小时候我和哥哥确实是不时遭受姐姐“欺负”的。姐姐是家里的老大，她管教我们很严格。可是小小年纪的她不懂得以怎样的方式来管教我们最有威慑力、最有效，于是她便时常动用打的方式。一旦姐姐吩咐做的事我们没做好或是不情愿做，必定招来姐姐的打骂，工具经常是竹条、扫帚之类，更多的时候姐姐是就地取材，手里或是身边有什么便拿什么做教训我们的工具。

记得有一次，姐姐叫我俩去邻居家借东西，我们都不好意思去，便磨磨蹭蹭的不动，姐姐抽出手里拿着的竹扫帚的一根就打我哥哥。哥哥不哭也不叫，任凭竹条一下一下地抽打在身上，活像一位威武不屈的革命战士。姐姐似乎被他这气度慑服了，手劲越来越轻，直至慢慢停了下来。然后是轮到我受罚了，姐姐手里的“鞭子”刚一落下，我就妈呀娘呀地哭得稀里哗啦，可我哭声越大姐姐就打得越重。可见在遇到相同的事情时，不同的性格、不同的应对方式是会换来不同的结果的，人有时候隐忍一点会少给自己带来麻烦。从这里也能找到哥哥一直以来为什么总是那么与世无争，过恬淡宁静生活的原因。

如今我们兄弟姐妹难得团聚一下，讲起这些往事，大家便笑得很开心。我拿话怼姐姐:“我记忆中留下的关于你的印象，似乎都是你打我呢!”我姐回我:“怎么就不想一想我对你好的地方呢?”我回答啊:“嗯，好的地方也有，只是记忆不深刻，不过呢，还是要感谢姐姐对我小时候的严格管教，才有我的成长，我的今天……”哥哥在一旁笑着，补了一句:“是的，要感谢姐，让我从小经受了鞭子的考验，现在生活再苦再难，都不怕了!”姐姐表示很满意，点着头说道:“那是，那是!”这时弟弟冷不防冒出一句来:“嘿嘿，那是没遇到我，遇到我，看姐姐还敢以大欺小不!”

哈哈，是啊，我姐她是没遇到我弟，遇到我弟弟，那“剧本”就得换种风格了。

因为年龄相差大，加上我弟弟性格比较刚硬、倔强，姐姐一旦打了弟弟，他必定要伺机“报仇雪恨”。有一次，弟弟因为一点小事挨了姐姐的打，他便找来一根铁棍子，躲在大门后面，怒气冲冲地等着，要等姐姐回来给她一棍子。姐姐吓得躲到邻居家里不敢回来，直到天黑了，弟弟累了，躺在门后角落里睡着了，手里还紧紧拽着那根铁棍，我才赶快去给姐姐通风报信，她这才大大地松了一口气，回到家里来。

说起我弟弟，他还真是一头倔驴呢。有一次，妈妈叫他洗脚去睡觉，可他还想玩耍。妈妈便骂了他几句，他也不吭声，转身就出去了。等到妈妈忙完了去睡觉时才发现床上没人，于是赶紧出去找。屋子周围都找遍了，根本不见弟弟的踪影，我们一家人扯着嗓子喊弟弟的名字，也根本不见回答。父母开始焦虑不安，爸爸担心他到屋后鱼塘里洗脚摔下去了，便找来一根长竹竿把整个池塘探了几遍，结果一无所获。爸爸又担心他上厕所不小心掉到粪坑里去，又用粪舀子来回试探，还是没有。

怎么办？这孩子去了哪里呢？那时弟弟才六七岁吧，我们一家人急得像热锅上的蚂蚁。我们分头到四邻亲戚、熟人家里去寻找，仍是一无所获。就在父母快要绝望，并由互相埋怨升腾到激烈争吵时，爸爸怀着最后一线希望走到猪圈后面去寻找时，才意外地发现了弟弟就站在那个不知道有多臭多脏，又有蜘蛛网和成群蚊子聚集的地方。他靠在角落里，一动不动，一声不吭，犹如站岗的士兵。可见，有时候人的坚贞不屈的力量是惊人的。这也见证了我弟弟坚韧的性格，也是他以后在外打工能够吃苦耐劳、执着奋斗并最后小有成就的精神保障。

其实，在我的记忆中，姐姐除了喜欢打我们，还给我留下了很多刻骨铭心的记忆。如姐姐的房间总是很漂亮整洁，床单总是没有一丝褶皱，家里的地面总是被她打扫得一尘不染。虽然家里条件不好，可她总会变戏法似的做出可口的饭菜，惹得我们兄妹三人全变成了小馋猫。还有，姐姐总是会把自己打扮得时尚得体，服饰、发型总是引领着镇子上女孩子的时尚潮流。她总不会安分地待在家里，喜欢“走南闯北”，尝试着干过各种行当。她卖过菜，贩过茶叶，学过理发，给亲戚家当过保姆，足迹踏遍了当时的各乡各镇。

后来，她一见钟情于一位兵哥哥（我现在的姐夫）时，便追随他去了北京（当时姐夫所服役部队的驻地）打工。有关她打工的细节我不甚明了，但作为20世纪90年代的打工者，个中滋味，必定是充满艰难苦涩的。从那以后，姐姐便担负起了我和哥哥的学费，我的衣服基本上也都是她给我置备的。再到后来，我姐姐在北京丰台区开了一家灯具店，那几年的生意做得风生水起，赚了一些钱，我们家里的大小物什更是由她来添置。

那时候，姐姐就是令我们感到骄傲的人物，是我们一家人的期盼。每年春节，我们便眼巴巴地盼着姐姐早点回来。姐姐每次回来，总是不嫌麻烦，带了七八箱东西，大至大彩电、音响设备、洗衣机，小至一家人的衣帽鞋袜、雨伞、水杯等，都会随着她的归家而一起到家。姐夫的战友多，大家帮着搬这扛那，因此每次姐姐回家时便形成一支浩浩荡荡的队伍，威风得很呢！如今，我姐回了老家，在家乡县城做服装店老板娘，过上了相夫教子的安定生活，不再漂泊。

家里的老二，我的哥哥，在我的记忆里，他始终是个温情脉脉、有才气和情趣的人，这一点他和弟弟相通。比如他俩都喜欢吹笛子、画画、唱歌什么的，还都喜欢山水风光、花鸟鱼虫之类。即便是现在都已成家立业了，还是雅兴不改、“臭味”相投。逢团聚的日子，他们回到老家，总是照些猫呀狗呀瓜呀花呀背篓呀虫子呀之类的照片，用这种特别的形式表达着对家和故土的深爱与眷恋。而今，我哥哥也跟我一样，在外地教书，我弟弟在一家外企做职业讲师。他们如我一般，过着普通人的生活，却总让生活充实而有趣。

时间永恒流逝，年龄不断增大，我们大的三个没有什么长进，排行最小的弟弟的才华却与日俱增，不断显露出来。先是他由一位汽修工转变而为油漆调理师，然后成长为公司的得力讲师，近些年，他还爱上了书法，字写得有模有样，偶尔也写点文字表达一下心情。见我写了一首村歌，他也兴起，趁着出差时的一天夜晚为我们家乡的村子写了一首村歌；写毕，哼唱出来，反复玩味揣摩，不断修改，打造成了一首像模像样的歌曲。受他的启发和感染，我哥哥也即兴写了一首地方特色浓郁的民谣。于是我们兄妹几个便在家庭微信群里掀起了创作歌曲的小浪潮。我姐姐不喜欢写东西，但她唱歌最好听，她便时不时到“全民 K 歌”里唱几首，还清一色的清唱版，发到群里彰显她的实力。

我的兄弟姐妹，便时常这样“聚”在一起，大事小情在一起商量，时不时说笑逗闹一番。我们虽然远隔天涯，但也近在咫尺。手足情深的兄弟姐妹，就这样，分开着，又团聚着，在各自的世界里精彩着，又精彩着一个大家庭的生活……

父亲的铁盒子

在我小时候，父亲有一个神秘的铁盒子。不，确切地说，是一个铝盒子。

父亲总是把那盒子藏起来，从来不准我们动它。只有遇到乡邻来我家央请父亲看病时，我们才有机会一睹其真容。偶尔，父亲诊断完毕，便会去拿出那盒子来，在盒子内壁刮下一点粉末，用纸包好了递给人家，然后降低了声音，叮嘱他们回家去后如何服用。果真，等他们吞服以后，病痛似乎就好了。

于是，一传十、十传百，来找父亲看病的人便多了起来。可是父亲轻易不会拿出那神秘的盒子来，只有关系很亲近，而且病症对症的人，父亲才肯拿出来。临走时，又是对那人好一番叮嘱，叫他不要说出去才好。

这个盒子是椭圆形的，灰黑色，因为久经摩擦，所以盒壁很光滑，泛着岁月打磨的光。这个铁盒子是父亲的宝贝，但父亲却把它随意放在竹楼上一个废弃的杂物袋里。我们有时候爬上楼去，踩着那些用稀疏枯旧的竹拼接而成的“楼板”，去扒拉那些早已蒙上灰尘的不明废弃物，便不小心翻到了父亲的那个铁盒子。

我们出于好奇，便打开它，发现里面除了有一根很小的“铁勺”外，并无他物。我们便拿出小勺来仔细观察，发现它表面是青黑色的，有些磨损过的地方又透出金色，似乎又是铜色的。我们辨不清是什么质地的，想拿了它去问父亲，可又不敢。再把小手伸进盒子里去摩挲一番，待把手拿出来以后，发现指头上粘了灰黑的一层，不知是何物。我拿起盒子来凑近闻，只闻到一股陈腐的气味。

在楼上扒拉了一会儿，把那些新鲜玩意翻出来把玩一番，有时候我竟然枕着堆放的苞谷壳睡着了；有时候，又被老鼠吱吱叫着窜来窜去的声音惊醒。醒来一阵迷糊，瞪着瓦缝里一束束金晃晃的光出神。等清醒了，便从母亲悬挂在房梁上的麻布袋里偷了一把花生，溜下了楼。

这样的行为，有时是我们兄妹几个一起，有时候是我一个人。我一个人上楼的时候比较害怕，担心楼竹板断裂，害怕老鼠，又怕那些明晃晃的光束。可当我拿起那个盒子的时候，便莫名地安心了一些，仿佛有父亲在身边陪着我一般。

后来，父亲大概知道我们动了他的盒子，便把它拿下来藏到自己的卧室里去了。父亲藏东西是高手，常常放在一些你意想不到的地方，比如他会把钱藏在墙壁上松动的石头缝里，不像母亲，总喜欢用个布袋子把那些毛票包裹好了，藏在装衣服的木箱子里，我们一找便找着了。

父亲把铁盒子藏到哪里去了呢？

童年的我们没啥玩具，从来都对父母藏起来的东西充满了寻找的欲望。功夫不负有心人，那个盒子终于被哥哥发现了，他便领了弟弟去看。我又从弟弟口中得知了盒子的藏身处，便又告诉了姐姐。这样一来，我们兄妹几个都知道了父亲的宝贝藏在何处了。

原来父亲把它藏在了他们卧室门后面的一个子弹袋里。当然，这个子弹袋也是我们偷偷把玩了好多回的新奇之物。父亲这子弹袋里也藏着一些零碎玩意，什么铜钱啊、零币呀、票据呀、铁钉啊、顶针啊，还有一本《毛主席语录》小册子、几本泛黄的连环画等。这子弹袋是皮制的，驼黄色，有很多格，父亲把那盒子藏在了最后一格里，用旧报纸包裹起来，前面还用《毛主席语录》挡了起来。

父亲哪里知道，他藏在这里也会被我们发现。其实无论他放在哪里，我们都会找到的。那个年代那些年纪的孩子，对新鲜事物都是怀有强烈好奇心的，况且那时的我们没有其他的玩具和娱乐。

盒子被我们发现以后，有一阵子，我们便趁着父母不在家时，溜进他们的房间里去，沉浸到那一方天地里去。我们把盒子拿出来赏玩一番，又依照原样包好放回原处。我们兄妹几个，以各自的眼光和喜好，各自关注着子弹袋里不同的东西，寻找着不同的快乐。

后来，那盒子又被父亲转移了地方。至于到哪里去了，更是不得而知了。再到近几年，我们问起父亲来，已经老病衰颓、耳聋眼花而又口齿不清的父亲，总是回答不上来。让他仔细想想，只见他眼神迷茫，迟钝呆滞，而后摇摇头。我们也不忍心再搅扰父亲，便不再追问。

时光荏苒，彼时至今日，一晃已是 20 多年，我们的老屋也早已被拆掉，作宅基地卖给了别人，他们在那个地方建起来一栋高楼。父亲那神秘的盒子，到底去了哪里呢？

那个盒子，我一直以为是个铁盒子，直到后来长大了，根据一些细节回忆起来，才知道那个盒子其实是一个铝制的装过鸦片的盒子。父亲刮下来给人家治病的粉末，便是鸦片残余。或许是因为心理作用，人家便觉得有效果。

至于那个盒子是从哪里来的，现在又在哪里，已不再是我们可以弄清的问题。或许，它早已经被弄丢了吧。

是啊，颓旧老朽的空盒子，大抵已经被弄丢了吧。就像我们把我们原来的父亲“弄丢”了一样。原本健康聪敏、乐观开朗的父亲，那个能说会道、喜欢读书唱歌的父亲，那个温和慈祥、坚忍强大，几乎无所不能的父亲，那个在我们的心里耸立成一座山的父亲，现在浑身上下散发着陈腐颓旧的气息，他的存活，只剩下吃喝拉撒而已。长年的劳作之苦与病痛的折磨把父亲压垮了，如今的父亲，生活不能自理，身体又经受着病痛的折磨，整个人精神萎靡、呆滞迟钝，变得沉默寡言，对一切都提不起兴趣。而他辛苦养大的四个孩子，除了姐姐以外，我们另外兄妹三个如今竟然没有一个能在他身边陪侍照料。

我们真把我们的父亲给弄丢了！

那么，那把泛着金铜色的光的勺子呢？它其实是一把铜勺！它还在吗？毕竟，它泛着光呢，就像年轻体健时的父亲一样。

去日时光不再

凌晨5点半醒来，靠在床头，看着日历显示的是9月10日，不禁感慨：时间过得真快啊，已是教师节了！随即，突然产生了强烈的写作冲动：写一下我的高中老师。

于是起床，打开电脑，思绪翩然，回到了那个时代。

时光倒回，那还是20世纪90年代末，我考进了县城第一中学。从跨进校门的那一刻起，我就知道我被分在了文科1班：那时我们那一届一共8个班（6个理科班，两个文科班）；两个文科班又分为快、慢班，而我在文科快班里。

背着重重的行囊，报了到，找到了宿舍，安置好了一切，走一段斜坡状的水泥路，再爬上一段宽阔的水泥台阶，右转，进入教学楼，一直爬到顶楼五楼的第一间教室，就到了我所在的班级。

我的高中生涯，从这时正式开始。

我们的老师，也从这时开始一一登场，拉开了我们师生之间缘分与故事的序幕。

我们的班主任姓张，名子斌，是英语老师，他是当时刚从县城另外一所高中调动过来的优秀班主任。报到的时候我见到他，就留下一个印象：一位脸黑、严肃的中年男人。

果不其然，他上课的时候真的就是一本正经的，英语单词的教读、课文的讲解、作业的批改以及对我们平常的背诵、听写和考试成绩的要求等，他都是严肃认真的，绝不开半点玩笑。对于班级管理，他出台了一系列“政策”，培养与任用班干部，并让他们各行其令、各司其职。他与他们精诚合作，共抓班级管理。

高中三年时间里，张老师对于教学、管理工作一直如此，从不懈怠。记得那时我们的晚自习是不安排具体课务的，以让我们可以巩固复习，查漏补缺。青春年少的我们，不可能那么自觉自律，在没有老师监督的晚自习时间，即便是像我这样老实的学生，有时候也会管控不了自己，跟同桌聊天、抄歌词、折星星，把垃圾团成一团塞到前面同学的衣服帽子里去……似乎是干尽了坏事。可是，小偷总是斗不过警察，这些事情大抵都会被张老师抓个现行。他总是在我们不注意的瞬间，悄无声息地出现在教室的窗户外，或是突然就站在了我们身后。证据确凿，我们无理由狡辩，只得乖乖认罚。处罚的方式无非是罚扫地、抄课文，或是到操场上跑几圈，有时张老师也会把我们全班学生留下来，不准去吃饭。

还记得有一回晚上就寝时，我们那个寝室里，大家突然兴起，谈到了初中时春游的话题，聊到兴头上，以至于熄灯铃响过以后我们也浑然不觉，或许是抱着侥幸的心理吧，认为班主任不一定每天晚上都会来查寝的。就这样，我们聊了足足有半个多小时，突然，从寝室后墙的窗户外传来一个诡异的声音：“嗯，是的，春游好玩，你们继续聊，聊到天亮！”

天啊，这不是张老师的声音吗，我们立马闭了嘴，把头缩到被窝里去，大气都不敢出。当然，我们没能幸免，说过那句话以后，张老师就要求我们去操场上“锻炼身体”了。还记得那夜月正好、风正轻，操场上很安静，能听到虫鸣和远处的蛙叫。

于我而言，这样的惩戒竟然算是一番奖赏呢。毕竟，那时我的语文成绩还不错，作文是不时会被语文老师在课堂上读给大家听的。

做老师的都知道，适当的惩戒肯定是一种有效的教育方式，在那个学习改变命运的年代，被罚过之后的我们，慢慢地也就进入了紧张的高中学习生活，棱角渐渐被磨平，变得听话起来。

当然，张老师也有温和的时候。比如，每每在台上读着学生的优秀作文的时候，他便语调轻柔，语气温和，脸上带着欣慰满足的笑，一边读着，一边给我们打气，给我们指点方法。又比如，在一次文艺汇演的大合唱环节，他允许我们女生穿上好看的半裙，梳自己喜欢的发型，虽然我们把那首《保卫黄河》唱的节奏有点乱，气势也不够，但他不仅没有批评我们，还表扬了我们，说我们在台上的状态比在教室里读书的时候认真、投入。

事实证明，张老师是优秀的班主任，是认真负责的课任老师，我们班全体学生在他的带领与管理下众志成城、齐头并进，取得了很多的成绩，高考也谱写了辉煌。现在他的弟子中，有不少人在各地不同学校做老师，最厉害的要数当年的学霸，如今在武汉大学任博士生导师。另外还有在其他行业打拼的，有在上海做某总的，有在江苏做检察长的，有在北京做律师的，有在官场上风生水起的，有在商海叱咤风云的，各行各业都有我们班同学的身影。

这一切，现在想来，无不与当时张老师和其他科任老师对我们的辛勤培养与用心教育有关。或许在那个青春飞扬的年代，我们把过多的精力用在了学习上吧，又或许是那时的我们根本不懂得要感恩老师对我们的付出，要珍惜与老师相处的时光。我对张老师的记忆并不是很多，对他也没有很多深刻的感受，但是等我自己做了老师，现在再回想起来，想起做了我们三年班主任的张老师，想起陪我们一起走过了最辛苦也最充实的三年高中时光的张老师，我的心头涌起一股暖流，情不自禁的，眼里就含了泪水。此时的我，才能深刻地体会到歌词里的那句话：“长大后，我就成了你，才知道那块黑板，写下的是真理，抹去的是功利。”

时隔多年以后，在我们高中同学毕业20周年的聚会上，我才在高中毕业以后第一次见到了张老师，还有当时我们那一届的年级组长和教我们的其他几位科任老师。参加聚会的同学不多，总共20多个人，都已是人至中年，早已成家立业、安身立命。等老师们一一到场，我们一一迎接，才发现迎面走来的老师们都已是老人了，他们要么年过花甲，要么已至古稀。看他们白发苍苍，皱纹满脸，呈现出明显的老态，我们恍若隔世一般，过了半晌才缓过神来，不禁感叹时光飞逝，岁月不饶人。想当年他们教我们的时候，都还处于人生盛年，还处于意气风发、斗志昂扬的年龄。而今见到，岁月的风霜果然冷冽严酷，改变了我们心目中的老师们的形象。

我们的班主任张老师脸色蜡黄，体态瘦削，见到我们时勉强挤出了笑容，与我们断断续续地交谈，可几乎都已记不得我们的名字了。数学老师依然瘦瘦高高的，只是背已驼了，头发也白得厉害。倒是政治老师还依然有几分精气神的样子，脸上依然带着那温和慈爱的笑。历史老师当年教我们的时候是学校副校长，那时便有了一定的年纪，大概50多岁吧，时隔20年，他虽然老了些，但变化倒不是很大，他依然举止儒雅，时常带笑，眼神深邃迷离。

变化最大的要数那位年级组长了，他也是我们的化学老师，当年他管我们时，与我们斗智斗勇，呈现雷厉风行、精干强健、杀伐果决的风格，而同学聚会那次见到时，发现他眼神黯淡，步履蹒跚，一副老弱衰颓的样子。同学会整个流程下来，他都没有笑脸，也没有讲过几句话。据说，他是生了什么重病，因而整个精神状态都非常不好。

所幸，年级组长虽然身患重病，拖着羸弱之身聊度残年，但到目前还存活于人世间。而我们的班主任张老师，后来得了癌症，与病魔抗争了几个月以后，还是撒手人寰，与我们永别了。今日，想和他说一声“节日快乐”已是奢望。那么，张老师，愿您在天堂里，一切安好！

时光流转，往昔情景似乎还在眼前，转瞬已是另外一个时代。而今，我早已从高中那个青涩、胆小的小女生，变成了一位高中老师，已经从教17个年头了。一不留神，我就到了当时我们的高中老师那样的年纪，而我们的老师变成了迟暮老人。他们就是一根根红烛，以光和热照亮与温暖了我们，燃烧殆尽，然后老去，最终魂归大地。而我，继续他们走过的路，举起蜡烛，照亮孩子前行的路，也燃烧起来，一天天，一年年。所不同的是，他们致力于家乡的教育，在生养自己的土地上扎根，奉献，而我，却要将人生的大部分时光，倾心于他乡，致力于他乡的教育事业，叶落，也未必能归根……

如今，每每看到自己的学生，某些场景便会拉我回到我的高中时代，想起那些年陪伴我们一起成长的老师，他们兢兢业业，呕心沥血，传授给我们知识和做人的道理，给我们光和希望，给我们撑起了艰难的高中读书生涯的一片天。

去日时光已不再，如今再回首，才懂得了更多。而青春期犯的错误与留下的遗憾，已经追悔莫及，唯有珍惜与把握好当下，拿好粉笔，站好讲台，将红烛精神传承下去，才对得起学生，对得起现在，也不辜负余生。

谨以此，纪念我们的第36个教师节！祝天下的老师们：节日快乐，身体安康！

燕，归了巢

我不再像往年那样，拖着大包小包行囊赶火车，只拎了一个小箱子，装上一些衣物和两盒自热饭便出发了。我搭乘朋友去鄂西旅行的私家车，在经历 14 小时的车程以后，回到了老家——湖北利川。

在龙游，我是一个跨越千山万水，从鄂西到浙西求职的异地他乡人，也是新龙游人。近些年来，父母年老体弱，常年多病且生活已不能自理，所以每年暑假回老家一趟，已成了我暑期最重要的事情。

我乘坐网约车，到了父母所在的小区楼下，经过门卫处，需要人脸识别进入。我请求门卫帮我开了门，走了进去，辨明方向，走进 3 号楼的大厅，又需要刷脸进入，我只好等待着。我等着刚好要进去或者出来的同一栋楼的住户，很快，我就成功进入了。

进入电梯，按下“20”的电梯键，看着数字一层楼一层楼地增加，我的心跳加快起来。每年暑假回老家的时候，无论如何，我的心都是激动的。

电梯停了下来，我拉着行李箱，挤了出去，右转，看门牌号，去找那个代表家的数字代码。走了一圈，没发现。我发信息到家庭微信群里问：“我们家门牌号是多少？”哥哥很快回了信息：“2006。”“没错呀，我怎么找不到这个门牌号？”我很奇怪，回道。弟弟回答：“二姐，你莫不是走错楼了？你在第几栋？”我回答：“3 栋。”“嗨，你走错了，父母家在 1 栋！”弟弟这句话后面跟了三个尴尬表情。

哥哥说：“我去年回去时，没有走错楼，但是记错了门牌号，到别人家门口摁了半天密码。”

“你看你们，回家都找不到家门了！谁叫你们不常回来。”姐姐发出一条消息。

父母原本住在镇上的，考虑到他们身体不好，为方便住在县城的姐姐照顾，我们兄妹几个在前年暑假凑钱付了首付，给他们在姐姐所住的小区里买了一套小房子。买好房，帮父母搬家并安置好一切以后，我们便匆匆离乡返回了。然后，在每年的暑假，我与哥哥、弟弟才抽时间回去一次。因而才闹出了上面的“笑话”。

我等电梯，下楼，走出3栋，走向1栋，再等人，蹭进大厅，进入电梯，到了20楼。走出电梯，右转，盯着门牌号看，找到了“2006”。我将右手食指放到电子锁上，指纹识别成功，转动门把手，打开了门。那一刻，我的心跳腾腾腾地加快了。

母亲听到动静，迎了出来，一脸惊喜，嗔怪我怎么不打招呼就偷偷回来了，害她没有准备好菜。这正是我和哥哥每次回家不愿意告诉母亲的原因，我们不想她费尽心力去花钱准备菜肴。我们觉得，儿女回自己的家，一切我们自己来就行了，无须劳烦母亲。

跟母亲打过招呼，我往里面看了一下，看见父亲坐在沙发上，对我的突然归家似乎并无反应。我急忙走到父亲面前，大声喊父亲，问道：“爸爸，你晓得我是哪个不？”爸爸抬起头，有些错愕地看着我，随即便认出了我，咧开嘴笑了，说道：“个人（自己）的姑娘，啷个（怎么）认不到嘛。”

父亲从2016年发现患上帕金森综合症以来，6年过去了，身体每况愈下，渐渐失去了生活自理能力。如今，他身体瘦弱不堪，行动迟缓，反应呆滞，听力很差，一般不与人交流，越发变得痴呆、自闭起来。他每天都感到头晕、乏力，饿了吃，吃了便想睡。他想睡觉了，没人扶的时候，他便迈着“企鹅步”，艰难地踱步到床边，顺势倒下去。四肢僵硬的他，倒下去时是什么姿势，基本上就维持着那个姿势，蜷缩在床上，像一截老朽的木头。他睡觉时从来不脱衣服，一是穿脱衣服对他来说是难事，二是他不时会醒来，要起床去上厕所。他自己是不能起床的，他便喊我母亲拉他，我和哥哥回家以后，父亲便唤我们。

我很高兴，父亲的头脑还是清晰的。父亲也很高兴，他嗫嚅着，跟我说着一些含混不清的话。我听不清，便随便应答着。放好行李，照例，我要做的第一件事情是彻底打扫卫生。我绾起头发，泼了洗衣粉水，拿起拖把和刷子，开始打扫。母亲忙着要去买菜做饭，我阻止了她，告诉她等下我来弄，冰箱里有啥菜就做啥。

父亲依然坐在沙发上，突然，他唱起歌来。

父亲喜欢唱歌，从年轻时便如此了。他年轻力壮的时候，是带有乐观主义精神和文艺情怀的农民，劳动的艰辛与生活的压力并不能阻挡他对生活的热爱，田间、地头与家里，有父亲在的地方，便会响起他的歌声。尤其是在夜里睡觉时，往往到了夜半时分，随着父亲进入梦乡，“歌声”便会从他的屋子里飘出来。我们时常听到父亲这样的歌声，觉得很安心。母亲有时会吵醒他，嫌父亲吵到了她。这是一种奇怪的现象，至今我们也不明白原因为何。不管怎样，歌声总是代表喜悦心情的，父亲高兴时便要唱歌，即便生重病以后也依然如此。

父亲的歌声悦耳动听，充满深情，我们喜欢听他唱歌。我们在父亲的歌声里长大，离开家乡，到了外省去工作、安家。每次我们回老家去探望他们时，父亲一高兴起来便要唱歌。我们听他唱，或者陪他一起唱。

这时，我们便觉得父亲不像是个病人了，产生了错觉：父亲的病是不是奇迹般地好了？可唱完歌的父亲歇下来，又病恹恹的了。

我回到家以后，母亲终于可以卸下照顾父亲的担子，轻松一阵子了。除了做好所有家务事，当务之急是给父亲洗头和洗澡。这对于正常人来说是很简单的事情，可是对于父亲来说，就是一件难事。我找好一件衣服，是父亲喜欢的那种唐装盘扣的，哄父亲："爸爸，走，去给你洗个澡。"父亲不愿意。我凑近闻了一下父亲，皱眉，说道："嗯，好臭，需要洗一下，洗得香香的，换上干净的衣服，帅得很。"耳背很严重的父亲这下听清楚了，他笑道："老都老了，还帅？"

后来，我只好采取强制措施，连推带抱地把父亲弄进了卫生间，给他一阵好洗。父亲骨瘦如柴，双腿萎缩得厉害，只比我的手臂大一些。他弓着背，屈着腿，僵硬地站在我面前，比我还矮一截。我给父亲洗着，搓着，心里酸得很。父亲的头上有很多头皮屑，我轻轻地挠，细细地抓，发现父亲的头发大多还是黑色，便有些许欣慰。这时的父亲听话了，像个孩子一样，闭着眼，享受着我给他洗头。

父亲四肢僵硬无力，任何细小的动作都不能灵活自如，给他穿衣服时，我费了很大的劲，我需要先找一把椅子安顿父亲坐下，再蹲下去，抬起父亲的一条腿，塞进裤管，然后放下，再拎住裤腰，防止裤子滑落，又给他穿上另一只裤腿，然后，抱着父亲给他助力，让他站起来，再拎上裤子，把它穿周正。父亲像个柔弱无助的婴孩，但身子又不如婴孩那样柔软灵活，每一个步骤，从发布"命令"，到指令得到实施，我都得大声地说话，小心地行事。我干的是体力活，也是技术活。

待过了三四十分钟，终于把父亲收拾得干净体面了，我送父亲坐到客厅沙发上，给他拍照。我夸父亲："看看，这下子小伙子一飚就出来了！（老家方言说法，意即样貌猛然变帅）以后要经常洗澡，要听妈的话。"说完，又叮嘱母亲，"妈，您有空时要给父亲洗一下澡。"母亲回答："你们回来了他享福哦，我自己都没有力气洗澡呢。"

是啊，其实母亲的身体情况比父亲更糟糕。去年暑假哥哥回老家带母亲去医院做了全面检查，结果出来，令我们很吃惊，原来母亲也患上了跟父亲一样的帕金森病，不仅如此，还有各种老年病。她时常气喘、胸闷，还伴随着各种疼痛：头痛，腿痛，腰痛，后背胀痛。母亲的手脚抖得很厉害，四肢酸痛无力，她站的时间不能久，所以做一顿饭下来，往往得坐下来休息几次。吃饭时，我看见母亲端碗和拿筷子的双手抖个不停，碗和筷子如果碰到桌面，便发出笃笃的声响。母亲原本是胖身材的，这几年日渐消瘦，如今只有七八十斤的体重了。母亲的背也驼了，跟父亲一样，比我矮一截。跟我出去散步或去超市时，母亲强打起精神，拖着腿，迈着小碎步，加快步伐想要跟上我，走着走着，她就落在了我后面。我停下来等，过了一会儿，我又把母亲落在了后面。

母亲真的已经不再是以前那个母亲了！不过，她的精神状态挺好，她还有力气骂父亲，抱怨父亲；她还有精气神建议我怎么穿衣搭配，叫我给她拍视频；她还有力气跟隔壁的张孃孃、楼上的李婶婶生气，说她们的闲话；她也有精力一天三四次地坐电梯往楼下跑，去楼下的院子里跟其他老太太一起纳凉、闲聊。母亲原本是个精力充沛、充满生活热情的人，是一位勤劳贤惠的农村妇女。这不，病歪歪的她，竟然在小区外面的行道树下面种了几垄菜，她带着我们去参观她的劳动果实，有茄子、青椒、豇豆、西红柿和南瓜，它们长在行道树下面的方大尺寸土壤里，枝蔓缠绕，茂盛自在。

母亲迈着颤巍巍的步子，时不时下楼去摘一把菜上楼，豇豆竟然多得吃不完。我利用现成的食材，给他们做豇豆饼、包饺子吃。母亲嫌我做的豇豆饼不好吃，我不服气，亲自用平底锅开小火烙制。给哥哥品尝，哥哥说：“挺好吃的呀！”看盘里母亲烙的饼，我明白了，我前面做的豇豆饼皮厚了，而且是直接用炒菜的锅烙的，加上没掌握好火候，都煳掉了，所以不好吃。母亲现在的厨艺大不如前，动作缓慢不说，有时还忘了放盐，或者盐放多了，时而又把菜炒焦掉了。

我和哥哥回到家，跟父母在一起生活，一家人其乐融融的，我们仿佛又回到了小时候。只不过，我们已经到了当初父母的年纪；父母老了，变回我们小时候那样子。

我和哥哥空闲时喜欢往山里跑。我们去看故土的草木庄稼、土地山河。山野的花与果，地里的菜蔬与庄稼，山顶的云与风，任何一样，微小与宏观的事物，都能惹得我们心动不已。

母亲不理解我们一天不辞辛劳地去山里的行为，嗔怪道："还是像个细娃型，一天都想往外面跑，不晓得山里有么子（什么）好耍滴。"

父亲反应迟钝，他不知道我们一天进进出出去了哪里。有时，他以为我们是要回去了，便向我们告别；见我们傍晚又回家了，便惊喜地笑起来。

我们回家时，在楼下超市顺便买些菜和零食带上楼。父亲喜欢吃零食，他一日三餐不按正点吃，时常会感到饿，便到处翻找吃的。所以，我们得给父亲备一些零食。吃饭时，喊父亲一起吃饭，他总是要磨蹭着，迟一些时候才走过去，有时，他站着就开吃了，有时歪斜着坐着吃。吃饭时，父亲动作不灵便，总是把饭菜撒在桌上和地上。他偏食，很多菜都不吃，遇到喜欢吃的才好好吃几口。我们看见父亲在认真吃饭，就表扬他几句。看见他喜欢吃的菜，给他夹一些，他拒绝着；你再夹，他便放下碗筷，赌气不吃了。父亲吃药也是这样，要我们监督着，哄着或强迫着，不然他就凭心情决定吃与否。

都说老小孩，这是真的，父亲真的像个孩子。

母亲见我们把父亲照顾得如此周到，有些吃醋了，抱怨着父亲，诉说她的身体有多难受。于是，我们连同母亲一起照顾。我们回去以后，什么活都不让母亲干，我们宠着母亲。我给父亲洗头洗澡，也给母亲洗。哥哥给父亲喂药，也给母亲喂药。我跟母亲睡一张床，陪她聊家长里短。我与哥哥回家以后，就化身为全职保姆，尽量承担起家里所有的事务来，弟弟也如此。

母亲也被同样照顾着，一天无事可干，做起了闲老太，她开心起来。每天起床与一日三餐之后，她便下楼去，在院子里吹风、闲坐，与其他老太太东家长李家短地闲扯着。在家时就看看手机，看到好笑的便笑了起来。有时兴致来了，她跟着视频学做菜、学跳舞。

母亲也像个孩子，她高兴起来没心没肺的样子，生气起来就会骂人。她骂父亲，也数落我。偶尔也会因一件小事，我们母女吵起来。母亲吵架的时候，气势依然不减当年，嗓门大，语速快，用语有力，思维清晰，情感充沛。我也用心用力地跟母亲“吵架”，吵着吵着，我的眼泪忍不住掉下来；过了一会儿，我又没心没肺地笑了。我想着：真好，母亲现在还有精气神跟我吵架，说明身体还行。

父亲现在连说话的欲望都没有了，他执拗孤单地活在他的世界里，将身形尽量缩小，蜷缩在他房间里的床上，出现在客厅的频率减少了。有时，他也想以他的方式引起我们的注意，比如闹脾气，比如唱歌。当他成功地吸引了我们的注意力以后，我们又转而忙其他的事去了。父亲还在，我们就放心了。我们无力关心更多。

有一年暑期，我在老家一共待了 20 天，这是我参加工作以来最长的一次了。带着对父母的亏欠与内疚之情回去，时间长了，又觉得对不住家里的儿子，于是踏上归程。回到自己的家以后，又深感愧对父母，觉得自己在老家时做得不够，陪他们的时间也不够。人到中年，上有老下有小，又有各种工作要做，有很多事务要处理，因而时常怀着对各种人的愧疚，负重而活。

有时想，我只做一只燕子，要么飞翔，要么归巢，该多好。

蚊子与蚊子

下班时，站在校园林荫小道上回答一个学生的询问，就在那几十秒的时间之内，右腿小腿处被一只蚊子叮咬了。奇痒无比，我抓挠了好几次，留下一些浅红色的指甲印和一个小红疙瘩。

这，就是浙西的蚊子。玲珑，精致，花纹清晰，叫声温柔，飞舞时姿态妖娆，行动轻盈敏捷，总之长成一副人畜无害的样子，但是攻击性较强，毒性较大。我初到浙西地区的那些年颇不适应这里的蚊子。人都有恋旧情结，或者说人性在于失去了才懂得珍惜，所以，那时我还有点怀念我老家鄂西地区的蚊子。

鄂西地区的蚊子是怎样的呢？大概是在山风雨露中长大，得“富硒胜地”之庇佑，汲取天地之精华，它们长得便丰满一些，体态丰盈，腹部圆润，花纹模糊，又因受湖北省西南部山区慢节奏生活的影响，行动便迟缓一些。另外，山里的蚊子还显得憨厚笨拙一些。所以每每被它们叮咬以后，便不会觉得很痒，也就很少起红疙瘩。

在我的老家还有一种蚊子叫作“蠛蠛蚊”，四川、重庆一带也这样称呼，有的地区叫“麦麦蚊”“墨蚊”，书面语叫“蠓”。这种蚊子体态很小，体长约一毫米，不细看的话几乎看不到，体色大多为黑色或者褐色。它们总是冷不防地叮咬你，等你感觉到痒痛了去察看，才发现有一小点或是好几点黑色的东西安静地栖息在你的肉体上，它们不像一般的大蚊子那样会发出嗡嗡的声音，总是无声无息地潜入或离开，令你猝不及防。被这种蚊子咬了以后，又痒又痛，你忍不住去抓挠，你的皮肤上便被点缀上了小红包、小疙瘩。

还真是一方水土养育一方蚊子呢。我是活到了奔知天命之年，才突然意识到这个问题的。等我意识到这个问题的时候，我们人类已经足够先进与强大，加上我生活在城市里，所以关于人蚊大战的经历倒是寥寥，也无甚可记。这倒令我想起小时候在老家与蚊子共处的岁月。

那些年，我家白墙黑瓦的房子坐落在一片田园中，屋前屋后都被父亲种上了树，四周的田园里是庄稼和果树，有几年时间，屋后和屋旁还分别有一个鱼塘。在这样的环境中，到了夏季，蚊子就特别多。记忆最深的是到猪圈旁边去上厕所时，父亲手工打造的卫生间的墙壁上密密麻麻地趴着几大片蚊子，你一走进去，它们便慌乱飞起，四处乱窜，伴随着嗡嗡的咒语一般的号角声，它们开始发动进攻。

于是，蹲厕所成了既减压又痛苦的事情。只听“嗡嗡嗡”与“啪啪啪”交织混杂，响成一片，这时，我为打死了几只蚊子而产生获胜感。有时候，我又耐心地等待蚊子吸足了我的血，看着它的腹部一点一点变得鼓胀和通体透红的时候，再抡起手掌，啪的一下拍下去。我打死了它，我的手上沾上了自己的鲜血，或是我白挨了自己一巴掌，而它得意扬扬地飞走了，这时我的心情或是满足的，或是沮丧的。不管怎样，蚊子的存在，给我提供了情绪价值。

而这时，若得一本好书，还能蹲在厕所有滋有味地看下去，全然不理会那些蚊子的肆意妄为，这又得是另一种体验了。我在浊臭、肮脏的小空间里，获得了书香、纯净的大天地，这也算人间值得的事情了。有蚊子相伴，它不时提醒我要保持清醒，或是该睡了。

小时候的夏季，蚊子也真算是对我们不离不弃、相依相偎的一种生物了，似乎比猪有感情，比牛殷勤多了。那时候的蚊子似乎是无时不在的。夜晚，伴着蚊子入睡；半夜，一边在梦里昏沉，一边习惯性地拍打着蚊子；早晨，被蚊子唤醒。一日三餐的时间里，它们也跟着凑热闹。其余时间，无论你坐着、站着、还是走着、停着，它们都要死乞白赖地跟着你。它们成为我们挥之不去的小动物和梦境。

为了驱蚊，父亲也是用尽了办法。通常在傍晚的时候，蚊子成群结队地在大门处游荡，而那时恰好是我们闲坐大门口纳凉的时候。父亲就会烧起一堆杂草来，用烟熏法驱蚊。一堆杂草，干湿相混，制造出一个烟熏火燎的世界，蚊子们被熏得晕乎乎的，渐渐就瘫软了身子，落到地上。有的掉到火堆里，发出噼啪的轻响。

有时蚊子多起来，父亲会直接背了喷雾器打农药，蚊子们很快便呜呼哀哉，给了我们暂时的清静时光。一般情况下，我们会点起蚊香来，阵亡的蚊子便这里一只那里一只地次第掉下来，落到这里、那里，有时饭菜里也掉落了蚊子。

人蚊大战，获胜的肯定是人。一种生物降服一种生物，而获胜的生物又被另外更强大的生物降服，这是自然定律。人降服的生物很多，能降服人的生物也很多。

而今，在异地他乡，在小县城择一小宅居住，居于顶楼，视野开阔，窗外敞亮，空气清新，像过去那样人蚊之战的情景再也没有了。蚊子不再关注我们，我们也不再关注它们，我们与它们彼此是两个世界的生物。可是蚊子还是存在的，需到有绿植的地方去，或到乡野去。这些地方，草木蓬勃，生灵自在，蚊子安闲。

如今，偶遇蚊子，听其鼓瑟，观其起舞，视其吻我以痛，观其吸我之血，我轻轻地伸出一只手，缓缓地移动，再以迅雷不及掩耳之势，啪的一声脆响，打在自己身上，我觉得疼了。而小时候，我感觉不到疼。我长大了，长到了比我小时候的父母的年纪还大的年纪，我被蚊子咬疼了……不对，我是被自己打疼了。我不知道，我到底是在跟谁较量。

过去与现在、鄂西与浙西的蚊子，真的不一样，就像人与人也真的不一样一样，于苍茫宇宙之中，虽然我们同为不起眼的一小点，可是彼时与此时，身处彼地与此地真的不一样。有时压死人的，只是最后一根稻草。

这样想的时候，我的眼前又出现了鲜红的血——我自己的血。我的眼睛，连同心，又痛起来。所幸，正在此时，蚊子问我："文章写好了吗？你写的蚊子和我有关系吗？"

"嗯，你猜！"我回她。这样说的时候，我的嘴角有了弧度。我想着，现在，在我的世界里，蚊子除了是一种昆虫，还是我的一个闺密。我有一个闺密叫"孙晓雯"，平常人们称她为小雯子、蚊子，她是浙西的一只"蚊子"，圆脸，大眼，微胖，身姿轻盈，玲珑可爱的"蚊子"，她聪明，活泼，勤劳，每天飞来飞去。

哦，她是一只特别的浙西蚊子。这样想着，我咧开嘴，坏坏地笑了。我又一次用文字疗愈了自己。

永远的大树

“爸爸死了！”

凌晨 4 点多，睡得迷迷糊糊中，老公接到一个电话，我被他说出的这句话彻底惊醒。

“哪个爸爸？”我脱口而出的竟然是这句话。

“你还有几个爸爸？”老公有些惊讶。

是啊，他的爸爸我们叫“伯伯”的，不叫爸爸。“啊，你是说我的爸爸，他死了？”

说完这句话，我沉默了，心被揪起来，有数万根针在扎。过了一会儿，我号啕大哭，撕心裂肺。

老公走出去上厕所了，房间里空气凝滞，我捂着被子，大脑飞速运转。我无法想象我的父亲孤单离世时的样子。

父亲离世后，惊慌失措的母亲打电话给姐夫，姐夫打遍了我们四兄妹的电话，只有弟弟和我老公接了。哥哥、嫂子、侄女在江苏江都，他们关机睡觉了；姐姐正流落异乡，借宿在中介的一个小屋子里，也正关机睡觉；弟弟一家人在四川成都，因为工作需要，弟弟 24 小时待机，所以接到了电话；而我一直的习惯都是关机睡觉，所以姐夫给我打电话打不通，再打给我老公，他也是因为工作需要 24 小时待机，所以才接到了电话。那时，只有姐夫和他儿子在老家，所以母亲第一反应就是打电话给姐夫。

听姐夫讲，母亲凌晨醒来去上厕所，经过父亲房门时习惯性地喊他起来上厕所，可是喊了几声父亲也没有回应。母亲上完厕所，走进父亲的房间去看一下情况，只见父亲紧闭双眼，睡得很熟，便又提高声音喊了几声，父亲依然没有回应。母亲凑近去看，感觉有些异样，伸手去拉他，父亲的身子软塌塌的，一下子就跌落到了床下。母亲伸手到父亲鼻孔前，才知父亲已经没了呼吸。母亲看见父亲的枕头上湿了一大片，那是他临死前挣扎时流出的汗水。

那是寒冷的冬季呀。那一天是 2022 年 12 月 23 日，农历壬寅年腊月初一。父亲享年 73 岁。

父亲名叫罗永树，于 1949 年农历十月十七日出生，正逢新中国建立初始，那个时代出生的人经历过重大历史时期，在深重的苦难中长大，一直到当今新时代，他感受着社会的沧桑巨变和飞速发展，又在生病以后，度过了八九年的百无聊赖的苦挨时光，终于被上帝召唤了去，永远安息了。那里，没有病痛的折磨，没有生活的负重，没有苦盼孩子归家的孤单。

我想，父亲走的时候，应该没有太多的牵挂，除了希望我们出现在他身边的强烈愿望。

父亲具体是从哪一年开始患上帕金森的，我也说不清楚。但到了 2016 年的时候，父亲的病情加重，日日为头痛、眩晕、乏力、手脚反应迟钝所折磨，不得不被我们说服，住进了县城医院。他住进去以后，我们打电话请了护工照料他，母亲和姐姐偶尔去医院里陪伴他。父亲见依然没有等来我们回去看他，便各种折腾，不配合治疗。一日，他不吃也不喝，对姐姐说道：“你喊他们几姊妹回来，我活不了几天了，我有话对他们说。”说完，父亲还把家里的房子和田地进行了分配。我们收到姐姐发来的信息，见事态严重，才立刻向单位请了假赶回去。

我下了火车，拖着行李箱，直奔医院，扑到了父亲的床前。父亲一见到我，咧嘴一笑，带着一丝惊喜，说道："罗俊霞，你回来了啊！""嗯，我回来了，爸爸，你这个病没事的，你要听话，好好接受治疗。"我回答道。"你哥哥呢？"父亲又问。"哥哥啊，他后天就到。"我赶紧回答。"那罗洋呢？""罗洋啊，他让我们先回来看看，他过几日请到假了也回来看您。"父亲听了，满足地闭上了眼休息。

我回去时，带上了我刚出的一本散文集，还把我发在报刊上的文章指给他看。父亲便戴起老花镜，认真地看起来。看了一会儿，他对同病房的人讲道："这是我二姑娘，在浙江教高中，这是她出的书。"他的脸上掩饰不住有些骄傲的神情。同病房的病人和家属都跟着附和着，夸赞我能干。父亲精神为之大振，开始滔滔不绝，他一一介绍了他的大儿子和幺儿子在哪里、干什么，也不管别人是否感兴趣。我看他那样子，都不像是生病的人了。

父亲喜欢唱歌，他心情好的时候，我就故意逗他唱歌，陪着他一起唱。父亲一边唱，一边挥舞着手打着节拍，开心极了。不过这样开心的时刻都是很短暂的，病痛袭来，父亲很快便没了精力，便皱着眉头睡去了。睡了一会儿又惊醒过来，见我还在他身边，便又闭了眼继续睡觉。

白天父亲还算比较安静，到了晚上，父亲便开始各种"折腾"了。一会儿说枕头高了，一会儿又嫌低了，我便把病床忽而摇低忽而摇高；一会儿父亲又说头歪了不舒服，要我帮他扶正；过些时候，父亲又要起床上厕所，我使出浑身的劲，把他抱着搀扶起来，为他穿好拖鞋，扶着他去上厕所，等他上好，给他擦拭干净，再扶着他回到床上。我刚在陪护椅上躺下没一会儿，父亲又喊要喝水。有时他又要吐痰。这样一个晚上下来，我几乎得不到什么休息。

等哥哥回来以后，父亲就闹腾得更起劲了，一个晚上上厕所的次数比我照顾他时更多。哥哥极有耐心，一一照做。父亲这时似乎更虚弱了，啥都要依赖哥哥去做。我在心里暗笑：父亲知道哥哥的力气比我大，耐心比我好，便使劲折腾。

白日里，哥哥给父亲剃胡子、剪指甲，给他按摩腿，搀扶着他上厕所。我们配合着来，一起给父亲洗头洗澡换洗衣服，照顾着他吃喝拉撒睡。哥哥回去以后，我就轻松多了。

这时的父亲就像个孩子，希望得到儿女们细致入微的照顾。他的脸上带着幸福而满足的笑，精神也一日比一日好转。

我们见父亲并无大碍，假期期限也到了，便在心里告别了父亲回去了，换弟弟回家来照顾几日。其实我们离开时根本就不敢告诉父亲，我们从他身边离开，父亲便知道我们已经走掉的事实。我们的视线不敢触及父亲那黯然神伤的样子，他心里一定十分难过和不舍。

从2016年以后，每年暑假，我和哥哥几乎都会回去陪伴父母。刚开始那几年，父母还住在镇上，那时父亲还能勉强撑着身子跟我们到近处走走看看，到后来，稍远一点的路程，父亲都不想出去走了。不管我们怎么怂恿鼓励，父亲都不愿出门了。偶尔被我们硬推着走了出去，父亲迈着“企鹅步”缓慢行走，走一小段便气喘吁吁，不得不停下来休息。父亲的身体是真的不行了。我们不得不接受这个现实。父亲深知自己的身体越来越差，但他掩藏了悲哀，努力把自己隔绝于尘世之外，不让我们太担心他。

到2019年，我们把父母的家搬到了县城。住在20层的高楼里，父亲越发不想下楼去活动了，他长时间待在家里，维持着吃喝拉撒睡都在一套房中的生命状态，大多数时间都躺在床上，偶尔下床到客厅里坐一坐。他头晕得厉害，四肢僵硬，活动不灵便，浑身虚弱无力，身上哪里都不舒服。吃饭的时候，父亲拿着勺子，颤抖着，好不容易把饭喂进了嘴里，但因舌头僵直，咀嚼困难，喉咙又时常不通畅，所以又难以下咽。父亲吃饭时，总是将饭粒撒落在桌子上和地上。他还挑食，有时赌气似的这不吃、那不要。等我们看到他有喜欢吃的菜，便给他多夹了些，父亲就又生了气，索性不吃了。父亲越发像个孩子了。

母亲恼火起来，说他："不吃算了，让你饿死！"

父亲一听，来了劲，生气地回答道："我晓得，你早就想我死了，我是你的拖累！"

母亲也来了脾气，顺着父亲的话回答道："是的，你死了我还轻松一些，年轻的时候受苦受累，到老了还要来受你的罪，服侍你。我迟早要被你拖死的……"

他们就这样，你一句我一句地吵起来。母亲气不过，一边数落着父亲的种种不是，一边回忆起从嫁给父亲以来，家里是如何的一贫如洗，她是如何操劳持家，撑起整个家，把我们四兄妹拉扯大的。我不得不一边劝慰母亲，一边哄父亲好好吃饭。父亲这时已败下阵来，不再说话。

我早已习惯了父母的这种相处模式，不再像小时候那样担心忧愁，我还暗自高兴来着，我想父亲还有力气跟母亲吵架是好事。他们不就是吵吵闹闹过了一辈子吗？吵起来，家里才热闹一些，才有生活气息，才是人有生命力的表现。

可绝大多数时间里，父亲在家里却是空气一样的存在，他除了在一日三餐时会勉强打起精神下床来以外，其余时间基本上都躺在床上。父亲总是和衣而卧，四季如此。在我们的帮助下，父亲躺到床上，侧着身子，弯曲着，像一只瘦弱的虾。他想翻身得我们帮助，如果没人在身边，他就只能保持着上床时的那个姿势一直躺着。

父亲不再像年轻时那样喜欢对我们高谈阔论，跟我们讲笑话，他时常闭着嘴，不参与我们的日常交谈，偶尔会对我们说几句话，或是问我们什么，因为他口齿不清，我们也听不清楚。父亲耳背严重，即便我们回答他了，他也听不清我们在说什么。时间久了，父亲在这个家庭中的地位就自动地丧失了。我们忽略了他的存在，父亲或许也忘了他自己曾经是这个家的顶梁柱。

平时，在忙碌之余，在外地工作的我们只能通过家里安装的摄像头看父母的情况，我时常看到父亲佝偻着身子，在客厅里艰难地挪动着步子。偶尔凌晨，父亲早早起床后，也不开灯，这时摄像头视频里就呈现一片黑白色。我听到响动，找寻父亲，发现有一小团黑影陷在沙发里，与凌晨的灰白融为一体。父亲就那样坐着，久久的，呆呆的，一动不动。我知道他是饿了，在等母亲起来做早餐。有时，我又觉得那团影子不像是父亲，怀疑自己看错了，仔细一看，确实是父亲坐在那里。父亲在家里，更多时候就是虚无的存在。这就是年老重病以后的父亲活着的真实状态。

父亲病逝以后，我们兄妹四人连同四个家庭的成员都着急地从四面八方赶回老家。我和老公驱车归乡，一路疾驰，一刻也没有休息。路上，千山万水，万水千山，都被我们碾压在疾驰的车轮下。以前每一次回家，到达恩施界域以后，我便激动起来。那一次，我的眼前只有灰暗的世界，我看到任何东西，都会想起父亲。我看到夕阳就要跌落山巅，心里一阵悲凉，想到《西厢记》里的那几句："青山隔送行，疏林不做美，淡烟暮霭相遮蔽。夕阳古道无人语，禾黍秋风听马嘶。"我就是那匹奔走他乡的马啊。父亲生前时常寄予我厚望，说我生肖属马，是要奋蹄疾驰、奔向更远更大的地方去的一匹马。我大学毕业以后，果真就跑远了，跑到离家千里之外的地方，跑到完全不能照顾他们的地方。

12 月 24 日凌晨 2 点多，我们经过 14 个多小时的长途车程，终于到达在镇上的家。父亲的灵柩已从县城托运到镇上的家，他回到了生养他的地方。还未进门，就看见家里大门处已经设好的灵堂，黑白两色，听得锣声响着，唱孝歌的人还在断断续续地唱着凄凄哀哀的孝歌。我的心怦怦直跳，害怕走进去。迟疑了一会儿，我鼓足勇气迈进堂屋，扑到父亲的灵柩前，跪下，万千泪水流在心里。我憋着，没有哭出来。那时，我的声音已经变得嘶哑了。是在归程的路上生病而嘶哑的呢，还是因为沉浸在哀痛中而哑的呢？我也不知道。

棺材前，在炭火边唱孝歌的四个人停了下来，齐刷刷地盯着我，等着看我怎样哭。他们应该感到很奇怪：为什么这个姑娘回来了竟然没有哭呢？他们是村主任帮忙请来的，我一个也不认识。

是的，我没有哭出来。我跪着，上香，烧纸，以头伏地，磕头三次。我闭上眼睛，心想：父亲被上帝召唤去了，他不用再忍受病痛的折磨，不用再眼巴巴地盼着我们回来了，不用再忍受老来子女不在身边的漫长等待了。父亲解脱了。我这样想着，不让眼泪流出来。我走到父亲身边，趴在棺材上，感受到了父亲的气息。我知道，父亲安详地闭着眼，在休息呢，他终于可以睡一个安稳觉了。我换了棺材下方的灯烛，火苗上蹿，明亮起来，它照着父亲去往天堂的路。

按照风俗，我们择了个吉日，决定在 12 月 27 日（腊月初五）安葬父亲。我们需要守孝五日，那几天的夜里，我们兄妹四人连同家眷，轮流陪着父亲。更多时候，哥哥和弟弟彻夜守孝，怕父亲太孤单。

父亲离世前，发热严重，去医院住了几天院，保姆喂他吃东西，他也吃不下。出院以后，母亲说父亲情况好一点了，不发热了，也会吃一些东西了，谁曾料到，只过了几天时间，父亲竟突然去世了。父亲走的时候，身边无一人，他不曾为我们留下半句话。他满腹的哀愁和牵挂无处可去。他曾经说过，等把我们都养大以后，要到我们每一家去住一段时间，跟着我们享福的呢。可谁知等他把我们养大以后，他却没有力气跟着我们享福了。哪怕是一天的福呢，他也不曾享过呀。

父亲走了以后，他也不打扰我们，不给我们任何一个孩子托梦。安葬好父亲以后，我们回到父母所在县城的家，哥哥和弟弟打扫了父亲的房间，去买了新的被褥到父亲的床上铺好。他们睡到父亲的床上，希望父亲的魂魄能附体，能够得知父亲的些许情况。可是没有。父亲静悄悄地走了，绝不打扰我们。他知道，他的儿女们需要安心工作，他知道他的儿女们各有自己的家和生活压力，他不想打扰我们。那时，我们最大的愿望便是能梦见父亲，可是怎么也梦不到。

直到很久以后，我们才各自梦见了父亲，可是梦境简单，情节无关紧要。父亲就是这样的，他健康的时候，从来不愿意打扰我们，对我们只报喜不报忧。他疼爱我们的母亲和我们这四个孩子，总是独自一人承担所有的苦和累，把最好吃的东西给我们，给我们创造快乐、宽松的成长环境，尽自己最大的努力供我们上学，把我们兄妹四个培养成人。父亲总是亏待自己，把温暖深沉的爱给了我们。他说："只要你们能读书，就是砸锅卖铁卖房子，我也要送你们去学习！"他用瘦弱的双肩，挑起生活的重担，送出了我和哥哥两个大学生。

父亲是农民，却是有文化有识见的农民，即使在病重住院期间，病榻上的他在看了我的散文集以后，也会对我说："写东西，你要看到更大的世界，不能只写眼前。"父亲虽然只有初中文凭，但是他读过很多书，懂很多人生智慧和道理。他对我们言传身教，引领着我们要做乐观坚强、善良有爱、忠厚正直的人。我们的身体里流淌着父亲的血液，承继着父亲的精神，读书，寻梦，在异地他乡生根发芽。父亲哪里曾料到，他用尽全心全力培养出来的孩子，会一个一个走到外面更大的世界里去，远离了他呀！

时代巨变，沧海桑田，社会发展的速度，到了令老一辈人惊讶的地步。父亲把我们培养成人，送我们去远方，迎接我们回家，在人生的剧场里上演一次又一次的聚散离别。

而我们，与父亲渐行渐远，与故土也越来越疏离……

父亲被我们安葬在了那个叫“花房子”的山坡上，那里是爷爷奶奶的灵魂安息之地，父亲可以陪伴在他的父母身旁，跟那些他亲手种下的树木在一起。在那里，父亲不再孤单无望，不再两眼迷茫，不再内心苦涩，他可以俯瞰小镇山河，山峦起伏，小河流淌，碧野青青，草木庄稼自在生长……他可以看见四个儿女所在的远方，看见我们背井离乡在外地努力、坚强和乐观的样子……

父亲一生，卑微如草，坚韧如草，乐观如草，却以树的生命力和姿态，扎根大地，向上生长，为我们遮天蔽日、遮风挡雨。

母亲大人

暑期，我们子女回了老家，母亲秒变回贪玩的孩子。只要有空和身体不疼痛，母亲便往楼下跑。我在家的每一天，总是在不断地寻找母亲。

父亲去世以后，母亲便独居于县城 20 层的楼房里。为了节约我们子女的开支，她不再请保姆，尽可能地自己照顾着自己。没办法，她虽然生养了四个子女，但是我们都在外省打拼，没有一个孩子可以陪伴在她的身边。日里夜里，她守着空屋和寂静孤独的时光。帕金森综合症药效丧失，她独自与疼痛作斗争，双手与双脚抖动得很厉害。这时的母亲双目无神，表情痛苦，木然虚弱地坐在沙发一角，像一截朽坏的木头。我知道，这时的母亲心里一定还泛着一阵悲凉，她想有孩子陪伴在侧，但也无可奈何。

但是母亲一旦吃了药缓解了身体的疼痛以后，她便活力四射地往楼下跑，楼下有老姐妹在等着她去打牌。有时，她们相约着一起去买菜、散步。母亲打牌时，手指不大灵活，总是理不好牌，她也不习惯把牌理好。所以别的老太太只得耐心地等着她出牌。有时候，母亲抽牌时会把其他牌带出来掉落到桌子上，她便一阵忙乱地捡牌与插放牌。母亲打牌有时不讲规矩，她出的牌可能比前面的人的还小；有时她刚出好牌，在别人还没来得及出牌时，她就又甩下了第二轮的牌。熟悉她的老太太也不跟她计较。跟我们打牌时，我们更没法跟她计较。

母亲打牌总是输，可是她总是不服气，不承认是自己技术的问题。我与哥哥陪母亲打牌时，平常不会打牌且技术很差的我竟然经常赢。于是我们换座位，可是我还是容易赢，可见我的对手有多弱，而我的运气有多好。母亲输了也不气馁，反正只要我们陪着她打牌，她便开心得忘了所有的病痛和烦恼。

母亲走路时，双腿膝盖往外弯曲，颤颤巍巍的，起步慢，步子小，迈步艰难。可是她总喜欢迈步前行，坚持不懈，乐此不疲。她每天从20层楼坐电梯下楼，再上楼，平均每天要上上下下四五次。母亲骨子里还在与自己较着劲，她多么希望自己还是个健康的人啊。晚饭后，我陪着她去公园里散步的时候，母亲把健身器材玩了个遍，甚至还加入胡蹦乱跳的广场舞队伍，跳了一会儿广场舞呢。

母亲双脚踩在健身器材上，告诉我要怎样前后晃动。母亲的双腿甩起来，再往前后荡，连续很多次。她挨个换着健身器材玩，似乎不觉得累。她面颊绯红，双眼有神，脸上洋溢着青春的色彩。那时，我想着，母亲要是没有病痛的折磨该多好啊。

母亲带我一起去买菜，总是落后一段距离，我便停下来等她。等她赶上我了，我俩并排走了没几步，母亲又落后了。她终是赶不上她孩子的步伐了。可是母亲心里不服输，她想要证明姜还是老的辣。于是她每天都要下楼去买些菜回来，把冰箱塞得满满的。我们炒菜时她不放心，要叮嘱或监督着我们怎样做菜；你一个不防备，她就添加了一勺辣椒酱或是猪油。她也不怕麻烦，非要给我们包包子和包粽子吃。我做的甜酒酿，她瞥一眼，嫌弃道："那还是赶不上我往年做的那个醪糟，那是水汪汪、抿抿甜的。"

除此以外，母亲还嫌炒菜动作快速的我做事毛躁，嫌做菜清淡的哥哥炒的菜油水不足，说吃了容易饿。更过分的是，母亲竟然嫌弃我不爱打扮。回到老家的我宅家时便蓬头垢面，穿着耐脏舒适的衣裙，一副邋里邋遢的样子。母亲时常嫌弃我，数落道："你这样一点都不像个老师，别个那些工作同志一天穿得漂漂亮亮，打扮得风度翩翩的。”我顶着一头乱发，躺在沙发上，充耳不闻，依然我行我素。母亲急了，瞅我那黑白格子裙一眼，继续打击我：“你这个裙子乌黢黢的，旧旧的，哪里好看嘛？”

我翻了个身，继续躺在沙发上，回母亲一句：“我这个黑白格子棉麻裙，低调奢华，耐脏，舒适，你不懂。”母亲见我不听，只好走开了。在母亲大人的多次不满之下，我不得不重视起这个问题来，每次跟她出门时都得精心挑选衣裙和打扮一番，一般得挑选浅淡或亮丽的颜色，还需要修身的款式。某一天，我与她出门去逛超市，我身着一条大红色的宽松苎麻连衣裙，又被母亲嫌弃死，她说大红色不好看，要水红色才好看，又大袍子的，像个麻布口袋。这话害得我在老家没再穿那条裙子。

母亲虽然身体衰颓，但她依然不改爱操心的习惯。她没有忘记她是母亲的身份，依然喜欢管我们。我和哥哥回了老家，也变回了贪玩的孩子，瞅准时间就出去游山玩水，母亲大人就打电话问我们路上的情况，催我们早点回家吃饭。我想晒一点四季豆，母亲就提醒我们端到楼顶去晒，到了傍晚又提醒我们去收回来。家里来了客人，她便安排我们做哪些菜。

等我们要离开返回时，母亲不顾我们的阻挠去楼下超市买来路上吃的东西，还非要给外孙、孙女一些钱，在火车上又会接到好几个母亲打来的电话，问我们路上饿不饿、到哪里了……

不管我们长多大，母亲依然是母亲。而我们，只有回到了母亲身边，才做回了孩子。

后记

写作，源于迎合与抗拒

忘不掉有那么多时候，我沉浸在写作的时光里，我对风月诉衷肠，只有大地侧耳倾听。写作是把时间还给自己，交给心灵，把自己隔绝于喧嚣之外，摒弃浮世乱象，安静地进入独我时光，此时的心是自由的、纯粹的。

我喜欢在空闲时或者从百忙之中挤出时间来，把身体和灵魂都抛到路上。于是，我听见大地上的各种声音：风穿过旧巷，雨滴落在古刹的瓦楞上，瀑布水流冲刷着山崖，鸟啼从云层里传过来，虫鸣在深秋响起，草木竞长，万物春生，一匹马、一群羊奔走在柏油马路上，那么多的脚步声匆匆又匆匆，那么多的心跳快了慢了，快着慢着，停了……

故，我将这部散文集命名为《大地的心跳》。我轻轻地敲打键盘，换来一种人间值得。

形成这部散文集，源于某种迎合与抗拒：迎合自己与社会，也抗拒自己与社会。一是每次灵感来临时克制不住表达的欲望；二为记录生活与观察社会，给自己的生命留点什么；三为灵魂一直在路上的事实；四是在人工智能写作冲击人工写作的当下的一种坚持，无论如何，前者总不及后者那么灵动、“自我”与“血肉丰满”；五为期待在快节奏的时代，我们仍然可以拥有慢阅读与“车马慢”的时光。

另外，这部集子汇集了我8年时光的心血，给散落在电脑里、自媒体平台和报刊的它们找个归宿，利于保存，且方便自己老了以后观瞻与回忆。基于此，我决定结集出版。

这部散文集共分为五辑：第一辑为“山河伊人醉”，主要描写与记录衢地城乡风景、自然风光、名胜古迹、山河变迁；第二辑为“村庄人不老”，主要收录衢州各地村落的人、事、景、物及发展变迁；第三辑为“人间烟火味”，写尘世生活、平常人事、普通百姓的烟火人生；第四辑为“疾走对月歌”，主要讲述平凡人物奋斗的故事、拼搏人生，描写其现世生活；第五辑为“倚门听心曲”，抒写我热爱生活、热爱家乡、怀想故土。

在这本散文集里，你会看到一个真实的罗俊霞和云心（云心是我的网名和笔名），你会看到伴着光的她往前走，把岁月缝成了一朵花，把生活编织成云霞；你会看到她骑着一匹马，一路轻吟浅唱，也一路挥剑踏山河。走进这本散文集，你若慢读，细品，你会看到一种沸腾的生活和一个斑斓的世界，你会跟她一样，也那么执着地热爱生活与山河大地吗？你会在生活的苦咖啡里加一点糖，把社会的疾痛以一种自我疗愈的方式，于岩罅里埋一粒种子，让它生根发芽，长成一棵劲松吗？她看到绝壁上一朵野百合要去采，她看到破房子、老村庄无比喜欢，她看到一滴海水融入云气、一颗星挤在凡尘中会无比惊喜与叹惋，她看到人间的悲欢与众生的苦乐……

她的心在苍茫的宇宙中飞翔，在辽阔的大地上遨游，她让自己的心跟着大地的心一起跳动，如海潮涌动，若云朵在天上飘。她有几分痴傻、几分狂傲、几分清醒几分醉。坚持写作的她，把心贴着大地，做着梦，守着一方“阿勒泰”，也担心大地终有一天会被“凿空”，成为虚无的梦和寂寥的等待。

所以走进一本书，就是走进了那个人和那个世界，同时也是走进了自己和自己的世界。愿这本书里的内容，可以获得读者朋友的某些共情。愿每一位读者都能获得自己想要的生活，活在自己喜欢的世界里。

罗俊霞

2024年7月7日于浙江龙游